転生佳人伝

寵姫は二度皇帝と出会う

角川文庫
22513

目次

尤《ゆう》国、陽《よう》国、蕃《はん》国。その三国が覇権を争っていた東の大陸を統一した英雄の名は、陶《とう》淵紫《えんし》。彼こそ、帝国・尤の初代皇帝——高祖となった武帝《ぶてい》である。

陶淵紫には、皇帝となる前から寵愛《ちょうあい》する女がいた。

武帝に深く愛された寵姫《ちょうき》は、劉昭儀《りゅうしょうぎ》という。

たおやかで、儚《はかな》げな、絶世の美女であったと伝えられている。

序　夢——彼女であり、彼女でない者の記憶

沐浴《もくよく》をすませると、彼女は、肌に薔薇《そうび》の香油を塗る。薔薇は南方の特産。貴重な花で、それを大量に蒸して抽出した香油は、滅多に手に入らない品だ。それを惜しげなく肌にすわせると、さらりと馴染《なじ》んでなめらかになり香り立つ。

彼女が身にまとったのは、仄《ほの》かに甘い蠱惑《こわく》的な香りと、純白の長裙《ちょうくん》、羅の大袖衫《おおそでさん》。衫の胸元をくつろげて肩を出し、妖艶《ようえん》に。髪も洗ってくしけずり、背に流す。

愛する人を迎える夜の準備は整っていた。

身繕いを手伝った侍女二人は、榻《とう》に座った女主《あるじ》の仕上がりに満足らしい。一人はこれ以上必要ないのに髪をすきながら、もう一人は長裙の裾《すそ》を整えながら、うっとりと言う。

「本当にお美しいです、昭儀様」

「大家《へいか》が毎夜、昭儀様を側からお放しにならないのも当然です」

侍女たちは、女主の美しさが自分たちの一助で完成している自負があるらしく、我がことのように誇らしげだった。

彼女——劉昭儀は苦笑する。彼女の名は、劉依依《いい》という。妃嬪《ひひん》の位の一つである昭儀

を授けられてから、周囲は彼女のことを劉昭儀と呼ぶ。

「あなたたちのおかげよ。わたしは、こういった工夫は得意でないから助かる。それで大家が喜んでくださるのだから」

劉昭儀の最愛の人、尤国初代皇帝を名乗る陶淵紫は、清楚《せいそ》な純白の衣装と、それを扇情的に着こなす彼女を好む。

生来の美貌《びぼう》はあれど、劉昭儀は男に媚《こ》びる工夫が苦手だ。今は亡き父が将軍だったこともあり、幼い頃からもっぱら外遊び、剣戟《けんげき》ごっこ、乗馬ばかりをしていたのだ。淵紫に出会ってからようやく衣装や化粧に興味をもったが、いかんせんつけ焼き刃。幼い頃から、そういったことに血道をあげている女たちには、およばない。

（今夜も淵紫が来る）

人前では大家と呼んでいるが、二人きりの時は字《あざな》を呼んでいる。出会ったときからそうしているのだから、そのほうが二人の間では自然だった。

今夜も牀《しょう》にあがった淵紫は、劉昭儀を抱きしめ、「依依」と囁《ささや》くのだろう。

淵紫の瞳《ひとみ》は、大陸の者がおしなべてそうであるように黒色だが、光の加減や角度で深い紫色を帯びる。とくに、劉昭儀を上から覗《のぞ》き込んで見つめるときは、暗闇に透かした紫水晶のようだった。その瞳で見つめられると、喜びが震えとなって体を走る。

想像すれば顔がほてるが、期待せずにはおれない甘やかな夜。

劉昭儀は、押しあげてある窓の外へと視線を向けた。

夏の夜、虫の音は軽やかに規則正しく続いて、空には細い月が輝いている。

昼の熱気のこもる室内を風が通りすぎ、劉昭儀の後れ毛を揺らす。

（それにしても、おみえが遅い）

いつもならば淵紫はとっくに、劉昭儀のもとへ顔を見せている刻限だ。今夜は、彼に予定がないことを知っていたので、訪問の遅さがふと気になる。

女主の気持ちを察したのか、侍女の一人も同じように窓の外へ視線を向け「大家は、どうなさったのでしょうか」と、口にした時だった。

「昭儀様！」

勢いよく室《へや》に飛び込んできたのは宦官《かんがん》の一人、内給事《ないきゅうじ》。髭《ひげ》のない、常日頃から青白い顔からは、さらに血の気が失《う》せている。まろぶように劉昭儀の前に来て、礼も忘れて床に膝《ひざ》を突く。

侍女二人は目をつりあげて無礼を咎《とが》めようとしたが、その前に内給事が叫ぶ。

「大家が、弑《しい》し奉られました！」

彼は床に額を打ちつけ、声をあげて泣き出す。

まばたきも忘れたように、侍女の二人は目の前の内給事を見つめる。

劉昭儀も同様だった。彼女の思考は数瞬止まり、それから不意に、かっと火でもついたように頭が熱くなり立ちあがった。

「何を……何を莫迦《ばか》なことを！　大家はどちらです！」

「……養親殿《ようしんでん》で」

泣きながらも、震え掠《かす》れた声で内給事が答えるやいなや、劉昭儀は駆けだしていた。

（嘘だ。なんてたちの悪い冗談を）

身内にわきあがったのは、怒りにも似たもの。そんなはずはないと、不吉な戯言《たわごと》を口にした内給事に腹立たしささえ覚えた。

侍女二人が慌てて追ってくるが、彼女たちをはるかに引き離して走る。

俗に後宮と称される掖庭宮《えきていきゅう》の、最南に張り出す顕清門《けんせいもん》。その西側に位置する皇帝の居所が、養親殿だ。二つの門を抜けて走廊《そうろう》を走り、三度門を抜ける。

養親殿に入ると、怯《おび》えた顔の宦官が幾人も庭院《にわ》に集まっており、駆けつけたらしい衛士たちが篝火《かがりび》を手に動き回っていた。二十人以上の人が集まっているのに、異様な静けさだった。篝火の炎と、それが作る影が目まぐるしく動き回っているのみ。

その様子を目の当たりにし、悪寒を覚えた。何かがあったのは間違いない、と。

立ちすくむ劉昭儀の姿を認め、内侍《ないじ》の宦官が駆け寄ってきた。

「昭儀様。なぜこちらに」

「大家はどちらに。お目にかかります」

「なりません」

「あなたに阻む権利があるのですか！　教えなさい。どこにいらっしゃいます」

「正殿にいらっしゃいます。しかし」

「どきなさい。お目にかかります」

内侍を押しのけ、戸が開かれている養親殿の正面へと歩む。

衛士や内侍はうろたえるが、劉昭儀はためらわず中に踏み込んだ。

熱気に混じる生臭い血の臭いが、むっと鼻をつく。思わず足を止め、そして見た。

正面の壁に、粘りけのある赤黒い血で殴り書きされた文字を。

——虎狼《ころう》を誅《ちゅう》す。九族の恨みを知るべし。かの獣が幾世に生まれようと、幾世にも渡りこれを誅す。

膝から力が抜け、劉昭儀は床にへたり込んだ。内侍や衛士が慌てて駆け寄るが、彼らの労《いたわ》りの声や手を認識できないほどに、惚《ほう》けたように、血文字を見つめていた。

文字が誰の血で書かれたのか、明らかだった。殴り書きされた血文字の下に、五本もの剣で体を刺し貫かれ、壁に磔《はりつけ》にされた愛《いと》しい人の姿があったのだから。

淵紫と、呼ぼうとしたが声にならない。

金切り声をあげ頭をかきむしりたいのに、喉《のど》も体も凍ったように動かない。

（いや……淵紫。嘘だ。こんなのは、いや。いやよ。淵紫。淵紫……淵紫！）

あまりの惨状に呆然《ぼうぜん》とした劉昭儀の頭には、沸騰したあぶくのように、意味をなさない悲嘆の言葉が次々と浮かぶ。ようやく涙が溢《あふ》れてきた。

劉昭儀の瞳から溢れた涙が――白花珠《はくかじゅ》の頬を濡《ぬ》らす。

頬を滑る涙の感触で、花珠は目覚めた。窓の木格子を通し、頬には朝陽がさしている。

掌《てのひら》で涙を拭《ぬぐ》うと、不意に胸に激しい痛みが走った。起きあがって息を詰め、身をかがめ、左胸に掌を当てる。

こうしてその場所が激しく痛むのは、劉昭儀の夢を見ると必ずだった。

しばらくすると痛みが引き、ようやくまともに息を吐く。

（また前世の夢をみていたのか。淵紫。ずっと、夢でしか会えないんだな）

花珠は、ぽつりと口に出す。

「……いつ会えるんだろうか。あなたに」

尤国の史書、尤書に曰《いわ》く。

初代皇帝陶淵紫、諡《し》号《ごう》して武帝が暗殺された一年後、彼の寵姫《ちょうき》であった劉昭儀は自ら左胸を刺し貫いて自害した。

劉昭儀は悲嘆に暮れ、武帝の後を追ったのではない。

死後の魂を采配《さいはい》する顕闇神君《けんあんしんくん》に祈念するために、己の身を供物として捧《ささ》げたのだ。彼女は、愛する人を護《まも》れなかったことを悔やみ、来世で再び武帝に出会いたいと願った。来世で必ずまみえ、そして、そのときこそ彼を護れるようにと願って身を捧げたのだ。

それは執念であったと、尤書は記す。

花珠が掌をあてる場所は、供物となった劉昭儀が、自らつけた傷と同じ場所だった。

劉昭儀が自ら供物となって二百年余の月日が流れ——、今は尤国九代皇帝の御代《みよ》。

死の暗闇を超えて追った最愛の人と、未《いま》だに彼女は出会えていない。

しかし。

その時は近かった。

一章　紫紺の瞳

一

吐く息が白い。

身震いした白花珠は、寒さのあまり足踏みしたいのを堪《こら》え、軍装に身を包む左右の同輩たちと同じく直立の姿勢をとり続けていた。居並ぶ顔は俑《ひとがた》のように動かない。彼女も同様の表情を取り繕っていたが、内心はうんざりしている。

（たまに必要とされると思えば、こんな役割なんだからな）

女の身に生まれた不自由さは、いかんともしがたい。

白花珠は昨年、武挙《ぶきょ》――科挙と並ぶ武官を登用するための試験を受け、途中の郷試《ごうし》まで突破した。そこから先は進めなかったが、郷試を突破した者は軍に籍を得られる。彼女も、皇帝の護衛である北衙《ほくが》禁軍《きんぐん》龍武軍《りゅうぶぐん》に籍を得て、品階《ひんかい》が与えられた。

しかし、職分は与えられなかった。

要するに幽霊軍属である。籍はあるが職務がない。

花珠の父は宮廷官吏、白浩然《はくこうぜん》。従四品《じゅしほん》の秘書少監《ひしょしょうかん》だ。蔭位制《おんいのせい》により、その子は本来なら科挙や武挙など受けることなく宮廷に地位を得られる。女の花珠が職を求めるならば、女官を希望すればことは簡単で、それなりの地位を得て後宮に入れたはずだった。

しかし彼女は武官になりたかった。生まれつき身体能力が高く、跳んだり跳ねたりが得意で、剣を握らせればすぐに、近隣で噂になるほど使えるようになった。

さらに彼女は生まれつき、ある特殊な能力もあったから――。

己の能力を鑑《かんが》み、武官こそが己の行く道だと確信したのだ。

「実力を証明すべく武挙を受け、郷試まで突破したのは女ながらに見事」とは、呆《あき》れたような半笑いで、吏部侍郎《りぶじろう》に言われたが。

結局あつかいに困り、仕事もないのに籍だけを与えられたようだった。

(どうせなら男に生まれたかった。顕闇神君は、もうちょっと気を利かせてもいいのに)

内心で、神にまで不平を漏らす。

建国二百年余を経た帝国、尤。

尤国が支配する大陸には、古代から生まれ変わりの例が多くある。

生まれ変わることを轉世《てんせい》、そして生まれ変わりの者を轉世人《じん》と呼ぶ。

人の死後、魂が冥府《めいふ》へと向かう道中におわす神は、名を顕闇神君という。

顕闇神君は死者の魂を左手で摑《つか》み、右手に持ち替え、魂が往くべきふさわしい道筋へと放り投げると言われている。その性質は飽きっぽく、また不真面目なのだとか。いつも退屈している神君は、人が必死に請い願うと、時々気まぐれに、その魂を地上へと放り返してくれるらしい。放り返された魂は、母のお腹の中にあり、まだ魂が入っていない胎児の中に滑り込む。すると魂はそのままに生まれ変わるという。

　轉世人は前世の身体的な特徴を残している。傷跡や瞳の色、ほくろや、痣《あざ》。前世の記憶を持ち自分が轉世人だと認識している者もあれば、前世のことなど全く覚えていないのに、身体的な特徴だけを有する者もいる。

　本当に顕闇神君なる神が存在するのか、それとも生まれ変わりの例が多いからこそ、顕闇神君なる神が創造されたのかは、わからない。

　とにかく大陸では、そういった轉世人の例が頻繁にある、ということ。

　白花珠も、その例の一人だった。

　開暦二百四十二年。冬至《とうじ》節《せつ》。

　新年の元会《げんかい》と同様に、今日は皇帝の朝賀がある。皇帝はそれに先立ち、天を祀《まつ》る中天《ちゅうてん》壇《だん》へ赴き祈りを捧げるのだ。龍武軍は護衛のため、夜も明けきらない中、寒風が吹く石敷の広場に直立して居並ぶ羽目になっていた。

　そしてこんな時ばかり、花珠も人数あわせでかり出される。

　尤国の都、賀陽《かよう》は内陸北部に位置し、常に乾いた風が吹く。冬は長く厳しい。冬至節ともなれば、朝夕に暖を求め、炕《こう》の蓋《ふた》を開く家もあるほどに寒い。

ただ立っているだけなら、案山子《かかし》でも立たせておけばいいのにと、無駄に派手なことが嫌いな花珠は思う。

東の空は闇から藍《あい》、藍から蒼《あお》へと色を変えていた。ほどなく太陽が顔を出す。蒼が滲《にじ》む空を背景に、巨大な円形の建物が基壇の上にそびえていた。祈年殿《きねんでん》だ。

天を祀り、皇帝が天に祈る場所、中天壇。その広大な敷地の中心にある祈年殿の周囲は、花崗岩《かこうがん》が敷き詰められた方形の広場になっている。

祈年殿の玉階《ぎょくかい》へむけ、南から北へ、広場の中心を貫く通路。その左右に、龍武軍の士が並んでいる。花珠も寒さに身震いしながらその列の中にいた。

中天壇は、賀陽城《じょう》の南に位置する。皇帝は真夜中過ぎに宮城を出て、賀陽城を抜け、そろそろ中天壇に到着するはずだった。

熱々の羊肉の濃湯《にこみ》が食べたい、などとぼんやり考えていると、銅鑼《どら》が響く。

広場の南方から「陛下のおなり」と、独特の抑揚で、お決まりの先触れがある。その場にいる全ての者は跪拝《きはい》するべきだが、龍武軍の士だけは、直立したままだ。彼らはこの場合は人ではなく、護衛のための盾であり剣であるため、動かないのが慣例。

視線を正面に固定し、花珠も動かなかった。宦官《かんがん》に先導され、背後に侍衛《じえい》を連ねて近づく、皇帝一行の気配のみを感じていた。

（どんなお方だ。噂に聞く、美しい木偶《でく》とやらは）

花珠は無表情で直立しながらも、視線の先を皇帝が通過するのを、人の悪い好奇心で楽しみにしていた。

尤国九代皇帝である陶紫英《しえい》は、十一年前、八歳で即位。大変な美貌《びぼう》の持ち主ではあるが、即位直後から実母夏《か》太后《たいごう》が垂簾聴政《すいれんちょうせい》をおこなっているため、青年になっても未だに皇帝としての実権が無い。宮廷では「美しい木偶」と、陰口を叩《たた》かれているという。

その木偶がどんな間抜け面の美形なのか、見てやろうと思っていた。このくらいの楽しみがなければ、それこそ木偶のように寒中に突っ立っているのが、莫迦莫迦《ばかばか》しすぎる。

夜明けの蒼に支配される石の通路を、露払いの宦官が、手にある硬鞭《こうべん》を捧げ持ち通り過ぎる。続いて、すらりと姿勢の良い青年が歩んできた。

色白で、形良い鼻梁《びりょう》の横顔の輪郭。朝賀のための盛装ではなく、動きやすい礼装。尤国貴色の紫紺に近い、青紫の上衣下裳《かしょう》。

残念なことに、夜明け前の薄暗さの中では、はっきり顔がわからない。

そのとき突然、花珠の視界を真っ黒な糸が走った。

糸は花珠の背後から頭上を越して走り、皇帝の首へ突き刺さるようにぴんと張った。

視界の悪い夜明け前、蒼に沈む景色の中で、糸だけは黒々とはっきり見える。

皇帝の歩みと一緒に糸も動いていく。

この場は不動が原則。ふり返ることができないので、糸の出所は分からない。しかし確かに皇帝に向かって、一本の黒い糸がのびているのだ。

息を呑《の》む。

（黒は殺意の色）

糸は花珠にしか見えていない。生来備わる、特殊な能力で見えているものだからだ。

その能力とは、花珠が武官を志す理由の一つになった力――因果の糸を見る力。

人やものを繋《つな》ぐ因果が、彼女には糸となって見える。

今、彼女の目に見えているのは因果の糸。突然それが見えたということは、避けがたいほどの強さで、皇帝と何者かの因果が繋がったということだった。

その繋がりは、糸の色から判ずれば間違いなく、死。

（暗殺だ！）

考える前に体が動いていた。不動の原則になど従っていられない。

前列に立つ同輩を押しのけ、飛び出す。周囲はぎょっとするが、すばしこく身をかがめ、のびてくる制止の手をかいくぐり通路に突進する。隊列の騒動に驚き、立ち止まった皇帝一行めがけて走り、こちらをふり返った皇帝の体に飛びかかった。

「お許しを！」

叫んで、体当たりして抱きついた。勢いで二人とも体の均衡を崩し、倒れ、通路に叩きつけられそうになる。咄嗟《とっさ》に身をひねり、自分が下になるように体を入れ替えた。

背中を打ちつけて息が詰まった。その上に、どっと絹の感触が重く乗り、胸を圧迫する。力を入れて耐えたが、目の前に火花が散るような衝撃だった。

さらに倒れた花珠の頭上、拳《こぶし》一つも離れていない場所に、鏃《やじり》が跳ねた。それは花崗岩の表面を鋭く抉《えぐ》り、硬質な音とともに宙に弾《はじ》き返される。

「大家《へいか》！」

すぐ近くにいた宦官が悲鳴をあげた。

皇帝に向かって矢が放たれたのだと、誰もが察した。あのまま歩んでいれば、矢は皇帝の喉《のど》を射貫《いぬ》いただろう。

「曲者《くせもの》だ！」

「走れ、西側だ。逃がすな」

場が混乱した気配を感じながら、花珠は顔を歪《ゆが》め、眉根《まゆね》を寄せていた。

（間に合った。それにしても……なかなか痛い）

呻《うめ》き声が漏れると、ごく近くから、柔らかな男の声が降ってくる。

「怪我はないか？」

苦痛に苛《さいな》まれながらも目を開けると、間近に紫紺の色を認めた。

その色に、痛みとは別の衝撃が走る。

花珠を見つめる瞳《ひとみ》。

その色は、遠い記憶の中で彼女を見つめていた、愛《いと》しい人の瞳の色と同じ。

紫紺の瞳だ。

「……淵紫？」

紫紺の瞳の青年は、美しい顔に困惑の表情を浮かべる。

「なんと申した？」

正気づいた花珠は、自分にのしかかっている紫紺の瞳の青年が、尤国九代皇帝、陶紫英だと思い出す。彼こそは、花珠が顔を拝んでやろうとしていた、美しい木偶だ。

確かに美しい。細面の白皙《はくせき》。綺麗《きれい》に切れあがった眦《まなじり》は墨を引いたようにくっきりとし、鼻梁は通っている。睫《まつげ》が長い。顔だけ見れば美女かと思う。

（これが皇帝陛下。でも、紫紺の瞳。まさか？）

唖然《あぜん》としていると、宦官や侍衛が駆け寄って皇帝を助け起こす。彼が花珠の上から退《ど》くと、呼吸が楽になった。

どこの骨も折れていないことを確認しながら、花珠もそろりと上体を起こす。

立ちあがった皇帝が、花珠に手をさしのべた。

驚いたらしい宦官が「大家」と、制止するような声をあげたが、彼は聞こえなかったのか。そのまま手を差し出し続ける。

「手を取ればいい。立ちあがれるか？」

もしやという思いが胸にわきあがり、花珠は皇帝に意識を集中させた。

すると見えた。

紅《あか》い糸が、ゆるく皇帝の手首に巻きついている。糸は頼りない細さで、柔らかそうで、ふわふわと漂うようにして、もう一方の先端が花珠の手首に巻きついていた。

因果の糸の色は紅。紅は、伴侶《はんりょ》や愛人、離れがたい恋情で結ばれる因果の色。

全身に震えが走る。

（見つけたのか……わたしは、彼を）

白花珠として生を受けてから十八年。探し続けていた最愛の人に巡り合えたのだと悟った。探した年月と、隔てられた時空とが大きすぎ、現実感が希薄だった。

「手を」

促され、花珠は魅入られたように、その手を握って立ちあがる。冷え切った花珠の手より格段に温かく、指の長い、綺麗な手だった。侍衛の一人が花珠の肩を叩く。

「怪我はないな。お手柄だ。陛下のお命を救ったのだぞ」

賞賛の言葉も耳に入らず、ただ目の前の青年の顔を見つめる。

「礼を言う。余の恩人だ。そなたの名は」

訊《き》かれて無意識に口を開く。

「……劉」

「劉か？」

問い返されて我に返った。

「いえ、白です。龍武軍の士、白花珠と申します。ご無礼、ご容赦ください」

膝《ひざ》をついて顔を伏せる。すると急に、心の臓が早鐘のように打ち始めた。

ようやく驚きから覚め、喜びが溢《あふ》れ来る。

（淵紫。間違いない、このお方が淵紫だ。やっと、やっと会えた。こんなところに）

「顔をあげよ、白花珠」

見れば、皇帝は微笑んでいた。

「勇敢な士だ。龍武軍の誉れになるだろう」

こみあげてくる感情を喉の奥で呑み込み、答える。

「お褒めに与《あずか》り光栄です、陛下」

士らしく答えながらも、視界がぼやける。涙が滲《にじ》む。その様を認めた周囲の者は、皇帝の賞賛に与った者の誇らしさの感涙、と見たかもしれない。

傍らの宦官が、身をかがめて花珠に囁《ささや》く。

「よくやったぞ。後に褒美が与えられよう。感謝なさい」

「陛下。急ぎ祈年殿へ」

侍衛に促されて歩み去る皇帝の背中を、全身の震えを抑えて見つめ続けた。

（こんな所にいたんだな、淵紫。会いたかった。会いたかったんだ、ずっと）

皇帝の姿は、視界がぼやけてほとんど見えなくなっていた。

そして——冬至節から三日後。

二

さめざめと、幼なじみの青年が目の前で泣いていた。手巾《しゅきん》で涙を拭《ぬぐ》い、洟《はな》をすする。

わずかに吊《つ》りあがった、丸く大きな目が印象的な青年だ。やんちゃな子狐を思わせる幼顔なのに、上手《うま》く化粧を施して色気を添えている。唇脂《しんし》をひいた、肉厚な唇が魅惑的な彼は、その可愛らしい顔を涙で濡《ぬ》らしていた。

「お願い、花珠。わたしの、彼への未練を切って。このままじゃ、哀しくて。哀しくて」

「わかったよ、春衣《しゅんい》。じゃ、覚悟はいいか？」

花珠は環首刀を抜く。

そこは、軒先に布の屋根をつけただけの露店に、がたぴし音がする長卓と腰かけが幾つか並んだ、庶民の酒肆《いざかや》だった。昼間から一杯引っかけたい連中が、大勢陣取っている。

周囲の者が、花珠が環首刀を抜いたのに気づき、ざわりと不穏な気配になった。

環首刀を下段に構えた花珠は、涙目の彼――春衣を見つめた。

すると、見えた。彼の胸から朱に近い紅の糸が、太く鋭く、南の方角へのびている。

「春衣は、どんな相手にも、いつも真剣なんだな」

強い恋情が誰かに向かっているのが、因果の糸の色の鮮やかさと太さから知れた。

「当たり前じゃない。恋にはいつでも真剣よ。だから苦しいの」

「春衣のそんなところが、好きだね」

言うと同時に、ふっと吐く、鋭い息。

下段に構えた刃《やいば》を、半円を描くように勢いよく振りあげてから、春衣の胸の前を斬り下ろした。それに驚き、近くにいた者が長卓から立ちあがる。

しかし、春衣の衣装にも髪一本にも、刃は触れていない。

触れて、切れたのは、彼の胸からのびる紅色の糸。

断ち切られたそれは切断箇所からめくれあがり、ふわっと浮き、昼の光に霧散した。

春衣に何事もないのを認めた周りの連中は、安堵《あんど》したらしく、自分たちの杯や料理の皿に視線を戻す。

刃を鞘《さや》に収めた花珠に、春衣は微笑む。

「ありがとう。花珠に切ってもらうと、いつも途端に気持ちがすっとするのよね」

「当然だよ、因果を切るんだから。まあ、春衣の役に立てるのは良かったよ」

意識して人や物を見つめれば、花珠には、人や物にからみついている因果の糸が見える。三日前の暗殺未遂の時のように、強烈な因果であれば、意識せずとも目に飛び込んでくることもある。

さらに、その目で見た因果の糸は、己の剣で断ち切ることもできる。そうすれば因果が途切れ、悪縁や妄執も断ち切れるし、愛や恋情すらも切れるのだ。

今、春衣の恋情を断ち切ったように。

これは生まれながらに彼女に備わっている、特異な力。おそらくは顕闇神君の贈り物。

長卓に腰をおろした二人の前に、酒と料理の皿が運ばれてくる。

手酌で杯に酒を注ぐ。口をつけると、濁り酒の独特の香りと酸味が喉《のど》を通って美味《うま》い。

賀陽城は、尤国の都。大路をはさんだ、城内の北西と北東には市が立つ。

花珠が入り込んでいるこの西市は、庶民の市。行儀はよくないが活気がある。

おこぼれ欲しさの野良犬がうろつき、足元には冷たい風が吹き抜けているが、酒は美味いし、目の前の皿には、揚げて甘辛く煮込んだ骨付きの豚肉が山と積まれている。

酒も肉も、春衣のおごり。

花珠と同年で、しかも宮室《やしき》も近かったので、春衣とは幼い頃から姉妹のように育った。

彼は幼い頃から、明るい色の襦裙《じゅくん》を華麗に着付け、髪は梅や牡丹《ぼたん》や菊など生花で飾り、女の子のようななりをして、自分は女の子なのだと主張していた。

周囲の者は困惑していたが、花珠は気にしなかった。轉世人なんて者がいるのだ。女の魂が男として生まれるような、そんなことも往々にしてあるのだろう、と。

そして春衣は、そのまま長じて十八歳。立派に、花珠よりも女らしくなった。中身も同様、女らしい。恋に生き、恋こそ人生の全てとその身を燃やしている。

謹厳実直な父に勘当されている春衣は、賀陽城に塒《ねぐら》を構え、日頃何をしているのかわからないがこうやって時々花珠を呼び出すと、酒と肉を馳走してくれる。

肉に手を伸ばし、ぱりっと香ばしく焼けた皮を噛《か》みちぎる。肉汁がしみ出し、甘辛いたれと渾然《こんぜん》一体となり口の中にひろがった。それを酒で流し込むと、口の中は酒の風味に満たされ、脂っぽさを流す。最高の贅沢《ぜいたく》だ。

「よく考えたら大変な異能よねぇ、因果の糸を切るなんて。聞いたわよ。その異能で、三日前に皇帝陛下の暗殺を防いだって」

二本目の肉に手を伸ばそうとしていた花珠の、動きが止まる。

(皇帝陛下……陛下の瞳《ひとみ》の色。因果の糸。あのお方が、淵紫)

美しい顔と、紫紺の瞳を思い出す。

「ああ、でも。すっきりした。新しい恋をしなきゃね。あんたはどうなの、花珠。前世は、皇帝に愛された絶世の美女だったくせに、こんな男みたいななりをしてさ。がさつで、大食いで、浮いた話の一つもなく。あんたがずっと捜してる、例の愛しい人はまだ見つからないのかしらっ……て、どうしたの？　変な顔して」

春衣は、ようやく花珠の表情の変化に気づいたらしい。顔を覗《のぞ》き込んでくる。

「うん。それなんだけど。実は、見つけたかもしれないんだ、淵紫を」

両手を頬に添え、春衣は「うそっ！」と、頓狂《とんきょう》な声をあげた。

花珠には、自分が轉世《てんせい》する前の記憶が、かなり残っていた。

幼い頃は、前世と現世の境界すら曖昧《あいまい》で、二百年前に滅んだ陽《よう》国に行きたいと言ってみたり、父母に向かって、「わたしの、以前の父上と母上はどこ？」と訊《き》いたり。さらに「淵紫に会いたい」と言ったりして、両親をひどく心配させたらしい。

長ずるにつれ、自分の中に残る記憶が前世のものだと理解した。

理解すると、両親の前で前世の記憶を口にするのは止めた。娘が轉世人であり、過去の記憶を鮮明に残していると知ったら、彼らが戸惑うと察したからだ。

ただ、親友の春衣にだけは隠さずに話した。

自分が轉世人で、前世は劉昭儀であったこと。

そして尤国初代皇帝、高祖である武帝——陶淵紫の魂を現世でも捜していることも。

夢想家の春衣は、あっさりそれを受け入れた。「死を乗り越えて愛《いと》しい人を求めるなんて素敵」と言って、花珠と同じように、淵紫に巡り合うのを楽しみにしていたのだ。

「それで!?　どこの誰だったの。もう互いに名乗りあったの」

「三日前に中天壇で出会ったのだけど、それ以来会うことができない。もちろん名乗りあうことも。そもそも彼が、自分が淵紫の轉世人だと、自覚があるかもわからないし」

「中天壇で会ったってことは、宮廷の関係者でしょう。あんたの父上の白おじ様は秘書少監なんだから、つてを使って宮廷に潜り込んで、会いに行って確かめなさいよ」

「それができれば苦労は」

その言葉を遮るように、「小主《おじょうさま》！」と鋭い声で呼ばれた。

ふり返ると、白家に仕える老婆だった。慌てたように小走りに近寄ってくる。

「やっと見つけました、小主。すぐに宮室《やしき》にお戻りください。宮城から使いが来たのです。小主の働きに対する褒美が下賜されるので、参上するようにと。急ぎ支度を」

褒美を下賜されるということは、再び皇帝に会える可能性が大きい。

肉を皿に戻すと、勢い込んで立ちあがる。目を輝かせ、春衣をふり返った。

「ごめん、春衣。宮城に行けるらしいんだ。行くよ。彼に会えるかもしれない」

「がんばって。わたし、あんたがどれほど彼に会いたがってたか、昔から良く知ってる。ずっと強い思いがあるんだから、きっと、なにもかも上手くいくわ」

「うん。ありがとう」

真っ直ぐな励ましは多少照れくさいが、こうして臆面《おくめん》もなく友を励ましてくれるから、春衣のことは好きなのだ。

「行ってくる。その肉は包んで持って行く」

そこはしっかり忘れなかった。


肉を抱え、急ぎ白家の宮室に帰ると、宮城へ赴く支度を調えた。

父の白浩然は客庁《きゃくま》にいた。冬至節から三日間、官吏は勤めが休みになるため、友人の御史《ぎょし》大夫《たいふ》、孟慶揮《もうけいき》が遊びに来ており、二人で碁を打っていた。

外出の挨拶《あいさつ》をしようと近寄ると、碁盤の前に座っていた浩然は、涙目で娘を見あげてきた。いきなり涙目になった友人を見て、慶揮は眉間《みけん》に皺《しわ》を寄せている。

「どうしたんです、父上」

突然、浩然は顔を覆い、この世の終わりのような情けない声で呟《つぶや》く。

「死にそうだ。わたしは心配で死ぬだろう」

また始まったと悟り、花珠は浩然の肩に手を添える。

「大丈夫です。心配してるだけじゃ死にませんよ。寿命は縮まるかもしれませんが」

あっけらかんと返した言葉に、浩然は顔をあげた。

「寿命が百年も縮まれば、わたしは今この瞬間に死ぬのだよ！」

「そんな器用な縮まり方、しませんて」

浩然は大げさに嘆く。

「ああ、なんでこんな武張った娘になってしまったのか。幼い頃に母が死んだのが良くなかったのか。それとも、わたしが頼りなさ過ぎたのが悪かったのか」

父の無駄な嘆きにつきあっていられなくなり、立てかけてあった環首刀を握る。

「単純に生まれつきです。諦《あきら》めてください」

三日前に起こった皇帝暗殺未遂事件。その場に居合わせて皇帝の命を救ったのが我が娘だと知っても、浩然は喜ばなかった。それどころか話を聞くと蒼白《そうはく》になり、「そんな身の危険がある職は辞し、早く婿を取りなさい」と騒いだ。

「何を嘆く、浩然。うちの莫迦《ばか》息子と花珠の中身、取り替えてほしいくらいだ」

腕組みした慶揮が、叱るように浩然をたしなめた。彼は、髭《ひげ》と眉《まゆ》の濃い、押し出しのきく厳《いか》つい顔で花珠をふりあおぐ。

この孟慶揮という御仁。彼こそ、謹厳実直で知られる春衣の父だった。莫迦息子とは、春衣のことを言っているのだ。

「浩然は言わないだろうから、わたしが言ってやろう。白一族の誉れだ、花珠。陛下のお命を救うとは、並の功ではない」

「ありがとうございます。孟おじ上」

礼をとる。

(さすが御史大夫。心構えが武人のようだ。これで春衣と仲良くさえしてくれたら、文句のつけようがない方なのにな)

御史台は百官の監察の任を負う独立した組織であり、大夫はその長官をいう。慶揮は現在その地位にある。

官吏の行状に目を光らせ、不正や横領を暴く御史台は、後ろ暗いところのある官吏にとっては厄介な組織。その長官ともなれば、番犬だの、帳簿ばかりめくってあらを探す鼠だのと、陰口をたたかれることも多い。謹厳であればあるだけ、陰口は増える。

しかしそれを気にもとめず、容赦も妥協もしない厳しさで知られるのが慶揮だ。

故に、春衣と反りが合わないのだが。

対して、めそめそしている白浩然は、秘書少監。色白でか弱そうな細面。

史書の編纂《へんさん》や蔵書管理を主にする秘書省の副官なのだから、文官のなかの文官。権力とはほど遠い職なので、権謀術数など考えたこともない文人気質の人。娘が皇帝を救った栄誉より、我が娘の頭に、危うく鏃《やじり》が突き刺さるところだったという恐怖が勝る人だ。

今日も、花珠が宮城に赴くのが嫌でたまらないようだ。今回の功績によって、本格的に龍武軍の士として取り立てられるのではないかと、浩然は恐れているらしい。

しかしもしそうなったら、花珠にとっては願ってもない話なのだが――。

環首刀を握りなおし、心配性の父を安心させるために笑顔を作った。

「ご安心ください、父上。褒美をいただくだけですから。行って参ります」

赤の袍《ほう》と黒の褌《こ》を身につけ、髪は軽くまとめて背に流していた。それで環首刀を握れば、女らしくも勇ましい立ち姿となる。

泣き落としも無駄と悟ったらしい浩然は、諦めたように眉尻《まゆじり》を下げて娘を見つめた。

「危ないことはしないと、約束しておくれ」

じっと父の姿を見れば、彼の胸から白く輝く糸がのびている。それは花珠の周囲に届くと、遠慮するように、彼女の周囲を幾重にも取り巻いていた。

糸で繭が作れそうだと思い、苦笑する。

これは父と娘の因果の糸。十重《とえ》二十重《はたえ》に、しかし遠慮がちに絡まる因果。糸の様子が浩然らしい優しさだ。世の中には父娘《おやこ》でも、因果の糸が切れていたり、どす黒い不快な色を呈する糸もあったりするのだから。

「危ないことは、今日はいたしません。切迫した状況にならない限り」

「それはなんの約束にもなってないよ」

おどけて首をすくめてから、愚痴る父とその友人を宮室に残し、馬で宮城に向かう。

なにもかも上手《うま》くいくわ、という春衣の励ましの言葉を胸に、馬の背に揺られていた。

（淵紫に、会えるんだな）

ただ相手は、仮にも尤国皇帝だ。花珠は、たかが龍武軍の士。普通であれば、皇帝の顔を拝むことすら滅多にできない。

今日は褒美を受け取り、顔を拝み、もう一度因果の糸を確かめる程度になるはずだ。再び皇帝に直接会うための、何かのきっかけが摑《つか》めれば御の字だろう。

空を仰ぐと、冬の風に刷いたように、たなびく薄い雲。

幼い頃の自分を思い出すとき、誰しも、ぼんやりとした風景を頭の中に描く。それは確かに自分の経験であり、懐かしいが、何かに隔てられている感覚がある。

花珠にとって、劉昭儀だった頃の記憶はそんなふうに隔絶した感のある、けれど、まぎれもない自分自身の経験だった。

死を隔て、二百年という歳月を経たために忘れていることも多い。印象的な出来事は覚えているが、それでも、そのときの景色や音、見聞きしたものが曖昧《あいまい》なことはある。

対して、感情は褪《あ》せることがない。それは不思議だった。

愛しさは愛しさのまま、苦痛は苦痛のまま、憎しみは憎しみのまま、感じられた。間の抜けたところでは、とにかくお腹いっぱいにお行儀悪く、がつがつ肉を食べてみたい、という願望があった。

劉昭儀は淵紫と恋仲になってから、体形を気にして肉や酒を我慢した。大食らいの気があった彼女はそれが苦痛で、酒宴の席で美しく着飾って微笑んでいながら、視線で肉の皿を引き寄せそうなほど、じっと見つめていたりしたのだ。

その反動が現世では出た。

花珠は我慢しない。充分食べて、充分動く。酒池肉林という――この場合、肉の意味は食うための肉だが――可憐《かれん》さとはほど遠い言葉を愛していたりするのだが。

最も強く、未《いま》だに胸が苦しいほどに花珠の中にある感情は、淵紫への愛《いと》しさと、彼を失ったときの絶望と憤怒だ。

幼い頃から切実に願っていた。淵紫に会いたい、と。

時々、胸をかきむしられるほど会いたい気持ちが高まることもあった。

一途《いちず》に、ただ会いたかったのだ。

生まれながらに備わった本能のように、魂が淵紫を求める。

老若男女問わず、常に用心深く観察し、淵紫の特徴がないか確かめていた。しかし、それらしい者に出会うことなく成長し、成長するにつれて不安は増した。

淵紫の魂が近くにあるのを、見落としているのではないか？　と。

あるいは淵紫が、この時代に生まれ変わっていないのではないか？　と。

自分の手首には紅色の因果の糸が絡みついており、それは生まれつきのようだった。

この先に淵紫がいるはずだと考え、辿《たど》ろうと試みたこともあった。しかし途中でこんながらがっていたり、集中が続かず見失ったりして、辿れずじまい。

苛立《いらだ》ちと不安が常に心の底にあった。

しかし、ようやく淵紫の魂に出会い、出会ってみれば、十八年も出会えなかった理由は明白。相手が皇帝では、滅多に出会えるはずはない。

(まさかもう一度、皇帝として生まれ変わっているとは、呆《あき》れる)

呆れるが、淵紫らしい。

彼は生前、劉昭儀に言っていた。自分は死んでも、尤国を護《まも》ると。自分が築きあげた国が滅びに瀕《ひん》したときには、必ず生まれ変わって国を助けるのだと。

淵紫は実際、尤国のためならばどんなことでもした。残虐なことでも慚愧《ざんき》の念に堪えながらも実行した。最後まで抵抗した蕃国王の一族に対しては「馬鞭《ばべん》以上はこれを斬れ」――すなわち、馬鞭の背丈以上の者は幼児であろうが殺せ、とすら命じた。

帝国の礎を築く大業をなした故に、淵紫は多くの者に尊敬され愛されたが、同じ数だけ、いや、それ以上に恨まれ憎まれた。

(淵紫がこの時代に生まれ変わってるならば、淵紫を殺した者も生まれ変わってる可能性が高いだろう)

淵紫暗殺の現場で目にした血文字を思い出し、眉をひそめる。彼を虎狼《ころう》と呼び、九族

――要するに血族の恨みと記してあった。

暗殺者は、淵紫を恨み、恨みを呑《の》んだまま身を隠していた何者かだろう。

警備の厳しい宮城で暗殺を実行できるとなれば、その者は忠臣の顔をして彼の側にいたのかもしれない。

淵紫が暗殺されたのは、開暦九年。淵紫が、新たな尤国の誕生を宣言して九年後だ。戦乱の残滓《ざんし》が消え、統治も行き届きはじめ、朝廷組織も整った頃。もはや皇帝に対して反旗を翻す者はいないと誰もが油断した時だった。

暗殺者は、淵紫が油断をするまで息を潜めていたのだ。

その執念深さ。恨み続ける精神の闇はどれほどか。

劉昭儀や淵紫が生まれ変わっているのだから、暗殺者も間違いなく、この時代に生まれ変わっているはずだった。皇帝を誅殺《ちゅうさつ》する怨念《おんねん》があり、何よりも血文字で、幾世にもわたって殺すと呪ってまでいたのだから。

三日前の暗殺未遂も、ことによると過去の因縁が関係しているかもしれない。

（わたしが淵紫を護る。今度こそ誰にも、彼を殺させない）

胸の中には喜びとともに、決意がある。

劉昭儀が顕闇神君に身を捧《ささ》げたとき、最も強く願ったのが、「愛しい人を護る力が欲しい」ということだった。

再び愛されたいとも、再び彼の全てが欲しいとも、思わなかった。

淵紫を愛している。だからといって彼に愛されることを、至上の喜びとはできない。

愛されるに越したことはないが、それよりも、無残な死を目の当たりにした彼女にとっては、愛する人が生きていることこそが至上の喜び。

淵紫に再び出会いたいのは、彼を護るため。

それは死の暗闇を超えてまでした決意。

寒風が吹く中、手綱を握る指は冷え切っていたが、気にならない。

坊の角をひとつ曲がると、そびえる巨大な宮城の壁、宮牆《きゅうしょう》が見えた。

三

使者から指示されていたので、宮城の東に位置する開明門《かいめいもん》から中へ入る。

開明門は掖庭宮――俗に、後宮と呼ばれる場所に通じる門。

手はずが整っていたらしく、馬を預けると案内役の宦官《かんがん》が現れた。導かれ、高い牆《へい》に挟まれた通路を抜け、寿永宮《じゅえいきゅう》と扁額《へんがく》が掲げられた門を潜った。

正殿らしき殿舎の扉は開かれており、中に導かれる。

一歩建物に入ると甘い香が薫った。謁見のために整えられた空間らしく、正面の壁際は床が一段高い。そこに高い背もたれのついた、紫檀《したん》の椅子が置かれている。

案内の宦官が跪拝《きはい》を促す。

(淵紫が来る)

冷たい床に、いささか緊張ぎみに膝《ひざ》をつく。

衣擦《きぬず》れの音がして、人が入ってきた気配がした。

（来た）

跳ねる鼓動。

「顔をあげなさい」

そう命じたのは、女の声。

顔をあげて、目の前の、高い位置に立つ女性を認めた。

年の頃は三十代中頃か四十前後。複雑に結いあげた髪には、金細工の花に宝石を鏤《ちりば》めた歩揺が挿してあり、耳にも、歩揺と意匠を似せた飾りがあった。胸高に着付けた長裙《ちょうくん》と、くつろげた襦《じゅ》のあわいから覗《のぞ》く妖艶《ようえん》な谷間。襟に施された、珠と孔雀文様の細かな刺繍《ししゅう》。さらに腕に絡める金紗《きんしゃ》の披帛《ひはく》。身なりから、位階の高い女人と知れる。

（このお方は誰だ？）

年増だが、顔立ちが美しいため、見ようによっては娘のようにも見えた。肌に触れたいと思わせるような、とろけるような色香が漂う。

「そなたが龍武軍の士、白花珠か。陛下を救ったこと、哀家《わたくし》から厚く礼を言います」

丸みのある声で言うと、微笑む。彼女が、哀家と自称したので正体がわかった。

哀家は、太后の自称。ということは彼女は、皇帝の生母である夏太后。

夏太后。名を夏鸚《かおう》という。実務をになう朝廷組織の九寺《きゅうじ》、その中のひとつである光禄《こうろく》寺《じ》配下にあった無品の官人を父として生まれた人だ。美貌《びぼう》が目にとまり後宮に入り、そこでも飛び抜けた美貌で皇帝に寵愛《ちょうあい》され、みるみる品階があがった。さらに公子を二人産み、皇后の地位まで上り詰めたのだ。

　実質的に、尤国の頂点に立つ女人だった。

　今上である九代皇帝陶紫《とうし》英《えい》には現在、事実上、実権がないと聞く。褒賞一つにしても夏太后が決め、下賜するのも彼女なのかもしれない。

（そう簡単には会えないか）

　なにしろ相手は、複雑な立場の皇帝だ。

「お目にかかれて光栄に存じます、太后様。此度《こたび》のことは、務めを果たしただけのこと。勿体《もったい》ないお言葉です」

　内心の落胆を隠し、礼にかなった言葉を返す。

「誰よりも早く賊の気配を察したと聞いた。陛下を庇《かば》って飛び出すとは、滅多に出来ることではない。しかもそなたは女人です。随分勇気があること。どんな逞《たく》しい女人かと想像していたら、思いがけず、可愛らしいお嬢さんなのですね」

「向こう見ずなだけだと、父は嘆きます。それよりも、陛下を狙った賊は捕らえられたのでしょうか。いったい何者が？」

「残念ながら捕らえ損ねたようです」

　花珠は口惜《くや》しさに唇を噛《か》む。自分が追えていたなら、逃がしはしなかっただろうと。

（犯人を逃がしてしまえば、またきっと狙われるのに）

険しい花珠の表情に気づいたらしく、夏太后は苦笑する。

「本当に、女にしておくのは勿体ないほど武人らしいですね。こんな勇敢な人には、ご褒美をあげなくては。ただ、迷っていました。あなたのような方は女人らしいものを好むのか、それとも武人らしいものを好むのか。それすらわからなくて。いっそ、あなたが欲しいものを言ってくれればいいのだけれど」

語りかける声は柔らかな響きで、口調は優しい。夏太后は十一年間、垂簾聴政《すいれんちょうせい》で実権を握っている。そのため彼女の噂を聞く度に、権力欲に絞りあげられた、きつい容貌《ようぼう》や硬い声の女を想像していたが、実際の佇《たたず》まいは随分違う。

「そのような厚かましいことは、申しあげられません。しかも、特に欲しいものは」

と言いかけて、ひらめくものがあった。はっと言葉を止め、言い直す。

「いえ……でも。お許しいただけるなら、一つ希望があります」

「言ってみなさい、なんでも」

これは千載一遇の機会やもしれない。

息を整え、腹に力を込めて告げる。

「わたしは龍武軍の士でありながら、職分がありません。これを機に、陛下の侍衛としてお仕えしたい。そうすれば今後何があろうとも、側近くでお護《まも》りすることができますので」

「侍衛に？　それが褒美と？」

「職分のないわたしにとっては、この上なく有り難いことです」

夏太后は、驚いたのか呆《あき》れたのか、「まあ」と言ってしばらく答えなかった。

花珠は言葉を重ねる。

「武挙を受験し、郷試まで突破しております。それ以上に進めなかったのは、腕力がなかったからです。その他の剣技、弓、馬、他の者に引けを取りませんでした。石を持ちあげるようなことはできませんが、剣技であれば、四、五人の龍武軍の士を同時に相手にして、全員斬り伏せる自信があります。ご希望ならご覧にいれます」

「腕に覚えがあるとは聞いています。でも、あなたは女人」

「なればこそ都合がいいのです」

あえて花珠は不敵に笑う。

「男の侍衛は掖庭宮にお供できませんが、わたしならば、陛下がどこにいらっしゃろうとも、お側近くでお護りできるのです」

夏太后は、何度もまばたきして花珠を見つめていた。

豪奢《ごうしゃ》な歩揺で飾り立てられた頭の中で、彼女は一体何を計算しているのだろうか。十一年も朝廷で実権を握っている女の判断は、甘くないだろう。しかし、だからこそ花珠に利がある。後宮にも随行できる腕利きの侍衛なら、便利に使えるはずだ。

如何《いか》にと問うように、ひたと視線を相手に据える。

夏太后が目尻《めじり》を下げた。

「確かにあなたのような侍衛は、得がたいかもしれません。誰よりも早く異変に気づき、身を挺《てい》して陛下を護る者が傍らにいるのは、陛下にとって必要なこと」

続けて厳かに告げる。

「いいでしょう。白花珠。あなたは本日より、陛下の侍衛として仕えなさい」

欲しい一言が下賜された。どんな褒美よりも尊い。

「感謝いたします、太后様」

礼をとると、期待が膨れた。

（これで確実に淵紫に会える。いや、それどころか。側近くに侍《はべ》るのを、公に認められたということだ）

ひとめ皇帝に会ってからその先を考えようとしていたのに、一気に淵紫との距離が近くなったのだ。期待以上に事が運んだことに、踊り出したいほど興奮した。

夏太后の表情が、ふと曇る。

「そなたが侍衛についてくれるならば、少しは安心です。半年ばかり前から、陛下の周囲は不穏なので。輦《れん》のながえに細工がしてあり、陛下がお乗りになると折れるようになっていたり。馬が突然暴れ、陛下を蹄《ひづめ》にかけそうになったり。事故というには多すぎると思っていましたが、さらに三日前のあの矢です」

「そのようなことが!?　暗殺を企てる、不届き者のお心当たりはないのですか」

「証拠はありませんが、わたくしが最も危険だと考える者は、ただ一人。三公《さんこう》の一人、司徒《しと》である崔林甫《さいりんほ》です」

悩ましげに溜息《ためいき》を吐き、夏太后は椅子に腰かけた。

「司徒？　司徒といえば陛下に最も近い、最も頼るべき重臣。それがなぜ」

三公は朝廷の最高位。そのうちの一人である司徒は、政の中心にある役職ではあるが、実務はない。皇帝の相談役を務め、皇帝に意見さえする、重臣の中の重臣。

本来は、皇帝が最も信頼する者が就く地位だ。

その者を危険視しているとは、まっとうな朝廷ではありえない。

「崔林甫は、先帝の叔父《おじ》に当たる方。長い年月隠然と政の中心にいます。彼が陛下を操り難いと判じれば、もっと都合のよい者を皇帝の御位《みくらい》につけたいと思うはずですから」

「しかし、陛下が即位されて十一年。今更では？　目障りなのであれば、もっと早い段階、何年も前に、ことが起こっていたようにも思えますが」

「まさに今更なのですが。陛下の身が危うくなるのには理由があります。実は陛下は心の臓が弱いのです。成長とともに健康になり、今はさほどではないのですが。生まれた直後には一度、鼓動《こどう》が止まったほどなのです」

初めて聞く話に瞠目《どうもく》した。実母に実権を握られっぱなしの木偶《でく》だの、ぼんくらだのとは耳に入っていたが、それほどまでに虚弱だったとは。

「心配した先帝が、太卜署《たいぼくしょ》の卜博士《ぼくはかせ》に、幼い陛下の行く先を占わせました。その結果は、『この公子は二十歳まで生きられれば稀代《きたい》の名君になる』というものでした」

膝《ひざ》に添えた手に、思わず力がこもる。

（名君になる、か。あり得る話だ。彼が淵紫の生まれ変わりであれば）

予言は、皇帝が淵紫の生まれ変わりである証左の一つか。

「わたくしは、幼くして即位なされた陛下をお助けしてきました。快く思わない者は多くいましたが、誰もが、陛下は長く生きられないのだから、わたくしが口を出すのも今のうちだけと思っていました。情けないことですが、崔林甫もそうでしょう。いずれすぐに陛下は崩御され、自分たちが操りやすい方を、皇帝の御位につけられると」

語る夏太后の瞳《ひとみ》には、強くあろうとする意志と同時に、沈痛な色もある。

「陛下には弟が一人います。陛下と同様に、わたくしが産んだ公子で、十一歳。未《いま》だ王にも封じられていない、ほんの子どもです。陶秋芳《しゅうほう》と言います」

陶秋芳の名を口にした一瞬、夏太后の目に安らぎに似た色が見えた。皇帝の弟公子であるその子を、心から慈しんでいるのだろう。

「秋芳は気の優しい子です。以前、崔林甫が、病弱な陛下には禅譲していただき、秋芳を皇帝にしてはどうかと。そう口にしたこともあるのです」

「それは、あまりにも陛下を侮りすぎでは」

首が飛んでもおかしくない暴言だ。しかし崔林甫が未だ司徒の役職にあるということは、許されざる暴言すら許される現状がある、ということなのだろう。

「無論わたくしは、崔林甫の罷免を試みました。しかし多くの反対にあい、諦《あきら》めました。

とにかく、わたくしにとっては、陛下も秋芳も可愛い我が子。臣下の思惑で右に左にと地位を動かされ、軽々しくあつかわれるのは我慢なりません」

幼い我が子の陰から朝廷を牛耳り、思うがままに振る舞う悪女。そんな印象で語られることが多い夏太后だが、今、目の前にいるのは、病弱な我が子を庇《かば》おうとする母親だ。優しげな顔に心配そうな目元。

ふと、幼くして亡くした母の面影を、夏太后の中に見いだす。

(噂と実態は、これほど違うものなのか。この方は、愛情深い母そのものだ)

夏太后の夫であった先代皇帝は、彼女が後宮入りしたときには既に五十代で、皇后も高位の妃《ひ》嬪《ひん》も大勢いた。公子三人、公主も五人、あわせて八人の子があったと聞く。

しかし今生きている先帝の子は、公子について言えば、今上である紫英とその弟の秋芳、二人のみ。公主は三人まで早世し、二人は嫁いだ。

夏太后が産んだ以外の公子三人は、三人とも違う妃嬪から生まれた。三人の妃嬪と公子たちは自らが世継ぎとなるべく、互いに互いを陥れようと画策し、三人ともが事故死。

結局、幼すぎるために世継ぎ争いに巻き込まれなかった紫英に、皇太子の地位が転がりこむ。それと同時に、当時はまだ修儀《しゅうぎ》であった夏鸝が皇后となったのだ。

それは運が良い、とだけは言えない。

子が幼くとも、夏太后がその気になれば「我が子を皇太子に」と画策するのは可能だ。

しかし夏太后はあえてそれをせず、一歩引き、争いに加わらなかった。

それは公子たちの自滅を予見していたというよりは、権力を望むよりも、まず我が子を護ろうとした結果なのかもしれない。

　怒りを含む夏太后の言葉から、皇帝の周囲に不穏な気配がある理由が理解できた。

「陛下は御年十九歳。おそらく二十歳を無事に迎えそうだと、皆が認識し始めたのですね。そのために、陛下は早世なさると見込んでいた者たちが慌てだした、と。そういうことですか？　自分たちに都合のいい方を皇帝の御位につけることが不可能になり、あまつさえ、二十歳まで生きれば名君となる予言を受けた方が君臨するとなれば、佞臣《ねいしん》であればあるだけ立場が危うくなる」

　確認した花珠に、夏太后は頷《うなず》く。金の歩揺が揺れた。

「そういうことです。残念なことに、重臣と呼ばれる者のほとんどが陛下を軽んじています。そして陛下が賢君となられて最も困るのは、長年権力を掌握している崔林甫」

　最も信頼すべき身近な臣下に、皇帝は命を狙われているということなのだろうか。

　夏太后の推測の域を出ないのだろうが、皇帝崩御によって最も利益あるのが崔林甫だとすれば、可能性は充分にある。

「陛下には予言の他に、何か特別なことはありませんか？　特別なお力があるとか。あるいは——轉世人《てんせいじん》だとか」

　思い切って問うと、夏太后は微苦笑を浮かべた。

「轉世人。陛下の瞳の色ですね。陛下が生まれたときから時々、高祖が轉世されたのではないか、と言う者はありました」

「もし……もし、陛下が高祖の轉世人であらせられるならば、前世の因縁で、お命を狙われる可能性もあります」

「心配にはおよびません。陛下が轉世人であるかどうか、誰にもわかりません。陛下に前世の記憶はないのです」

　夏太后は、我が子が轉世人だと知らないらしい。

　皇帝本人に前世の記憶がないと夏太后は言うが、本当だろうか。記憶があっても、それを皇帝自身が隠している可能性も捨てきれない。淵紫であれば用心深く振る舞って、自分が轉世人だと公にすることはないはずだ。即位が早すぎたために、幼さから実権をもてない。その状況で「建国の英雄の轉世人である」と知られてしまったら、朝廷を意のままに操りたい佞臣たちは、「英雄として実権を握る前に」と、すぐさま幼い皇帝の命を狙うだろう。さらに淵紫を暗殺し、現世にも轉世しているだろう暗殺者にも、付け狙われるはずだった。

「あなたのことは、わたくしから龍武軍に伝えて正式に任命をさせ、今日からでも侍衛として務められるように準備を整えさせます。よろしく頼みますね、白花珠」

退出しようとする夏太后の背に、追いすがるように言う。

「太后様。もしできるなら、今から陛下にご挨拶《あいさつ》に伺いたいのですが」

足を止めふり返った夏太后は、目尻《めじり》を下げた。

「本当に頼もしいこと。あなたを侍衛に任じたのは間違いないようですね。ええ、いいでしょう。今からすぐ、挨拶に行ってください。黄公公《こうどの》」

控える宦官《かんがん》に目配せし、告げた。

「彼女を陛下のもとへ案内なさい。陛下のために、わたくしが許した侍衛だと伝えて」

「承知しました」

　黄と呼ばれた宦官が恭しく礼をとる。

「では、頼りにしていますよ、白花珠」

　今一度微笑み、夏太后は去った。それを見計らって黄宦官が「こちらにどうぞ」と、花珠を寿永宮の外へ導く。

（予想以上に、皇帝の周囲はきな臭い。わたしは轉世人のことばかり気になっていたが、それとは別に、まさか司徒が信用ならないとは）

　任命された直後に挨拶に行くのは強引だったかもしれないが、間違ってはいない。一日でも早く役目に就けるに、越したことはない。

　そして一日でも早く、淵紫に再会できるのは嬉《うれ》しい。

　愛する人と出会い直すとき、どんな気持ちになるのだろうか。中天壇で一度会ってはいるが、あの時は驚きが大きすぎて「会えた」という事実は理解できても、実感は伴っていなかったのだ。

　今日が本当の意味での、淵紫との出会い直しの日になるだろう。

前世。

淵紫と劉昭儀の出会いは、敵兵が乱入し、大混乱した城郭の中でだった。

二百年前。尤国が大陸を統一するまでは、尤、陽、蕃の三国があり、覇権を争っていた。尤国が勢力を伸ばす中で、陽国は尤国と同盟。二国で蕃国を挟撃していた。

そんな情勢の中。劉依依——後の劉昭儀は、陽国王都に住んでいたのだが、その王都に蕃国軍が乱入した。彼女の父は陽国の将軍。彼女も女だてらに馬には乗れたが、兵士におよぶものではない。

乱暴狼藉《ろうぜき》を働く敵兵に追われ、城郭の中を逃げ惑い、追い詰められた。

引き絞った弓に矢をつがえた敵兵数十人に囲まれたのは、百人もの民。

その先頭に立った劉依依は、細い手に剣を構え、自分の体に幾本矢が突き立とうとも、民の前から動くまいと覚悟した。

将軍の娘だという自負が、そうさせた。

——小主《おじょうさま》。小主。

民は将軍の娘に縋《すが》るように彼女を呼び、すすり泣いている。

劉依依は、落ち着いた声で言い続けていた。

——大丈夫。わたしが、護る。

その言葉を聞いた敵兵が、げらげら笑っていた。

射《い》殺《ころ》されるしかない絶望が、そのとき突然途切れた。

敵の背後を、騎馬の軍団が襲ったのだ。同盟国である尤国の騎馬兵だった。笑いながら矢を放とうとしていた敵兵を、真っ二つに斬り伏せた美丈夫を、劉依依は呆然《ぼうぜん》と見あげた。目が合うと彼は破顔した。

――勇敢だ。よく民を護ったな、小姐《おじょうさん》。

――誰？

訊《き》くと名乗った。

――陶淵紫。尤国王を名乗っている。

その男が当時、尤国国王だった陶淵紫。

抑え込んでいた恐怖が噴き出し、感謝と喜びが同時に膨れあがり、涙が溢《あふ》れた。

最初の出会いのあの時、淵紫は、民を救う軍神そのものに見えたのだ。

（どんなふうに、あなたと出会い直せるのだろうか）

奇妙な感覚だった。花珠自身は淵紫に一度も会ったことがないのに、性格も優しさも、仕草も癖も良く知っている。初めて会うのに懐かしくて、とてつもなく愛《いと》しい。

しかし同時に、馴染《なじ》みがない人でもあるのだから、緊張が増す。

懐かしさと馴染みのなさ。対極の感情が同時に襲う、多少混乱した興奮が胸を満たす。

左右に高い石牆《いしべい》が連なる通路を抜け、見覚えのある門を潜った。

中の建物群を目の当たりにして身が竦《すく》む。そこは劉昭儀の記憶にある、養親殿。

淵紫が暗殺された場所だ。少なからずぞっとした。

二百年経っても変わらぬ佇《たたず》まいなのは、なにやら不吉な気もする。

足を止めた彼女をふり返り、黄宦官が「どうぞ、こちらに」と促そうとした時だった。

庭院《にわ》の一角を占める黒竹の林の方から、くすくすと青年の笑い声がした。

見れば竹林の中に、身をかがめて、こちらに背を向ける人の姿がある。尤国貴色である紫紺に近い、青紫の深衣を身につけた彼は、竹林の向こう側を覗《のぞ》いてしのび笑う。

「見つけましたぞ！　大家《へいか》」

竹林の向こうから鋭い声。

青年は弾《はじ》けたように笑い、竹林を飛び出してきた。そこで花珠の存在に気づいたらしく立ち止まり、何度かまばたきする。

その美しい顔貌《がんぼう》と紫紺の瞳《ひとみ》。皇帝、陶紫英だ。

竹林をかきわけ、表情の険しい老宦官が駆け出てきた。紫英は老宦官の手から身をかわし逃げる。老宦官は眉《まゆ》をつりあげた。

「大家、なぜお逃げになるのですか!?」

再び紫英が、相手の手をひょいと避《よ》けながら笑い出す。

「王公《おうどの》が怖い顔をして追いかけてくるのが、面白いからに決まっているではないか」

「面白がっている場合ですか。わたしは丁俊熙《ていしゅんしょう》様から、それはきつく命じられたのですよ。明日の朝議について陛下にご相談があるので、丁俊熙様が参られるまでに正殿にお戻り願えと」

「そんな退屈なこと、そなたが行けばいい。余は、逃げる」

「大家をお連れしなければ、わたしが丁俊煕様に小突き回されます。逃がしませんぞ！」

案内役の黄宦官も、花珠も、じゃれ合っているようにしか見えない彼らの様子に唖然《あぜん》とした。

いや、じゃれているのは紫英だけで、王とかいう老宦官は必死。王宦官の必死さが紫英に通じていないだけだ。

何を見せられているのか、花珠はようやく理解した。

どうやら、淵紫の生まれ変わりたる皇帝が、愚かしさ全開でふざけている様を目の当たりにしている、と。

二章　毒

一

（……本当に淵紫だよね？）

瞳は紫紺。意識を集中すれば、彼の手首と自分の手首をゆるく繋《つな》ぐ紅色の因果の糸が、今も見える。

彼の魂は淵紫に間違いはない――と思う。しかし。

（このふざけた様子はなんだ？）

膨らんだ期待が蒸発し、頭の中で熱気になって、ぐるぐる回った。

「お取り込み中に申し訳ありません、大家」

黄宦官《かんがん》が、ふざける紫英に声をかけると、彼はようやく逃げるそぶりをやめる。

「夏太后の命により、新しく陛下の侍衛に加わる者を連れて参りました。白花珠。龍武軍の士です」

「おお、これは。三日前の中天壇で、勇敢にも陛下の命を護ったあの士か」

感動したように声をあげた王宦官と違い、紫英は綺麗《きれい》な笑顔で小首を傾げた。

「おや、この人だったかな？　こんなに可愛い人だった？」

（よもや顔すら覚えていない？　いや、まさか。いくら、取るに足りない龍武軍の士でも、仮にも命を助けたんだぞ？）

笑顔が引きつりそうになりながら、花珠は礼をとる。

「今日より侍衛を務めます、白花珠でございます。よろしくお願いいたします、陛下」

「うん、よろしく」

驚異的に軽い声を発し、紫英はまた逃げだそうと身を翻す。

反射的に、花珠は踏み出して紫英の手首を摑《つか》んでいた。

「お待ちを！」

驚いたらしく、紫英は綺麗な形の目を見開き、紫紺の瞳でまじまじと花珠を見る。真っ直ぐ視線がぶつかった。その瞳の色に、懐かしさが胸の奥からこみあげた。

淵紫。

そう呼びたかった。淵紫の魂を持つ者に触れていると思うと、かっと全身が熱くなった。しかしその感動は、王宦官の狂喜の声で霧散する。

「でかした、白花珠！　そのまま、わたしとともに、大家を正殿へお連れするのだ。いいか、放すでないぞ」

ぎらつく目で命じられ、花珠は勢いで「はい！」と返事した。

「放してくれぬか？　花珠とやら」

花のような笑顔で紫英が言うと、王宦官が鬼の形相で叫ぶ。

「放してはならぬ！」

仕方なく、手首を握った紫英に言う。

「とりあえず、……正殿にご一緒します」

「嫌だなぁ」

紫英が溜息《ためいき》を吐く。これには花珠も眉を吊《つ》りあげた。

（なに言ってるんだ、こいつ。朝議のためのご相談だって、言われてなかったか？）

つべこべ言わず皇帝の務めは果たせ、と言いたいのをぐっと堪《こら》えた。

（落ち着け、花珠。このお方は皇帝陛下で、なおかつ淵紫なんだ。淵紫がこんな愚かなわけない。これは何か理由あっての……えっと……芝居。きっとそうだ）

早く早くと王宦官にせかされながら、花珠は皇帝の手を引いて二の門を潜ると、院子《なかにわ》を通って正殿に向かう。何度も痛い目に遭っているのか、王宦官は先に立って先導しつつ、度々ふり返りながら「逃がし奉るな」「油断するでないぞ」としきりに言う。

手を引かれる紫英の方は、やる気なさそうに歩く。

ずんずん歩く花珠の耳元に、紫英が顔を寄せて甘く囁《ささや》いた。

「おまえは凜々しくて綺麗だ。赤がよく似合う。ねぇ、花珠。手放してくれたら、いいことをしてあげる。掖庭宮の花苑《かえん》に二人で逃げ込まない？」

見返すと、美しい微笑み。

その笑顔に、むらむらと花珠の中に欲求が湧く。

（まずい。どうしよう。渾身《こんしん》の力でぶん殴りたい）

相手が皇帝だとか淵紫だとか、そんなことは一瞬頭から飛んでいた。

花珠は、顔が良いだけの莫迦男《ばかおとこ》が心底嫌いだ。ことに莫迦なくせに、自分の容貌《ようぼう》のよさだけは認識し、それを有効利用しようとする種類の男は最も苦手。これはもう生理的に受け付けない。

淵紫は、浮ついたところのない武人らしい、重厚な性質の男だった。すり寄るあまたの美女たちを、案山子《かかし》か驢馬《ろば》を見るような目で眺めていたし、常に頭の中は軍略で一杯で、暇があれば剣を手に鍛錬していた。

彼が憩うのは劉昭儀と過ごす間だけ。そして彼が心から愛したのも、彼女だけ。

侍衛になったばかりの、顔も覚えていなかった女に、「いいことをしてあげる」などとは、死んでも口にしない男だった。

「命を救ってくれたのだもの。それだけで余にとって、おまえは特別だよ」

「わたしの顔を、忘れておいでのようでしたが？　特別な女の顔を忘れるのですか」

「おや、すねている？」

すねているのではなく、御身のゆるい記憶力に驚いたのだ、とは言えず口をつぐむ。

（淵紫のはずなのに、これを続けられたら我慢できない。いや、でも、これは芝居のはずだから）

「花珠」

と再び顔を寄せようとするので、大股《おおまた》に歩いて速度をあげた。相手がたたらを踏む。

「こら、乱暴だね」

「失礼いたしました。生まれながらにがさつなもので」

「恋でもしたら、細やかさが芽生えるかもしれないよ。余と、してみるか？」

（聞こえない、聞こえない。なんにも聞こえない）

胸の中で呪文《じゅもん》のように繰り返し、ごにょごにょと背後で何か言っている皇帝の言葉を耳に入れないように努めた。そうしなければ、相手の腹に、本気で肘《ひじ》を打ち込みそうだ。

困惑の極致だった。

紫紺の瞳《ひとみ》と、紅色の因果の糸が花珠とつながっているので、紫英が淵紫の生まれ変わりには間違いない。しかし何がどうなって、彼がこんな、頭に花が咲いたような状態になっているのか、と。

そもそも紫英は、自分が轉世人《てんせいじん》だと自覚があるのだろうか。

やっと巡り合えた——なのに。

（その相手に腹が立つとは!?）

これは何かの間違いか。

（どういうことだ、顕闇神君！）

怒りのまま紫英を正殿に放り込み、宮室《やしき》に帰った。

その日のうちに龍武軍から白家に使いがあり、翌日から花珠は宮城に常駐し、皇帝の侍衛を務めるようにと通達を受けた。

父の浩然が傍らで、涙目で通達を聞いていたのが申し訳なかった。

淵紫の魂を持つ者に出会えたことと、その困惑を、春衣に会って話したかった。だが街に出る暇はない。春衣におごってもらって、持ち帰った豚肉をやけ食いぎみに平らげ、翌日、花珠は再び宮城に入った。

養親殿の西側は、高い牆《へい》がある通路に接していた。通路の北端にある門を潜れば掖庭宮で、もう一方の南端の門を潜れば、外朝とされる太極宮《たいきょくきゅう》へとつながる。掖庭宮と通じてはいるが後宮ではなく、太極宮の一部であるのが養親殿だ。皇帝の臥房《しんしつ》と、執務のための房、重臣の上奏を聞く房まで用意されている。皇帝が最も長い時間を過ごす場所で、出入りできる者は限られていた。

それらの場所に出入りするための符籍《ふせき》が花珠には与えられ、さらに養親殿の一角に室《へや》も用意された。全ては、紫英と行動を共にするためだ。

驚いたことに、花珠以外の侍衛は外朝に詰めており、朝議のさいに周囲の警護をする程度らしい。側にいないのでは侍衛の意味がないのだが、紫英本人が侍衛を煙たがり、追い払ってしまうらしい。

「だからこそ、そなたは絶対に追い払われぬように。心を強く持ち、大家《へいか》のお側に侍《はべ》るのだ」

と、王宦官《かんがん》は言った。彼は前日、紫英と追いかけっこを繰り広げていた老宦官だ。名を王甜《おうてん》と言い、紫英が皇太子であったときから側に仕え、身の回りの世話を一手に引き受けているらしい。口うるさいが面倒見のいいお爺《じい》ちゃん、といったところ。

王宦官は、花珠の着任に期待を寄せているようだ。

紫英が侍衛を遠ざけるので、王宦官は心配でたまらない。そこに着任した花珠は掖庭宮にまで随行できるのだから、彼女だけでも紫英を護衛していれば、ひとまず安心と考えたらしい。紫英の日常の行動を一通り教えると、「今後は、かたときも大家から目を離すな」と厳命し、尻《しり》を蹴飛《けと》ばすようにして、花珠を正殿へと向かわせた。

朝議を終えた紫英が帰ってきたらしく、常であればこれから朝餉《あさげ》をとるという。正殿へ向かいながら、花珠は環首刀を握りなおす。

とにかくまず冷静になろう。

昨日の紫英の態度は何らかの理由による、芝居ということも考えられるのだ。実直で、勇気があり、英雄と讃《たた》えられた淵紫の魂をもつ者が、愚かしい人間のはずはない。

それを信じ、勝負に挑むような気持ちで正殿の出入り口に立った。

「おはようございます、陛下。本日より、正式に側にお仕えいたします」

「お入りよ」と紫英の声がかかった。餐卓《しょくたく》に着いた彼は、朝餉の粥《かゆ》を、食欲がなさそうに匙《さじ》でかき回している。

餐卓をはさんで紫英の前には、見知らぬ青年官吏がいた。紫英よりも五つ六つ年上に見える彼は、切れ長の目にやや薄い唇で、怜悧《れいり》な印象。

紫英の言葉に従って中に入り、餐卓の傍らに控えると、青年官吏は花珠を睨《にら》む。

「陛下、これは何者ですか」

「おまえ、王公《どの》から聞いていないのかい？　この者は中天壇で余を護《まも》った、あの龍武軍の士だ。夏太后から遣わされた、新しい侍衛だ」

生真面目そうな青年官吏の顔が険しくなる。

「中天壇のことは伝え聞きましたが、その者をいきなり侍衛に抜擢《ばってき》するなど、夏太后は何をお考えか。しかも陛下は、それを承知されたのですか」

「ご厚意を、むげにするわけにもいかないよ」

「しかし、ろくに身辺調査もせずに側に置くなど」

「問題ない。彼女の父は秘書少監の白浩然。身元は確かだからね」

「この男女《おとこおんな》が、白秘書少監の娘ですか？」

胡乱《うろん》げな横目で見られた。初対面でけんか腰かと、花珠は呆《あき》れながらも礼をとる。

「夏太后より、陛下の侍衛として遣わされました。龍武軍の白花珠です。どうせ呼ぶならば、男女は聞き飽きているので、他の呼び方にしてください。ちなみに、行き遅れも聞き飽きてますので」

「こざかしい」

「それも、聞き飽きている部類です。その他の、独創的な呼び名でお願いします」

「この……」

言葉に詰まった青年官吏を見て、紫英が小さく笑う。花珠はにこりとした。

「思いつかないのであれば、白、もしくは白花珠とお呼びください。ちなみに、あなた様の名を訊《き》いてもよろしいでしょうか」

「丁俊熙《ていしゅんしょう》だ」

居丈高に名乗られたが、気にせず再び礼をとる。

「改めまして、丁俊熙様。お見知りおきを」

つんと顔を背けた俊熙の様子を、紫英は粥をかき回しながら面白そうに見あげていたが、すぐ花珠に向き直る。

「これから頻繁に顔を合わせるのだから、二人仲良くせよ。ときに花珠。早速で悪いのだけれど、頼まれてくれぬか」

言いながら紫英は懐から、折りたたんだ料紙を取り出し餐卓の上へ置く。

「大切な使いだ。急ぎ、これを秘書少監に届けて欲しい。白浩然は、おまえの父上だ。内密に渡すことはできよう」

「ご命令とあらば。しかし秘書少監に何の御用が」

「それは言えぬ。王公公にも見つからないように、行ってくれないかな」

「王公公にもですか？」

「というよりは、誰にも気づかれぬようにだ」

低く潜めた声。王宦官にすら見つからないようにということは、よほど受け渡しに慎重を要する密書か。

真剣みをおびる紫紺の瞳が、花珠を見据えた。

（これは。この目は）

昨日の対面のときと今朝は、人が変わったようだ。その目は淵紫の瞳を彷彿《ほうふつ》とさせる。

（やはり、昨日のあれは芝居か！）

俊煕が眉《まゆ》をひそめた。

「秘書少監に何の御用ですか、陛下」

「俊煕には関係ないこと。しかしとても大切な用件なのだ。花珠、頼んだ」

力強く花珠は頷《うなず》く。

「承知しました、すぐに」

密書を胸に、王宦官の目をさけて養親殿を出た。

浩然が勤める秘書省をはじめ、官吏たちが働く尚書省《しょうしょしょう》と六部《りくぶ》があるのは、政の中心であり皇帝の住まいでもある宮城の南、皇城《こうじょう》と呼ばれる場所だ。

宮城から南へ抜ける四つの門のいずれかを通り抜け、宮城と皇城の間を横切る大路を渡る。宮城もそれなりに大規模だが、皇城はさらに五割増しで大きい。

秘書省までは馬で行きたくなるほど距離があるが、そうもいかないので早足で向かう。

(わたしは莫迦《ばか》だな。淵紫の魂をもつ者が、愚かなはずがない。しかも皇帝なのだから)

やはり昨日のふざけた様子は、芝居だったのだ。

愛する人の魂に出会えた喜びと、それを護るべき使命感。それが再び息を吹き返し、花珠の足運びを軽くする。

(あの落ち着き払った紫紺の瞳《ひとみ》。淵紫のようだった)

嬉《うれ》しかった。あの瞳を目にして、やっと淵紫に辿《たど》り着いたという気になった。

紫英は、自分が轉世人《てんせいじん》であるという自覚があるのだろうか。

淵紫の記憶は残っているのだろうか。

自覚や記憶があるにせよないにせよ、紫英が淵紫の魂をもち、淵紫のように素晴らしい男であるなら、花珠は躊躇《ためら》いなく命をかけて護れるだろう。

早足で歩きながら、胸に納めた密書を衣の上から押さえた。

(陛下から父上――秘書少監に、か。いったい何が、したためられているのか)

皇帝と秘書少監は顔を合わす機会もなく、書類上での接触すらないのが普通。そこへ遣わされる密書の目的は皆目わからないが、わからないからこそ、秘密裏にことが運ばれている重大案件なのかもしれない。

内密に渡せと指示されていたので、秘書省に到着した花珠は、娘として父に用事があると伝えて取り次ぎを願った。

秘書少監の室に通されると、浩然が驚きながらも満面の笑みで花珠を迎えた。

今朝、宮室《やしき》を出るときには、今生の別れのように落ち込んでいた浩然だ。それがこんなにも早く娘と再会できたので、用件が何であれ嬉しくて仕方がないらしい。

「どうしたんだね、花珠。早速、陛下から暇を出されたのかい。めでたいね」

笑顔で酷《ひど》いことを言う。

「縁起でもないことを言わないでください。首になんかなっていません」

なんだ、とがっかりしたような浩然だったが、今度は心配そうに眉尻《まゆじり》を下げる。

「じゃあ、陛下にひどいことをされたのかい。もしくは側仕えの者たちに。もしそうであればすぐにでも役目を辞して」

「そんなことないです。ああ、でも。ちょっと偉そうな官吏には、突っかかられましたけど。丁俊熙とかいう」

「丁俊熙？　花珠。その方は偉そうなのではなく、偉い方だよ。銀青光禄大夫《ぎんせいこうろくたいふ》の丁俊熙殿。左散騎常侍《ささんきじょうじ》だから、陛下の最も身近なご相談役だ」

「へぇ。そんなに位の高い人だったとは」

浩然よりも三つも官品が上で、浩然の上司である秘書監と並ぶ地位だ。

「お若いが、宮廷では稀《まれ》な秀才として通っている方だ。まさか無礼は働いていないよね」

恐る恐る問われて、花珠は笑顔で誤魔化した。

「はい。多分。それはそうと、陛下の御用できたのです。これを陛下より預かって参りました。内密に、秘書少監に渡して欲しいと」

紫英から預かった密書を差し出す。

陛下と聞くと、さすがに浩然の顔から笑みが消える。

「陛下から？　どうしたことだ。わたしのような者に」

密書を手に取り、不審げにそれを見つめた。

「なぜかは教えてもらえませんでしたが、大切な用件だと。とにかく、側仕えの宦官《かんがん》にも知られないように、これを秘書少監に渡すようにとのご命令でした。わたしの父上なので、密《ひそ》かに手渡すことはできようと」

険しい表情で文を開いた浩然は、紙面に目を落とすと驚愕《きょうがく》の表情になる。

「これは……！」

二

「なんですか⁉」

「意味がわからぬ」

気の抜けた浩然の声。

「はい？」

手にある文を、浩然はぺらりと広げて花珠に見せた。

『秘書少監白浩然　娘と茶でも飲み　息抜きされたら如何《いかが》だろうか』

そう書かれている。

唖然《あぜん》とした。

しかしそれはほんの数瞬で、すぐに事の次第を理解した。無意識に拳《こぶし》を握る。

「あの……うらなり瓢箪《ひょうたん》……」

「瓢箪？　花珠？　これは一体、なんだね」

「担がれたんです」

むらむらと怒りが湧く。

「父上、失礼します。それは焼き捨ててください」

言うやいなや、足音も荒く秘書省を飛び出す。

（莫迦皇帝め！）

新任の侍衛を担いで遊んで、今頃、丁俊熙と一緒に大笑いしているのだろう。

暗殺されかけたのは数日前だというのに、遊びで侍衛を遠ざけるとは。危機感というものが、彼の頭の中で死滅しているのではないだろうか。

（王公が注意していたのは、こういうことか）

侍衛たちが紫英に追い払われたと、聞いてはいた。おそらくこんなことが度重なり、侍衛たちも腹を立て、やる気をなくし、結局は、紫英が命じるままに外朝に詰めるようになったのだと想像がつく。

花珠も気が長い方ではない。頭に花が咲いたような男にこんな仕打ちをされたら、普通であれば即座にやる気が失《う》せる。しかし相手が淵紫の魂をもっているとなれば、簡単には放り出せない。劉昭儀が己の命を代償にして、死の闇を超え、さらに現世で十八年も待ちわびた人なのだから。

（でも、その人が、なんであれなんだ？）

養親殿に駆け戻った花珠は、正殿に飛び込む。

すると中にいた俊熙が、いきなり彼女を睨《にら》みつけ怒鳴った。

「白花珠！　陛下はどこなのだ」

「そんなものこちらが聞きたい！」

かっかしていたので思わず言い返すが、直後に、しまったと青ざめた。相手は浩然よりも高位の官吏だと、言い返した後に思い出すとは。

「すみません。失礼を」

とりあえず礼をとる。

「詫《わ》びなどいい！　とにかく、陛下はどこだと訊《き》いているのだ」

苛立《いらだ》たしげに再度問われ、冷静になった。俊熙も紫英を捜しているらしい。紫英と俊熙の二人で花珠を担いだのかと思ったが——、どうもおかしな様子だ。

秘書省までの往復で無駄に切れた息を、整えながら問う。

「まさか、あなたも陛下に担がれたのですか？」

「あなたも、だと」

呟《つぶや》いた俊熙は肩を落とし、深い溜息《ためいき》を吐いて餐卓《しょくたく》に手をつく。

「まさか、おまえもなのか。てっきり、おまえが陛下とぐるなのかと」

「何があったんです」

「出て行ったおまえから急ぎ文が来たと、侍女からこれを渡された」

項垂《うなだ》れながら差し出した文には、『陛下には内密でご相談があります。すぐに乾青門《けんせいもん》のところにお出でください』と書かれていた。わざとそうしたような、へたくそな字で。

乾青門は、養親殿と外朝を繋《つな》ぐ門。すぐ近くのこともあり、文を受け取った俊熙は紫英を残して乾青門へ向かったが、そこに人影はなかった。不審に思いながらも戻ると、紫英が消えていたという。

「逃げられたのだ。朝餉《あさげ》の後に、今朝の朝議で問題になった、妃嬪《ひひん》についてのご相談をする予定だったのに」

「わたしの名で呼び出されたから、わたしがぐるだと思ったんですね。しかし担がれたのは、わたしも同様です。父の前で、えらい恥をかきました」

「そうか……、てっきり。新任の侍衛だ。陛下の命令には逆らえまい、と。おまえが秘書省に遣わされたのも、わたしを遠ざけるための下準備だと」

俊熙の背中を「この男も気の毒に」と、思って見つめた。

落ち込んだらしく俊熙はしばらく動かなかったが、ようやく顔をあげた彼の目には、静かな怒りが燃えていた。爆発するわけでも怒鳴るわけでもなかったが、じっとりと根に持つような怒りの表情というのは恐ろしい。

「ここで、諦《あきら》めてなるものか。逃がしはしない」

拳を握り、俊熙はきっと花珠を見やった。

「白花珠。王公公《どの》と一緒に掖庭宮へ向かい、陛下を捜せ。わたしは外朝に詰めている侍衛たちを使って、太極宮で陛下を捜す。見つけたら、即刻こちらに連れ戻せ。行け！」

「だから申したのに。今日は、丁俊熙様まで一杯食わされるとは」

ぶつぶつと愚痴る王宦官とともに、花珠は掖庭宮に入った。

「面目ないです」

と素直に花珠が口にすると、王宦官は「何人もの侍衛がこうして謀られておるのだから、まあ致し方ない」と溜息を吐く。

「なんで朝餉も食べず、陛下は逃げ出すんでしょうか。どうせならば朝餉の後にすればいいのに」

食いしん坊の花珠の意見に、王宦官は首を横に振る。

「ここ一年、大家《へいか》はまともに朝餉も夕餉も召しあがらぬ」

「それではお腹が空《す》きませんか」

「元来、小食なお方だ。しかも丁俊熙様や侍衛から逃げ回っている間に、不意に色々な厨房《ちゅうぼう》に現れては、簡単なものをつまみ食いしているようだ」

「とことん、お行儀が悪いですね。この国で最も高貴な方が」

遠慮のない評価に、王宦官はぐぅと呻《うめ》く。取り繕いたいが、その余地がないのだろう。

掖庭宮はかなりの規模だ。南六宮、北六宮と称される十二宮があり、建物の数は数百。さらに宴遊のための花苑《かえん》や楼閣もある。

花珠と王宦官、二人だけで紫英を捜すには絶望的な広さに思えた。

しかし長年、紫英に仕えている王宦官はさすがだった。

紫英が掖庭宮に逃げ込んでいるとすれば、彼が行きそうな場所はだいたいわかると言って、花珠を引き連れ、まずは花苑に向かった。そこにいないとわかると、迷わず北西の、日当たりの良くない宮殿へと向かう。

延祈宮《えんしきゅう》と扁額《へんがく》のかかった門を潜る。

院子《なかにわ》には椿が多く、冬の寒空のしたでも、艶《つや》やかな緑の葉と真っ赤な花をつけていた。色彩の乏しい冬にあって、その鮮やかさが際立つ。

人の気配がほとんどない静かな宮殿だったが、正面の殿舎から、少女の無邪気な笑い声が聞こえた。

（子ども？）

掖庭宮には、夏太后の第二子で紫英の弟公子、十一歳になる陶秋芳が棲《す》んでいるはずだったが、声は少女のものだ。その声を聞いた王宦官《かんがん》は、確信したように頷《うなず》く。

「白花珠。大家は間違いなく、こちらにおられるぞ。お連れせよ」

「中に？　しかし侍女に取り次ぎを願うにも、姿が見えませんが」

「ここに取り次ぎの侍女などおらぬ。侍女は二人のみで、おそらく中におる。もしできたとしても、取り次ぎなど頼んでみよ。大家はその間に、裏口からお逃げになるわ」

「この宮殿は何なのですか」

「大家がお気に入りの、周充儀《しゅうじゅうぎ》がお住まいの宮殿じゃ。陛下が通われるのは、周充儀のところのみ」

掖庭宮には二百人を越える妃嬪が、紫英のために用意されているはずだった。

選ばれた者、献上された者、望んできた者と様々だろうが、いずれ劣らぬ美女のはず。

それなのにたった一人のもとへしか通わないとは、よほど相思相愛なのだろうか。

淵紫と劉昭儀のように。

劉昭儀はさして身分の高い家柄ではなかったし、淵紫には五十人以上の妃嬪がいたが、それでも彼が常に通うのは劉昭儀のもとだけだった。

「こちらのみに？　よほどご寵愛《ちょうあい》が深いんでしょうが。それにしても……」

皇帝の寵愛を一身に受ける妃嬪の住まいに、侍女もろくにいないとは質素すぎる。

「とにかく取り次ぎはおらぬ。直接、声をかけて入るしかない。さあ、行け」

王宦官は苦々しく答えると、花珠を促す。

花珠の前世である劉昭儀も、皇帝の妃嬪の一人であったのだから、その暮らしぶりは記憶にある。充儀といえば九嬪の一人で、品秩としては正二品。けして低くない身分である。その人が住む宮殿に、取り次ぎの侍女も置かれていないのが不可解だった。

正殿正面、格子に蔓草《つるくさ》の意匠が施された戸の前に立つ。中からは少女の声と、侍女たちの遠慮ない笑い声が聞こえていた。

（妃《きさき》か）

複雑な思いがよぎる。

大陸統一を成し遂げた淵紫は、尤国皇帝を名乗り国を整えた。そんな彼が多くの妃嬪を持つのは、当然の義務だった。建国前からの寵姫《ちょうき》であった劉依依も妃となり、身分に見合った位を授けられた。

淵紫は自ら好んで、劉昭儀以外の妃嬪のもとへ出向くことはなかった。しかし義務として、時々他の妃嬪と夜をともにした。

――明日の夜は、こちらに来られない。

忙しくてともに過ごせない夜は幾夜もあるのに、淵紫は律儀にも、他の妃嬪のもとへ行く前夜には必ず、劉昭儀のもとへ来てそう言う。本意ではないと暗に言いたかったのか。それとも後々、彼女が傷つくのを恐れたのか。

劉昭儀には子どもができなかったが、彼女以外に、三人の妃嬪が淵紫の公子を産んだ。本意ではないと言ってもらえても、他の女性が淵紫の子を身籠《みご》もり産むことに、やるせなさを感じるのはどうしようもない。

ただ精一杯の気遣いは理解していたので、いつも微笑んで答えていた。

——構いません。また、こちらに来てくださるのなら。

——来る。おまえの他に、抱きたい女はいない。

あけすけな言葉に赤面した記憶がある。

義務だ。当然だ。そう思っていても、やはりその夜は胸が痛んだ。尤国王であったときは、淵紫は劉依依だけのものだったのに、と。

愛されていると知っていた。しかし子を産んだ妃嬪たちは、子の母として淵紫に愛される。それは劉昭儀を愛するのとは別の愛だろうが、子という絆《きずな》があるだけに、揺るぎなく強い愛。いずれ劉昭儀への愛は目減りしても、母たちへの愛は目減りしないのではないか。そんな思いがつきまとい、苦しかった。

それでも物わかりのいい女を演じ、笑顔で淵紫を他の妃嬪たちのもとへ送った。ただ彼に、狭量で嫌な女と思われたくないばかりに。その自分の醜さが、自分でも嫌だった。

現世で、淵紫の魂を持つ者に愛される女がいるのは当たり前のことで、今の花珠は自分が妃嬪になりたいなどとは思わないのだが――ほんのわずかだけ、劉昭儀の記憶を引きずって胸は痛む。紫英がどんな男だろうが、魂は淵紫だから。

淵紫が生きていることが重要で、それが最大の幸福だと知っている。それが一番の望みなのは間違いない。ただかつて彼に愛された記憶があるので、複雑なのだ。

ただそれだけだ。

（劉昭儀――以前のわたしは、彼を護《まも》ることだけを一心に望んだ。だから、今のわたしが最良なのだ）

醜い自分の思いに打ちひしがれないだけ、今の方がいい。

背筋を伸ばし、中に向かって声をかけると、戸が開き侍女が顔を出す。

「どちら様でしょうか」

と訊《き》いた侍女の肩越しに、花毛氈《はなもうせん》の上で三毛猫と戯れる、侍女と十歳前後の少女の姿が見えた。

さらにその奥。窓辺の餐卓《しょくたく》に、笑顔で箸《はし》を手にしている紫英の姿を認めた。彼の前には、粥《かゆ》の碗《わん》や揚《あ》げ餅《もち》、数種の菜《さい》を盛る皿と茶器が並んでいる。のんびりと朝餉《あさげ》といった風情だった。

「あの。あなた様は」

「陛下の侍衛で、白花珠と申します。すまないが通ります」

侍女を退かせて踏み込むと、ようやく紫英はこちらに気がついたらしい。

「おや、花珠。秘書少監とのお茶を、こんなに早く終わらせてしまったのか。もう少しゆっくりすればいいものを」

　悪びれない態度に、怒る気にもなれなかった。餐卓を挟んで前に立つ。

「陛下は、こちらで何をしておいでですか」

「見てわからないか。朝餉を食べている」

　彼の前にある皿は全て空。かなりの量があったと思われる粥も、菜の類《たぐ》いも、ほとんど平らげられていた。妃《ひ》嬪《ひん》がそこまでがつがつと食べるはずはないので、紫英が食べたのだろう。虚弱体質の割には良く喰《く》うじゃないか、と思った。

「養親殿にも用意されていた気がしますが」

「あちらより、こちらの方が美《お》味《い》しい」

　そんなわけ、あるか。咄嗟《とっさ》に出かけた言葉をぐっと呑《の》み込む。

「そうですか。堪能《たんのう》されましたか」

「ああ、充分に」

「それは良かった。ではお戻りください」

　にっこり笑って紫英の手首を摑《つか》むと、背後でぽかんと立ち尽くす二人の侍女と、三毛猫を抱きあげた少女をふり返った。

「周充儀は、どちらでしょうか。お姿が見えませんので。陛下は執務のために養親殿へお戻りです、とお伝えください」

「え？　もう帰っちゃうの？　大家《へいか》」

少女が澄んだ声で言う。立ちあがりながら紫英は答えた。

「残念だけど、怖い侍衛が来てしまったからね。また来るよ蓮月《れんげつ》」

少女は頬を膨らませ、ぷいとそっぽを向く。

「いっつも、すぐに帰っちゃうんだもの。ちっとも天天《てんてん》の世話を手伝ってくれない。大家なんか嫌い」

「充儀様。大家に失礼です」

侍女が少女の目線に下りて取りなすように言うが、一層、少女は頑《かたく》なになってぎゅっと顔をしかめる。

「嫌い」

花珠は目を見開く。

（充儀？　まさか、この子どもが）

驚いた花珠を面白そうに覗《のぞ》き込み、紫英が芝居がかった哀しげな声を出す。

「おまえのせいで嫌われてしまったよ。余が一番頼りにしている妃に」

「充儀様……でいらっしゃいますか？」

声をかけると、少女はきっとこちらを睨《にら》む。

「何よ。わたしは侍衛なんか怖くないんだからね。大きっらい、大家を連れて行ってしまう侍衛なんか」

あっかんべすると、少女は三毛猫を抱いたまま外へ駆け出た。「充儀様」と、侍女二人が慌てて追って出る。取り残されたのは花珠と紫英のみ。

紫英を摑まえた手は緩めなかったが、驚きは隠せない。

「信じたくないですが。あの子が充儀ですか？」

「そうだよ。周蓮月。周充儀だ」

「なんで子どもが」

通常、妃嬪となる者は最低でも十四、五歳。妃嬪の役割は皇帝の後継を作ることなのだから、子を産める年でなければ意味がない。皇帝の外戚《がいせき》になりたい者がどんなに我が娘を後宮にいれたくとも、年齢が足りなければ、じりじり待つしかないものだ。

「余が妃嬪にと望んで、一年前に特別に後宮にいれた。方々から嫌な顔をされたが」

衝撃の一言を聞いて、花珠は紫英をふり返る。

「なんと仰《おっしゃ》いましたか？　陛下が望んだ？」

「うん。彼女は圭州州刺史《けいしゅうしゅうしし》の末娘でね。圭州への遊山のおりに見かけて後宮に召した」

「なぜ、子どもを」

ぞっとするような変態的な答えが返ってきたら、どうすればいいのかと怯《おび》えたが、彼は明るく答えた。

「あの子は、猫のあつかいが上手《うま》いのだ！」

「猫？」

「猫だ」

「あの、にゃーと鳴く」

「そう。猫。すごかったのだよ。宮室《やしき》に二十六匹も猫を飼っていながら、良く躾《しつ》けていて。排《はい》泄《せつ》は決まったところでしかしないし、爪研ぎもしかり。餌が待てずに大騒ぎをすることもなく、二十六匹がお行儀良く餌の準備が整うのを待って。それから整然と並んで食べている様は圧巻だった」

　生き生きと紫英は続ける。

「そのとき、余は三毛の仔《こ》猫《ねこ》を拾っていてね。今ここにいた、あの三毛だよ。天天というのだが。可愛かっただろう。ただ躾けや世話が大変で。得意な宦《かん》官《がん》もいるのだけど、余はどうもその者と気が合わなくて、天天も懐かないし。もっといい人はいないかと探していたんだ」

「はあ、猫。猫ですか。猫のために妃を選ばれた、と」

「そうだが？」

「ご立派です。愛猫家が聞いたら、感動で泣き崩れます」

　もう、そう言うしかなかった。なんなら、花珠も泣き崩れたい。残念すぎて。

　激しい頭痛が起こりそうだった。花珠は確信した。この男は正真正銘の阿《あ》呆《ほう》だ。

　淵紫が阿呆に轉《てん》世《せい》するとは、なんという悪夢か。

　紫英の手を引いて正殿を出ると、王宦官が小躍りした。先に帰って俊熙を呼び戻すので、花珠は紫英を逃がさず養親殿へお連れしろと命じ、弾む足取りで先に駆けていった。

「随分歩きにくい。手を放してくれないか、花珠。逃げないから」

手を引いて先を歩く花珠の背に、紫英が言う。

「申し訳ありませんが、できません。信用できません」

「おまえは、自分が仕える主《あるじ》を信用しないのかい」

「内密に大切な用件と言って、どなた様かの命令で、間抜けな文を届けさせられたので」

「あれは内密にして欲しかったし、ある意味大切な用件だった。父と娘がゆっくり茶を飲む機会を得るのは大切だし、余が下手なお節介を焼くことは恥ずかしいので、内密にして欲しかった。あれを間抜けととるかどうかは、個人の見解の差ではないかな」

言い逃れの屁理屈《へりくつ》は一流だ。どちらかといえば無口で、謹厳な淵紫とは正反対。

紫英の手を引く自分の手首に目を落とせば、紅色の因果の糸が見える。その先は紫英の手首につながっている。絹糸よりも細く脆《もろ》そうな糸ではあるが、確かにそこにあった。

それを発見したときはあれほど嬉《うれ》しかったのに、今は溜息《ためいき》が出る。

あれほど会いたいと願った人の手を握っているというのに、どうにも、そんな気がしない。劉昭儀の記憶にある淵紫と、目の前にいる紫英の落差が大きすぎる。

「陛下は……轉世人ですか」

たまりかねて訊《き》いた。瞳《ひとみ》の色と、花珠と因果の糸が繋《つな》がれている事実からすれば、彼が淵紫の轉世人なのは間違いない。しかしそうとは思えない。そうであって欲しい反面、そうであって欲しくない。気持ちがひどく複雑だ。

「瞳の色だろう。高祖、武帝の瞳が、こんな色だったと伝わっているのだよね」

　からかうように言うと、小さく笑う。

「生まれてこのかた、数え切れないほど、武帝の轉世人ではないかと訊かれた。もしそうだとしても、余には武帝であった覚えがないんだが。どう思う、花珠。余は武帝の轉世人かな？　そうであれば大いばりで余を敬えと、重臣たちに告げて回るけれど。余は高祖であるぞ、とね」

（自覚がないのか、やはり）

　はしゃいだ声に、花珠は力なく答えた。

「陛下の魂は淵紫——武帝です。間違いありません」

　紫英が淵紫の魂をもっているのは間違いないのに、天地ほどもかけ離れた人となりなのは、一体どうしたわけだろうか。何かの呪いか。もしくは顕闇神君の悪戯《いたずら》か、気まぐれか、手違いか。

　この頭がお花畑の男の魂が淵紫であるかぎりは、彼を護りたいという、やりたくもないことを望む、奇妙な状況に陥る。

（春衣にこの状況を話したら、なんと言われるかな）

　夢想家の彼は、運命の人なら相手がどんなに期待外れでも、命がけで愛しなさいよとでも言いそうだが。愛せと言われても、この阿呆に淵紫の魂が宿っていると思うと、残念さで発熱しそうだった。

「余が武帝の轉世人だと思う根拠は」

「思うのではなく、見えるのです。わたしは人に見えないものが見える、少し変わった目を持っていますから」

「どんなものを見る」

「因果の糸です。人と人や、人と物との繋がりが、糸として見えます。その糸が陛下と、武帝と関わりが深い者を、結んでいます」

「そんなものが見えるとは珍しい。おまえのこと、色々知りたいね」

からかうような口調だ。轉世人だとか因果の糸だとか、全く信用していないのか。それでもその話題で花珠に興味をもったらしく、背後を歩いていた紫英は、跳ねるようにして彼女に並ぶ。

「こうして並ぶ方が歩きやすい。手を繋いで歩く恋人同士のようで、ずっと見栄えがいいし。こうして歩こう」

「嫌です」

横目で睨む。どこまでも浮ついた奴だ。

「では、手を放す？」

「それも却下です」

足を速めて前に出た。

養親殿の門を潜ると、王宦官の慌てた声が庭院《にわ》に響いていた。

「おや、どうしたのかな」

暢気《のんき》に言う紫英をふり返り、「軽く走ります」と言って駆け出す。紫英はもたもたしながらも、どうにか転ばずに花珠に引かれる。二の門を潜ろうとしたとき、背後から「陛下！」と呼ぶ声。立ち止まると、目をつりあげた俊熙が、早足で追いついてきた。

「延祈宮においでだったと、王公《どの》の使いから聞きましたよ、陛下！　にゃんこと遊びたいなら、きちんと時間をお取りください！」

「……にゃんこ？」

俊熙が妙な言葉遣いをしたので、花珠は首をひねる。彼ははっと顔色を変え、

「にゃ……っ！　いや、ね、猫です。猫。猫と遊びたいなら、です」

と、妙に焦って言い直す。すこし耳が赤くなっている。

「猫大好きのおまえと一緒にするな、俊熙。そんなことで行ったのではない。朝餉《あさげ》を食べに行ったのだ。あそこの朝餉は美味《おい》しい」

紫英は胸を張り、尊大に答える。

「どこの朝餉も、ほとんど変わりません！」

怒りのため血管が浮き出る俊熙の額には、この寒空にうっすら汗が滲《にじ》んでいた。

浩然が言うには、俊熙は宮廷に稀《まれ》な秀才として通っているらしいが、秀才は頭よりも

体力を使わされているらしい。賢臣がなぜ、ろくすっぽ義務も果たさない皇帝を、これほど熱心に追い回すのか。

義務を果たす気がない皇帝なら、これ幸いと様々なことは臣下で勝手に決め、事後承諾にすればいい。紫英なら何を事後報告されても、「いいよ」と言いそうだ。

紫英の胸ぐらを摑《つか》まんばかりに目をつりあげ迫る俊熙を、花珠は押しとどめる。

「お怒り、ごもっともですが。中の様子が妙なんです。入りましょう」

それで俊熙も、王宦官の声に気づいたらしい。

「なんだ、なにを騒いでいる」

「行きます」

紫英の手を引いて歩き出した花珠に、俊熙も並ぶ。

院子《なかにわ》に入ると、正殿の正面出入り口に侍女が五人ほど固まり、震えながら中をのぞいているのが見えた。その横を抜けて宦官《かんがん》が二人、早足で中へ入る。

さらに侍女たちの前に立ち、何事か指示している王宦官の姿があった。

背筋が粟《あわ》立つ。

養親殿の正殿。慌てる人々。昼と夜の差はあれど、それは花珠の記憶——劉昭儀の記憶にある、最も忌まわしい光景にひどく似ていた。手が震えた。

(落ち着け。今は、あの時ではない。わたしは淵紫の——陛下の手を握っているし。夜でもないし、夏でもない)

冷たい空気を胸に吸い込む。枯れ葉の匂いがする。院子の楡《にれ》の葉は半分が落葉し、庭石の陰に吹き寄せられて溜《たま》っていた。その現実感が前世の恐怖を和らげた。

「花珠？」

震えに気づいたらしく、紫英が不思議そうな顔をする。

王宦官が花珠たちの姿を見つけて、階《きざはし》を下りて来た。

「大家《へいか》。申し訳ありません。しばらく掖庭宮か太極宮、どちらかの別の場所へ、おいでいただけませぬか。丁俊熙様、お願いします。白花珠も頼んだぞ」

「なにがあったのですか、王公公」

訊いた花珠に、王宦官は顔全体を歪《ゆが》めて答えた。

「侍女が死んだのだ」

三

「死んだ？」

紫英が目を見開く。

「なぜ死んだ」

鋭い俊熙の問いに、王宦官は首を横に振る。

「わかりません。外傷はありません。侍女たちが、朝餉の片付けに行ったきり帰ってこない仲間を心配して来てみたら、倒れていたらしいのです。突然の病かもしれませんが」

花珠は俊熙をふり返った。

「確かめてきます。陛下と一緒に、ここにいてください」

紫英の手を放すと、花珠は真っ直ぐ正殿へ向かう。遠い記憶と結びついた恐怖が体を強《こわ》ばらせるが、それでも大股《おおまた》に中へと踏み込む。

戸も窓も開け放たれ、室内は外と変わらない冷たい風がながれていたので、ほっとした。炕《こう》の熱でもこもっていたら、それこそ鮮明に、淵紫の無残な姿を思い出してしまうだろう。彼はここで命を絶たれたのだから。

二人の宦官が餐卓《しょくたく》から少し離れた場所に膝《ひざ》をつき、顔を寄せ合って、なにやら相談していた。彼らの前には、仰向《あおむ》けに倒れた侍女の姿がある。目を見開き、力なく手足が投げ出され、事切れているのは一目瞭然《りょうぜん》だった。

「失礼いたします」

宦官たちに断り、花珠は侍女の傍らに膝をつく。

「この侍女はここで何をしていたのでしょう」

問うと、彼らは恐ろしいもののように骸《むくろ》を見下ろす。軽く首を振って一人が答えた。

「特に変わったことは、していなかったはずです。この者は食事の準備と片付けを受け持っているので、陛下の朝餉の片付けに来ただけかと」

足をばたつかせて苦しんだようで、長裙が膝までめくれあがっており、顔が紅《あか》い。顔の鬱血《うっけつ》は窒息死に似ていたが、首を絞められたような痕《あと》はない。半開きの口に顔を寄せると、微《かす》かに杏《あんず》の香りがする。

　立ちあがって室内を見回してみると、餐卓の朝餉の皿はまだ片付け半ばで、粥《かゆ》の碗《わん》や皿が残っていた。紫英がかき回していた粥の碗が目にとまったのは、碗のそばに蠅が一匹死んでいたからだ。近寄ってみると蠅がもう一匹、碗の中でも死んでいる。

「毒か」

　即効性で、杏の香り。なおかつ遺体の顔面の紅潮。

　大陸東北の産である梅の種に、毒物が含まれているのは知られている。それを精製して作った毒は即効性があり、口にすると呼吸困難と痙攣《けいれん》を引き起こし、対処する間もなく死に至る。その毒は杏の香りがするのだ。

　侍女は朝餉の皿を片付けるために、ここに来た。手つかずの料理を目にして、思ったかもしれない。なんと勿体《もったい》ないことをするのだろうか、と。このまま捨てられたのでは、食材や料理人たちが可哀相だと。せめて誰かが少しでも食べなければと考え、口にしてしまったとしたら。そしてそれに毒が盛られていたら。

（陛下の朝餉に毒が入っていたのか）

　冬至節には矢が射かけられ、今日は食事に毒。

　紫英の命を狙う者がいるのは、疑いない。しかもこの数日で二度も仕掛けてきたのだから、必ず殺そうとする、断固たる決意が窺《うかが》えた。

再び侍女の傍らに膝をつき、開いた目を閉じさせる。

（まだ幼く見える。十五、六歳か。身代わりになってしまうなど、可哀相なことを）

立てた膝の上で拳《こぶし》を握った。怒りが湧く。

紫英の命を狙う者が宮城にいる。誰が首謀者にしろ実行者にしろ、許せない。紫英のみならず、無関係な者まで命の危険にさらされる。

この侍女にも親兄弟姉妹があり、友があり、彼女の笑顔を待つ者がいるだろうに。

「大家！」

宦官たちの声に顔をあげてみると、紫英が花珠の背後に立っていた。傍らには俊熙もおり、「お止め申しあげたのだが。入るのだと仰《おっしゃ》って」と、苦々しげに言う。

紫英はぼんやりとした顔で、侍女の亡骸《なきがら》を見おろしている。

「死因はなんだ」

俊熙が痛ましげに問う。

「おそらく毒です。陛下の朝餉に混入されたものを、この者が口にしたかと」

「陛下のお命が狙われたのか。中天壇に続き、再び」

「可能性は高いと思います。料理を作った者、運んだ者。また、料理や厨房《ちゅうぼう》に近づけた者。それらを調べる必要があります」

「王公に言って、すぐに調べさせよう」

俊熙が出て行っても、紫英は無表情に侍女を見ていた。

猫の世話係として妃《きさき》を選ぶような青年だから、怯《おび》えて騒ぐかと思ったが、そんなそぶりはない。自分の身代わりとなった侍女を哀れむ表情でもなく、自らが命を狙われた事実に怯える表情でもなく。小川の流れでも見つめているかのように、その目から感情が読み取れない。

「陛下。外へ参りましょう」

促すと、ゆるゆると頷《うなず》く。

「うん。そうだな」

平坦《へいたん》な声だった。

外へ出る直前に肩越しにふり返り、今一度侍女の亡骸を見る。紫英の命が、想像以上に危ういことを実感せずにはいられなかった。

(よりによって、初日にこれか)

太極宮の北に位置する乾伸殿《けんしんでん》には、二代前まで皇帝の臥房《しんしつ》があった。俊熙と王宦官が相談し、養親殿の穢《けが》れを祓《はら》い清めるまでは、紫英の居所をそこに移すことになった。

外朝に詰める侍衛も、昼夜、乾伸殿の周囲に立つ。さらに紫英が休む牀《しょう》の近くに素屏《すびょう》風《ぶ》を立て、その傍らに榻《とう》を据え、夜は花珠がそこで寝ると決まった。

さらに食事は必ず、王宦官が事前に毒味をする。もちろん、王宦官本人が口をつけるわけではなく、毒味用の金魚を用意した。

それら諸々《もろもろ》のことを、俊熙と王宦官が手際よく整えた。

ほとんど乾伸殿に押し込められる形になる紫英は、不満そうであった。だがさすがに、侍女の死を目の当たりにしては我《わ》が儘《まま》も言えないらしく、苦情は口にしなかった。

そうして大人しくしていた紫英のもとに、午後、夏太后の来訪が告げられた。

来訪を告げる宦官の声と、ほぼ同時、

「陛下！」

という元気な声とともに、真っ先に乾伸殿に飛び込んできた者がある。

ほんのり紅色の頰をした、少年だった。

気怠《けだる》げに榻に腰かけていた紫英の前に来ると、少年はぎこちない、慣れない仕草で礼をとる。紫英はすこし困ったような微笑みを浮かべた。

「顔をあげよ、秋芳。おまえまで来たのか」

この少年が、夏太后の産んだ第二子。紫英の弟公子、陶秋芳らしかった。

紫英ほどではなかったが、秋芳もまた可愛らしい綺麗《きれい》な顔をしていた。街の子どもたちに比べると年の割には幼さがあるが、その分愛らしくもある。唇がぷっくりとしているところが、夏太后によく似ていた。

(子どもというのは、いると場が明るくなるものだな)

侍女の死によってもたらされていた重苦しさが、秋芳の来訪で和らいだ感があった。

ずっと難しい顔をしっぱなしだった王宦官《かんがん》と俊熙も、口元が緩んでいた。花珠も、ほっと呼吸が楽になったような気がする。

「はい。陛下が大変な目に遭ったと聞いたから。お慰めしなきゃって、母上にお願いして、一緒に連れてきてもらいました」

「それは、ありがとう。心配をかけたね」

「平気ですか？　陛下。具合は悪くありませんか」

幼いながらの気遣いに、紫英の瞳《ひとみ》が柔らかな色を見せる。

「うん。大丈夫だよ」

秋芳を追い、侍女五人と宦官を引き連れ、夏太后が入室した。彼女は、可愛くて仕方がないというように目尻《めじり》を下げ、秋芳に言う。

「これ、秋芳。陛下にちゃんとご挨拶《あいさつ》はしたの？　陛下は大変なことがあったばかりなのだから、あまり大きな声を出してはだめよ」

「はい」

素直に頷く秋芳の傍らに立ち、頭を撫《な》でてから、夏太后は膝《ひざ》を折る。

「ご尊顔を拝すお許しを、ありがとうございます。陛下」

夏太后は紫英の生母だったが、向かい合った姿を見ても、親子という感が薄かった。

整った顔立ちはよく似ているのだが、夏太后が若々しく艶《あで》やかなために、高貴な女人と、彼女に囲われている若い愛人のように見えなくもない。

「知らせを受けて急ぎ参りました。陛下の食事に毒が混入されていたと。御身には大事ございませんでしたか」

「なにも。幸い手をつけていなかった。かわりに侍女が一人犠牲になりましたが」

それを聞いて、痛ましげに夏太后が眉《まゆ》をひそめる。

「可哀相なこと。その侍女の実家には、相応のことをしてあげなければね」

ふっと一瞬だけ、紫英が睫《まつげ》を伏せる。

「……ええ。そう思っています」

さすがの紫英の声にも沈痛な響きがある。

花珠は、幼さの残る侍女の顔に浮かんだ苦痛の色を思い出し、唇を噛《か》む。

「しかし、この通り元気です。ご心配をおかけしました。どうぞかけてください」

にこやかに紫英は立ちあがり椅子を勧めるが、夏太后は首を横に振った。

「いいえ、元気であればいいのです。安心いたしました。お疲れのところ長居するのも、陛下のご負担になりますし。それに秋芳のために、詩人の李羽《りう》を、離宮に招いてあるのです。すぐに出発しなければならないので」

「わたしは、詩の勉強など好きじゃないんですけど」

口をとがらせた秋芳の額を、夏太后がつっつく。

「そのようなことを仰らず。公子のたしなみですよ」

「そうだね。教養として身につけるべきことは、身につけておくのがいいよ、秋芳。母上のいうことを良くお聞き」

兄皇帝に優しく言われると、秋芳はかしこまって「はい」と頷く。

「では、失礼いたします、陛下」

秋芳の手を取って夏太后が出て行くのを見送り、花珠は思わず口にした。

「寂しいな」

隣で見送っていた俊熙が、首を傾げる。

「何が寂しい」

「陛下と夏太后です。当然のことですが、実の母子でも、陛下、太后、と呼び合わねばならないのが」

もし花珠の父の白浩然であれば、娘の食事に毒が盛られたと聞いたら、取り乱し大騒ぎし、心配の余り三日はそばを離れようとしないだろうに。皇帝とその肉親たちは、顔を合わせ、挨拶を交わし、互いの無事を確認するとあっさりその場を去る。

「当たり前だ、莫迦者《ばかもの》。我が子でも皇帝陛下なのだぞ。夏太后はわきまえていらっしゃるし、陛下もまた、自分のお立場を知っている。これぞ望ましい姿だ」

「さらに大家《へいか》は二歳の頃から、夏太后とは離れて東宮《とうぐう》でお過ごしですからな」

と、俊熙の言葉を引き取ったのは、王宦官。誇るように続ける。

「夏太后よりもわたしの方が、大家と一緒に過ごした時間は長いですぞ。皇帝という者は、生母といえど、他者とべたべた接するべきではありません」

「二歳で母と別れるのですか。それも、寂しいものですね」

素直な感想だったが、それを聞いた紫英はけろりと言う。

「寂しがる暇はないね。口うるさい宦官や侍女が周りを囲んで、毎日朝から晩まで、やいのやいのと言われるから」

この男が人情の機微に疎そうなのは、細やかな母の愛情に包まれて育つべき時に、周囲に傅《かしず》かれて育ったからなのだろうか。

それに比べて秋芳は、幼さも相まって、兄皇帝より百倍は可愛い。

一年後、賢君となるかもしれない兄よりも、この幼く可愛い弟の方が操りやすいと、誰もが思うだろう。佞臣《ねいしん》たちは間違いなく、そう考えるはずだ。

翌朝。昨日のこともあり朝議は中止となっていた。紫英は大人しくしているし、俊熙も早朝から姿を見せる。

朝餉《あさげ》の落ち着いた頃合いに、夏太后から花珠に呼び出しがあった。

呼び出された場所は、公奉殿《こうほうでん》。紫英の新しい居所と決まった乾仲殿の南に位置する、朝議や謁見のための殿舎だ。

乾仲殿から門を一つ潜り、石造りの走廊を通って公奉殿に向かう。

正面の戸の傍らに、夏太后付きらしい侍女が五人控えていた。彼女らが促すように膝を折る。

　中に入れば、最奥の一段高い場所に玉座。

　玉座の背後には水晶の簾《すだれ》が垂れて微風に揺れ、外からの光をよく反射し、金泥で花鳥文様が描かれた天井に白い光輝を放っていた。まるで水底に落ちる陽の光のように、ちらちらと揺れている。

　簾の奥はかなり広く、玉座の背後に寄り添うように椅子が置かれていた。

　玉座の下に、こちらに背を向けて一人の男がいた。花珠の気配にふり返った彼は、人なつこい笑顔を見せる。

「あなたが、白花珠か」

　灰色の深衣を身につけた男は、小さく結った髷《まげ》を巾《きん》で包み、余った髪は背に流す。官吏ではなく軍吏でもない。宮城にいるのが不似合いなくつろいだ身なり。

「わたしは、夏太后に呼ばれたのだが。誰だ、あなたは？」

　警戒しながら訊《き》いた花珠に、男は気負いなく答える。

「張三《ちょうさん》と申します。そして夏太后なら、あちらに」

　男がむけた視線の先は、玉座の背後。光を弾《はじ》く簾を手で押さえつつ、夏太后が歩み出てきた。曲がった歩揺を気にして手を添えながら、玉座の傍らを通り抜けて下りてきた。

「お召しにより参上しました、太后様」

「状況を聞きたくて来てもらいました。陛下に毒を盛った者は見つかりましたか？」

この場で答えていいものかと、花珠は、張三と名乗った男に視線を向けた。

それに気づいた夏太后が目配せし、彼を傍らに招く。

「この方は張三方士《ほうし》と仰《おっしゃ》る、先帝の信頼厚かった方です。先帝が存命の時から今にいたるまで、わたくしも同様に信頼して、頼っているのです。卜占《ぼくせん》がお得意です」

張三が微笑む。

(方士か)

身なりが宮廷の者たちと違うわけだ。方士というのは偏屈な爺《じじい》ばかりという印象だったが、彼は四十に手が届くか届かないか。男盛りといってもいい若々しさもあり、それが落ち着きと同居している。笑顔もそつなく、人当たりの良さそうな男だ。

「陛下のことについては、この方のお力を借りようと考えているのです。ですから此度《こたび》のことも、一緒に聞いてもらいます」

「わかりました。しかし、ご報告できる成果がないのです」

昨日から今朝にかけ、王宦官《かんがん》が手を尽くして調べていたが、犯人を特定できるとは思えなかった。

養親殿には厨房《ちゅうぼう》がなく、紫英の食事は掖庭宮から運ばれる。使われる厨房は、夏太后の居所である寿永宮の厨房。しかし寿永宮は人の出入りが多く、誰がいつ厨房に立ち寄ったか判然としない。さらに料理も、幾人かの侍女の手を経て運ばれるので、毒物がどこで混入されたかを突き止めるのはほとんど不可能らしい。

花珠の表情から困難さを察したらしい夏太后は、長い溜息《ためいき》を吐く。

「見当がつかないということですね」

「何者かが、掖庭宮の者を、手先に使っている可能性が高いでしょうが」

「それに関して気になることがあります。それもあって、あなたを呼び出したのです」

「どのような？」

「わたくしの侍女に、田恵《でんけい》という者がいるのですが。その者の姿が、昨日から見当たりません。十五のときから仕えていますので、もう二十六、七歳。商家の娘です。ただ妙な特技があるようでした。呪詛《じゅそ》をよくしていたらしいのです」

「呪詛？」

尤国の都・賀陽城には、実に様々な商売があり、占いや呪詛を生業《なりわい》とする方士と呼ばれる者たちも多くいる。彼らは占術や呪詛、御札作りと、色々こなすのだが、時には秘薬と称して怪しげな薬まで売る。それは媚薬《びやく》であったり、毒薬であったり。

「どこで学んだのかわかりませんが。張三が、田恵の呪詛を見たことがあります」

夏太后の言葉を受け、張三が半歩前に出る。

「夏皇后が離宮に滞在されているとき、わたしも時々お邪魔するのです。そこで昔から、そんな様子は目にしていました。巧妙な女で、結局、尻尾《しっぽ》はつかめませんでしたが」

呪詛に通じているとすると、田恵は、方士のまねごとをしていたのだろう。となれば毒薬も、作る知識がある。その者が昨日、突然姿を消した。

紫英の食事は寿永宮で用意されるのだから、そこの侍女である田恵なら、毒の混入は容易《たやす》い。さらに毒物の知識もあるとすれば、暗殺者にはうってつけだ。

（何者かが田恵を唆し、毒を盛らせたか？）

呪詛をすると薄々知られている田恵は、毒の混入騒ぎになれば、寿永宮の侍女であり毒に通じる自分に疑いが向くとわかりきっているので、いち早く身を隠した。

そういうことかもしれない。

「最も不安なことは、田恵が、掖庭宮から出た様子がないということなのです」

張三の言葉に、花珠は顔をあげた。

「出ていないとは？　どういう意味です。逃げ出したのではないのですか」

「田恵が姿を消してすぐに、夏太后の命令で掖庭宮の出入りは厳しくなりました。門を出る荷物の改めもしていますし、無論見張りも。宮牆《きゅうしょう》は、人が簡単に乗り越えられる高さでもないので」

我知らず、花珠は眉《まゆ》をひそめていた。

「では、田恵がまだ、掖庭宮に潜んでいる可能性があると？」

三章　良禽の棲む

一

紫英の命を狙っているかもしれない女が、掖庭宮に身を潜めているとは、厄介な話だ。

掖庭宮には数百の建物があり、花苑《かえん》や楼閣まである。宦官と女官、侍女、下働きまであわせれば、五百人近い人が住む。身を潜める場所は無数にあるし、また厨房も点在しているので、人けのない場所や時間を狙えば食べるものにも困らない。

張三もそれを承知しているのか、険しい表情だ。

「白花珠殿。陛下の身の周りに、田恵が現れるかもしれない。そのような気配があれば、すぐに知らせて欲しい。呪詛に太刀打ちできるのは、方士のみ。わたしだけでしょう」

「力をお貸しくださるのですか」

「無論です」

そのとき花珠の背後から、「母上」と呼ぶ、幼い声がした。

公奉殿の出入り口に、侍女に手を繋《つな》がれた秋芳の姿があった。

「秋芳。どうしたのですか、外朝に」

侍女の手をふり払い、驚く夏太后に駆け寄った秋芳は、母の腰にしがみつく。

「申し訳ありません、太后様。どうしても、太后様のところへ行くのだと仰って」

追ってきた侍女が膝《ひざ》を折り、申し訳なさそうに告げる。

「そのような我《わ》が儘《まま》を言って、侍女を困らせてはだめですよ。秋芳」

たしなめる声は優しい。

接すれば接するほどに、夏太后は母らしく、また女らしい人だと花珠は感じた。

こんな女性が垂簾聴政《すいれんちょうせい》をおこなっていても、きりきりと重臣たちを締め付ける覇気はないだろう。口出しはするが、結局は老獪《ろうかい》な重臣にいなされてしまうのが、夏太后による垂簾聴政の実態かもしれないと思った。

「だって目が覚めたら、母上がいらっしゃらなくて。昨日、陛下のお命が狙われたばかりです。怖くなって」

「大丈夫です。そこにいる張三と白花珠が、きっと捕まえてくれますから。ご覧なさい、二人とも頼もしいでしょう」

そろりと、こちらに顔を向けた幼い公子に、花珠は笑顔で礼をとる。

「昨日、陛下のもとでお目にかかりましたが、ご挨拶《あいさつ》できておりませんでした。お見知りおきを、白花珠です。陛下のことは、侍衛のわたしにお任せください、陶秋芳公子」

「女の人なのに侍衛なの？」

「はい。でも、ご安心を。その辺にいる男の衛士よりも、わたしはもっと強いです」

請け合うと、張三も一歩前に出て、安心させるように言う。

「わたしのこともお忘れなく、公子。ずっとお側にいるわたしを信頼してください。なにしろ先月、あなた様の悪い夢を追っ払う御札を作ったのは、わたしですから」

優しく落ち着いた張三の声は、聞く者を安心させるような穏やかさがあった。

秋芳は交互に二人を見てから、微笑む。

「そうなのか。では、陛下も安心だね。お願いするね、張三。それに白花珠とやら」

幼い笑顔を受け、花珠と張三は再び礼をとる。

「白花珠。張三の力を借り、一刻も早く、陛下のお命を狙う者を見つけ出して下さい。そして田恵のことも、よろしく頼みます」

不安そうな夏太后にも、花珠は礼をとり、「承知いたしました」と力強く答えた。

夏太后と秋芳が退出すると、それを見送った花珠は、張三に向き直った。

「夏太后のご心痛は、大変なものでしょう。よろしくお力添えください、張三方士」

「ええ。わたしは先帝にも夏太后にも、並々ならぬご恩がありますから。まあ、ご寵愛《ちょうあい》をいただいているだけに、臣下の方々には騙子《いかさまし》と呼ばれて嫌われていますが」

「嫉妬《しっと》されてのことですか？」

「単純に『余計なことを吹き込む』と、思われているようですね。先帝もそうでしたが、夏太后も、迷われると卜占《ぼくせん》に頼られます。わたしは命じられた卜占をして、結果をお伝えするしかできないが。それが臣下の方々の思惑とは違うと、苦々しいようで」

先帝の時代からということは十年以上、卜占によって重用されているということだ。それは頼りになる人物だからこそか。

ただ彼自身は臣下に煙たがられていることを、さして気にしている風がない――というよりは、やんわりと受け流しているような口調だった。

「卜占で田恵の行方を捜せないですか」

「人捜しの卜占はありますが、田恵の捜索の範囲を狭めるのは困難でしょう。占いで確定できるのは、せいぜい掖庭宮にいる、ということくらいだ。卜占はそんなに便利なものではありませんよ」

「では田恵の件は、王公公《どの》にお願いしましょう。宦官《かんがん》や女官たちに、田恵らしき者がいないか、目を光らせてもらった方がいい。田恵に、目立つ特徴はありますか」

「口元にほくろがあります。好んで蘭の刺繍《ししゅう》の手巾《しゅきん》を腰に下げていました。この件に関して、卜占が役にたたないのは申し訳ないですが」

張三は声を潜めた。

「しかし、陛下のお命を狙う者が誰か、ということは占えます」

周囲に視線を巡らせ、公奉殿内に人影がないことを確かめると、彼は続ける。

「証拠にはなり得ませんが、卜占で、暗殺の首謀者は特定できます。特定された者の周囲を調べ、証拠を集めることは可能でしょう。どんな重臣の方でも、証拠さえ摑《つか》めれば断罪できます。たとえ崔林甫でも」

崔林甫と告げた声は、ほとんど聞き取れないほど低かった。

「あなたの目から見て、司徒の崔林甫が怪しいということなのですか」

張三は「出ましょう」と促し、公奉殿を出ると、高い基壇の上に連なる走廊へと花珠を導く。そこからは、公奉殿と乾伸殿を眺めることができた。

人の背丈ほども基壇が高いので周囲を見渡せ、近づく者があればすぐにわかる。

天気はいいが風は冷たく、石の欄干に触れるとひどく冷たかった。

「崔林甫は、それほど疑わしいのでしょうか」

切り出すと、張三は険しい表情で頷《うなず》く。

「先帝の叔父《おじ》という立場を笠《かさ》にきて、崔林甫は、勝手な振る舞いが目立ちます。それを先帝は上手《うま》く抑えていらした。しかし今上陛下の御代《みよ》になられ、抑えられる者がいなくなりました。幼い陛下は政などできません。夏太后が陰ながら支えようとしましたが、ことある毎に崔林甫と意見が対立し。詔勅すら、彼は門下省《もんかしょう》にのらりくらりと言い逃れさせ、阻止することがあります。今上陛下が、先代のように力強くあられれば問題ないが……、今は、崔林甫の思うがままに、政を進めている感があります」

崔林甫が暗殺計画の首謀者だとすると、田恵という侍女は彼に雇われたのか。

（もしそうなら、田恵を生け捕りにできないだろうか）

　それができれば、田恵の口から暗殺を企てた首謀者の名を——崔林甫の名を聞けるかもしれない。無論まだ断定は避けるべきで、他に首謀者がいるかもしれない。そうだとしても、田恵を生きた証拠として、その者を追い詰められる。

　ただ田恵が見つからずとも、張三が言うように「この者」と確信をもって探りを入れられれば、証拠を摑む機会は増える。証拠さえあがれば、田恵を捕らえられなくとも首謀者を断罪できるだろう。

「暗殺の首謀者が何者か、占ってもらえますか」

「ええ。ただ、少しお時間をいただきます。崔林甫が怪しいと考えてはいますが、思い込みは危険だ。宮廷内の、めぼしい方々をそれぞれに占うので、時間がかかります」

　そこで花珠はふと思いつき、問う。

「念のため。宮廷内に轉世人《てんせいじん》がいるか、占うことは可能ですか」

「できるとは思いますが、なぜです」

「轉世人の中に、陛下のお命を狙う者が存在するかもしれません」

「陛下が、高祖武帝の轉世人ではないかと言われているのは、昔から時々耳にしますが。もしやそのことを心配しているのですか」

「陛下は、間違いなく轉世人です」

　断言したことに、張三は驚いた表情になった。彼は方士だ。紫英本人よりも、事実を受け入れやすいだろうと踏んで言葉を続ける。

「わたしは、因果の糸が見える目を持っています。それで陛下の因果の糸が、武帝と関わりの深い者と繋がっているのが見えるのです。あの紫紺の瞳《ひとみ》と因果の糸。間違いなく陛下は武帝が轉世した存在です」

基壇の下から風が吹き、花珠の、赤い袍《ほう》の裾《すそ》をはためかせた。それは寒風の中で躍る鮮やかな炎のように乱れ動いたが、すぐにおさまった。

「陛下の紫紺の瞳を見れば、二百年前の暗殺者にも、それがわかるでしょう。暗殺者が轉世していれば、必ず陛下を狙う。暗殺者が轉世している可能性は、非常に高いと考えています。このたびの暗殺未遂が、現世の朝廷闘争とは無関係に、二百年前から続く執念によって実行されている可能性も捨てられない」

張三は花珠の言葉を吟味するようにしばらく沈黙して、口を開く。

「あなたは、何者だろうか。因果の糸を見る目があり、さらに、誰も気にとめていない轉世人のことを危ぶむ。あなたにも何かあるはずだ。そうでなければ、そのような危惧《きぐ》は抱かない」

「わたしも轉世人なのです。武帝の近くに仕えた者でした。その頃の記憶を鮮明に残していますし、だからこそ現世ではお護《まも》りしたい」

「そうか。轉世人」

張三は顎《あご》に手をやり、思考を巡らせているようだったが、暫《しばら》くすると顔をあげる。

「お気持ちは、わたしにも理解できます。轉世人が陛下の近くにいるのか、併せて占ってみましょう。わたしと、あなたの思いは同じです。わたしも轉世人ですから」

「……え」

驚きに目を見開く花珠に、彼は微笑む。

「わたしはかつて、武帝のお側に仕える一兵卒でした。記憶は鮮明ではありませんが、大切なことはちらほらと覚えています。武帝に忠誠を誓い、心から尊敬していた」

張三は目元を和ませる。

（こんなところに淵紫を知る轉世人が）

しかも張三は、淵紫に忠誠を誓った者だという。

「轉世する前の名は？」

劉昭儀が、知っている者かもしれない。懐かしさがこみあげて名を問うと、張三は照れくさそうに手を振る。

「一兵卒なので、名乗るほどでもありませんが。長孫沢《ちょうそんたく》と言いました、確か」

「残念だ。知らない名です」

「あなたは？　白花珠。かつての名を、名乗ってくれませんか」

自分は劉昭儀の轉世人だと、口にするのは憚《はばか》られた。劉昭儀は、容貌《ようぼう》こそ美しかったが、着飾るのさえ侍女の助言が必要な、多少がさつなところのある女性だったのだが。

困ったことに、二百年の時間が劉昭儀を美化し、伝説の美女に仕立てている。

劉昭儀と名乗ることは、自ら、「伝説の美女です」と、名乗るのと同じだ。そこまで図々《ずうずう》しくなれない。

「李《り》明《めい》。劉昭儀の侍女でした」

劉昭儀につかえていた侍女を名乗った。

「我々は志を同じくする。尽力は惜しみません。まずは暗殺首謀者を特定する卜占、そして轉世人を捜す卜占、いたしましょう。結果は、わかり次第お知らせします」

張三の言葉に、頼もしさと心強さを覚えた。

彼は二百年越しに会えた、淵紫を護るための同志だろう。

張三はこれから賀陽城内にある宮室《やしき》に籠《こ》もり、卜占に集中することになった。卜占は、複雑で膨大な組み合わせや、手順が必要らしい。

卜占を全て終えたら、張三から直接、花珠に知らせを送るという約束になった。

餐卓《しょくたく》に並べられた朝餉《あさげ》は、手つかずだった。花珠はそれを腕組みをして睨《にら》む。

「横着にも程がある」

乾伸殿に居を移して、既に五日。

紫英は体調不良を理由に朝議を開かず、遅くまでだらだらと牀《しょう》の中にいて、陽が高くなる頃に起き出す。冷めた朝餉――毒味に時間を取られ、運ばれてくるときに既に冷え切っているのだが――を、申し訳程度につつき、また牀にあがって、ごろごろ。

俊熙や王宦官などは、紫英が逃げ出したり、はしゃいだりするのを追いかけなくていいので楽そうだが、そのぶん花珠は苛々《いらいら》する。侍衛として側を離れることができないので、紫英とともにお籠もり状態。それが務めなので不満を言うつもりはないが、彼の怠惰な生活には腹が立つ。

せめて朝餉くらい、きちんと食べろと言いたくなる。

これでは早晩、国が滅ぶ。尤国の危機になれば生まれ変わるのだと、淵紫は口にしていた。だがこれでは、淵紫の魂を持つ者が皇帝になったせいで、国が滅ぶのではないか。

(務めも果たさず、日がな一日無為に過ごして。尤国の民は、こんな横着者を敬うほど莫《ば》迦《か》じゃないぞ)

「陛下」

冷え切って表面が乾いた粥《かゆ》を一瞥《いちべつ》し、天井から垂れている絹の帳《とばり》を押しあげ、牀の傍らに立つ。広い牀は奥の壁に沿って置かれ、左右は透かし彫りの木屏風《きびょうぶ》に囲われている。

絹の枕と被褥《ひじょく》に埋まり、紫英は眠っていた。

絹に埋もれて眠る彼の、閉じた目の睫《まつげ》の長さ。細い指先と、きめの整った肌。確かに美しい顔貌《がんぼう》だったが、中身はなんとも残念至極。美しい木偶《でく》と囁《ささや》かれているのも頷けた。

(でも、これでも、淵紫なのだから)

こんな奴を護るのはごめんだと、言えない。

花珠が匙《さじ》を投げたら、命まで賭《か》けた劉昭儀の思いも決意も、全て放り出してしまうことになるのだ。それは花珠が、花珠としてした決意を放棄するよりも、さらにやってはならないことのような気がした。

ただ、命を捧《ささ》げて巡り合った魂がぼんくら状態なので、残念すぎて泣けてくる。

「起きてください、陛下。せめて朝餉を、お召しあがりください」

起きる気配のない紫英に焦《じ》れ、肩に手をかけ軽く揺すっていると、突然手首を掴まれた。体の均衡を崩し、あっという間に上体を引き込まれ、褥《しとね》に寝転がっていた。驚き見あげると、紫英が悪戯《いたずら》そうな目でこちらを覗《のぞ》き込んでいる。

「起きていたのですか。なんの真似かは知りませんが、朝餉を召しあがってください」

淡々と言うと、紫英は微笑む。

「朝餉より、おまえを先に食べようか」

げんなりした。

「美味《おい》しくないと思います」

「そうかな？　それにしてもおまえは、怖がったり赤面したりしないの？」

「その気になれば、わたしが陛下を組み伏せられるので怖がりはしません。赤面する要因も見あたりませんし」

さんざんな阿呆《あほう》ぶりを披露してくれた相手に、逆立ちしても赤面は出来そうにない。

「つまらないな」

呟《つぶや》くと、紫英の瞳がしばらく無言で花珠を見つめ、絹の上に広がった彼女の髪を、何気なく一房手にとる。

――依依。

不意に、劉昭儀の記憶の中にある淵紫の声が耳に蘇《よみがえ》った。紫紺の瞳で見つめながら、彼は密《ひそ》やかに彼女の名を呼び、剣を握り慣れた強い指が彼女の唇に触れ――。

「おや、紅《あか》くなったね」

ぱっと、花珠は頰に掌《てのひら》をあてた。しまったと思ったが、後の祭り。

満足そうに笑い、紫英は起きあがると伸びをした。

「さあ、朝餉を食べようかな。余の可愛い侍衛が、食べよと勧めてくれるのだから」

紫英が牀を出ると、花珠は起きあがって絹の枕をこっそり殴りつけた。

(屈辱！　まるで、あいつのせいで赤面したみたいだ)

おかしな時間に朝餉を食べるものだから、給仕の宦官《かんがん》も下がっている。仕方ないので、花珠が冷え切った粥をとりわけ、冷えた湯で茶を淹《い》れることにした。

そうこうしていると俊熙がやってきた。

俊熙は、箸《はし》を動かす紫英の傍らに立つと、手にある帛布《はくふ》の巻物を捧げてみせる。

「司徒よりこちらを預かって参りました。朝議が開かれないために、諸々《もろもろ》、滞っていると。崔林甫殿は、大変お怒りのご様子。こちらだけでも御裁可いただきたいと」

(崔林甫)

その名に反応し、茶壺《ちゃつぼ》をあつかう手が止まる。

度々、崔林甫の名は紫英と俊熙の会話に出るが、そのたびに注意を払ってしまう。

「そこへ置いておけ。後で見よう」

目顔で紫英が示した茶几《こづくえ》には、同じものが既に三つ置かれていた。

四日前、はじめて俊熙が崔林甫から預かってきたそれを、紫英は開こうともせず放置した。翌日、俊熙は同じものを預かってくる羽目になり、さらにその翌日も。

そして今日で四日間。俊熙は今日も、同じものを崔林甫から預かってきたのだが、紫英は手をつけるつもりがない様子。

さすがに俊熙が、深い溜息《ためいき》をつく。

「わたしは今すぐ宮室に帰って、うちのにゃんこと遊びたくなりました」

（また、にゃんこ）

花珠はちょっと面白くなって、口元が緩む。秀才らしい隙のない青年だが、愛猫家のようで、「猫」の単語だけを妙に可愛らしく言う。猫を膝《ひざ》に抱けばきっと、語尾に「にゃん」をつけてしゃべり出すはずだ。

「疲れているのか？　それは良くないな。悩みがあるなら聞こう。猫が病か？」

「違います。疲労は陛下のせいです。崔林甫殿をこれ以上怒らせたいのですか」

「大丈夫だよ。あの人がこれ以上怒る余地はないだろうから。なにしろここ十一年ずっと、これ以上ないほどお怒りになっているのだから。もう限界だよ。あれ以上怒れない」

箸でつまんだ青菜を口へ運びながら、紫英が暢気《のんき》なことを言う。

「その限界を越えられたら、如何《いかが》なさるおつもりか」

「どうなるかな。面白そうだから見てみたいけど」

「では、ご覧にいれましょうか。陛下」

低い声が響く。

二

咄嗟《とっさ》に花珠は身構えて、環首刀の柄《つか》に手をかけた。

乾伸殿の周囲は侍衛が固めているはずなのに、出入り口に見知らぬ官吏の姿がある。

「何者」

鋭く誰何《すいか》する。侍衛の案内もなくこの場に現れた男は、袍《ほう》の袖《そで》をあわせて黙礼した。

「何者と……！」

重ねて訊《き》こうとしたが、紫英が制するように、ゆるく手をあげた。

「大丈夫だ、花珠。司徒、崔林甫だ」

（この人が）

先ほどよりも一層、花珠は緊張を強くする。

黒に近い藍《あい》の袍は官服。それが初老の男の経験と実績によって身についた、構えて動じぬ佇《たたず》まいには似合う。こめかみには白い物が混じるが、眼光鋭く、気力に衰えはなさそうだ。巨大可憐《かれん》な建物を支える、石の基壇。そんなものを連想させる。

花珠は、崔林甫に意識を集中した。

(何か見えるか？)

因果の糸を見ようとした。彼の体からは、数十の因果の糸が出ている。通常、因果の糸は一、二本がせいぜいなので、格段に多いと言っていい。司徒という重責を担う者には、多くの因果が絡むのだろう。しかし林甫から紫英に向かう糸は、一本もない。

(崔林甫が暗殺の首謀者であれば、黒い因果の糸があるかと思ったが)

行方をくらましている夏太后の侍女、田恵が、林甫に雇われているとするならば、彼が直接手をくださないために因果が薄い可能性もある。

しかし、仕えている皇帝に対して一本の因果の糸も見えないのは、それはそれで問題だ。崔林甫は紫英に対して、愛着も、執着もない。紫英を補佐し、助けようとする意志がない。

崔林甫が踏み込んでくると、俊熙は釘《くぎ》でも踏んだような顔をして礼をとった。

紫英は、にこにこと迎える。

「聞かれてしまったね、怖い怖い。余は今から、怒られるのかな」

軽口を叩《たた》くので、花珠は紫英を横目で睨《にら》む。

(よくそんな口きける。この全身で激怒してる人を前に)

頭のゆるさも、ここまで来ると強い。

「四日前から、わたしが、丁俊熙を通してお願いしたものがありましょう。なぜ御裁可いただけておらぬのですか」

「見ていないから」

人を食った答えに、林甫の顔が、厳冬の寒風にさらされたかのよう険しくなる。彼が口を開く前に、紫英は哀しそうな目で彼を見あげた。

「それよりも、余の心配をしてくれぬのだな、崔林甫。裁可、裁可と。余が二度も命を狙われたことは、知っているのだろう」

皮肉そうに林甫は口元を歪《ゆが》める。

「わたしが心配の言葉を口にしようが、役にも立たぬと思ったのみ。お望みならば今、申しあげましょう」

「いや、別にいい。それにしてもよく来てくれた。思ったほどお怒りでないようなので、安心した。茶でも飲むか？」

「わたしは怒っております、この上なく。帛布を開き、玉璽《ぎょくじ》を押すだけのことをなぜしていただけぬ。子どもでもできること。十一歳の陶秋芳公子でも、おできになる」

「悪かった。すぐに確認して玉璽を押すが」

紫英は、茶几に置かれた帛布に目をやる。

「あれは夏太后の確認をとった内容か」

「わたしは、陛下の御裁可をいただきたいのです。そして御裁可は、陛下が下すもの。夏太后の確認を経てから、陛下に御裁可を求める者もおりますが、わたしはそのやり方には承服しておりませんので」

不満と苛立《いらだ》ちの霧が林甫の周囲から発せられ、辺りを重苦しく圧するようだった。積年の怒りが度し難く、身内から這《は》い出しているような気配。

彼の目を用心深く観察すると、なるほど、夏太后が不安を覚えるわけだと感じる。務めを果たさない紫英に、腹を立てているのはわかる。ただそれ以上に林甫は、夏太后が政に口出しするのが気に入らないのが、明らかだ。

「では、後で」

「陛下から、夏太后に確認いただく必要はありません。今、確認を。玉璽を」

強い調子で告げられて、紫英は眉《まゆ》を下げ「わかった」と言って、俊熙に帛布の巻物を開かせた。目を通すと辦公卓《つくえ》に向かい、筆を執り、裁可の言葉を書き記し玉璽を押す。

「これでいいだろう」

俊熙の手を介して帛布を差し出すと、書と玉璽を確認した林甫は、改めて紫英に険しい目を向ける。

「ありがとうございます。しかしこうも朝議を開かれないのは、問題です。朝議は常にあって当然のもの。明日からでも再開を願います」

「余は体調が優れぬ」

再び餐卓《しょくたく》に着くと、頬杖《ほおづえ》をついて林甫を見る。不遜《ふそん》な態度に、一層、林甫の眉間《みけん》の皺《しわ》が深くなった。

「不調は見受けられません」

「見える類《たぐ》いの不調ではない」

「陛下！」

たまりかねたように声を高くした林甫は、紫英を睨《ね》めつけた。

「なぜそうなのですか」

「なぜと言われても、困る。生まれながらにだ」

林甫はしばらく紫英を睨みおろしていたが、最早《もはや》つける薬はないとばかりに無表情に礼をとり、一言もなく出て行った。

「そこまで怒っていなかったな」

紫英はけろりと言う。俊熙は額に手を当てた。

「陛下。わたしは崔林甫殿が、あれほど怒りを顕《あら》わにされているのは、初めて見ました」

「良かったな。珍しいものが見られた」

「……陛下」

さすがの秀才も疲れ切ったらしく、それ以上言葉が続かないらしい。林甫が去った出入り口を睨みながら、花珠は呟《つぶや》く。

「司徒、崔林甫様が、陛下暗殺を企てているのでしょうか」

聞きとがめた俊熙が、鋭い目で問う。

「なぜ、そのようなことを言う。根拠は」

「夏太后は、崔林甫様が、最も陛下の存在を疎むと考えておられます。陛下にまつわる予言の二十歳を過ぎたら、今のように権力は握れないだろうと。最も権力の強い者が、最も陛下を疎むと」

「崔林甫殿は、確かに……。朝廷で、最も権勢を誇る方だが」

俊熙は顎《あご》に手をやり、考えるように一点を見据える。花珠は続けた。

「さらに陛下に禅譲願って、陶秋芳公子を皇帝の御位《みくらい》に即《つ》ければいい、ということも口にしたと。そう夏太后から聞きました」

「ああ、以前朝議で言われたことがある。今も、似たようなことを言っていたな。秋芳にもできると。なかなか失礼だね」

首を刎《は》ねろと激怒してもいいだろう言葉を、紫英は「失礼」のひとことで片付けるらしい。鷹揚《おうよう》にも程がある。

紫英は立ちあがり牀《しょう》へ向かうと、腕枕で横になるなり、暢気《のんき》に手を振った。

「しかし崔林甫が、余の命を狙うことなど、ない。彼は余の父上の叔父《おじ》。余にとっても秋芳にとっても、大叔父。近しい身内だ。それよりも、朝餉《あさげ》に毒を混入した者の目星はついたのか。まず、そちらを見つけねばならぬだろうに」

「それについても、気になる話を聞いております。夏太后の侍女、田恵という者が、陛下が毒が盛られたあと行方をくらましています。掖庭宮に潜んでいるはずです。呪詛《じゅそ》をよくする女で、陛下の朝餉を用意する寿永宮に棲《す》んでいました。毒に精通している可能性があります。呪詛をする者が相手なので、夏太后の計らいで、張三方士という方に協力を仰いでいます。卜占《ぼくせん》でめぼしいことがわかれば、張三方士から知らせが来る手はずです」

「張三？　先帝の御代から宮廷をうろつく、騙子《いかさまし》だぞ」

　俊熙が嫌な顔をした。本人も口にしていたが、張三は官吏たちに人気がないらしい。皇帝や皇后が、官吏にではなく、方士に相談をもちかけるのは誇りが傷つくのだろうと、予想はつくが。

「騙子は言い過ぎでは？」

「騙子が悪いなら、寄生虫だ」

「悪化してますよ」

　紫英は、苦笑いを花珠に向ける。

「俊熙のみならず、官吏どもは張三を嫌っている。気にするな」

「張三方士とは、どういったお方なのですか」

　問うやいなや、「騙子だ」と俊熙が口を挟むので、紫英は手をあげ、それを制止する。

「ただの方士だ。賀陽に生まれ育ったと聞いた。先帝は、公子が三人一度に身罷《みまか》られたとき、太卜署の卜占が当てにならぬと随分お怒りになってね。その代わりになる、卜占をよくする方士を探させた。そこで賀陽で評判の高かった張三がお目にとまり、側に召した。様々な相談をされていたようだが、余は知らぬ。ただ信頼なさっていたのは、間違いない」

「では、卜占の腕は確かなのですか？」

「余は直接、張三と関わりがないので、確かかどうかは知らぬ。しかし先帝に引き続き、夏太后も役に立つと公言して憚《はばか》らない。先代皇帝の御代から夏太后の信頼厚い者だ。よく働くはずだ」

「それ以外の可能性も考慮して、卜占を依頼はしていますが」

　つい口にした花珠に、俊熙が不審げに問う。

「それ以外とは」

「陛下の前世の因縁で、命を狙われる可能性です」

「前世だと？」

　何を言っているのだと言わんばかりの俊熙に、紫英が吹き出す。

「花珠は、余が轉世人《てんせいじん》だというのだ。武帝の生まれ変わりだと」

　俊熙の口元に苦笑いが浮かびかけるが、花珠は笑えない。

「笑いごとではない、丁俊熙様。轉世人は思いの外多い。そして淵紫——武帝という、世に影響力の強い存在が轉世すれば、必ずそれに巻き込まれるように、多くの者も轉世しています」

「だからと言って、用心など」

「必要です。なぜなら轉世人は、強い思いがあってこそ轉世するのですから。魂に刻まれた欲求は、本能と同じほどに強い。前世の記憶がなくとも、意味もなくわきあがる欲求に逆らえないし、記憶があればなおのこと、前世の欲求に支配されます」

気を呑《の》まれたらしく、俊熙は口元の笑いを消す。

「しかし陛下が、武帝の轉世だと断定はできまい。瞳《ひとみ》の色は同じで、昔からそうではないかと言われることは多いが」

「先に、陛下には申しあげましたが、わたしは因果の糸を見る目があります。武帝と縁の深い者が、陛下と縁を結んでいるのが見える。陛下は武帝の生まれ変わりなのです」

低く言葉を続ける。

「武帝は暗殺されたのです。強い怨念《おんねん》からの暗殺でした。強い怨念を抱いて生まれ変わる暗殺者は、必ず陛下の瞳の色に反応し、自らが轉世したことを鑑《かんが》み、陛下を武帝の轉世人と断定するでしょう。そして再び殺す」

「それほど誰に恨まれて殺されたんだろうね、武帝は」

殺された本人の魂を持っている者が、のんびりと訊《き》く。

「何者が暗殺をしたのか、犯人はわかっていません。ただ、大変な怨念でした。武帝の亡骸《なきがら》の側に血文字で、――虎狼《ころう》を誅《ちゅう》す。九族の恨みを知るべし。かの獣が幾世に生まれようと、幾世にも渡りこれを誅す。と書かれていましたから」

「そんな文言が？　それは、それは。怖いこと」

　おどけて、紫英は首をすくめてみせる。

「陛下。御身のことなのです」

「そんなに怖い顔をしなくてもよい、花珠。誰に狙われようが同じ。死ぬときは死ぬし、生きるときは生きるよ」

　怯《おび》えろとは言わないが、投げやりにも聞こえる言葉に苛立《いらだ》つ。

「そのような言い方は、しないで頂きたい。御身が無事であることを、必死に願う者がいるのですから」

「そんな人がいるかな？」

「すくなくとも夏太后と、それに……！」

　わたしだ、と口にしそうになったが、すんでの所で言葉を飲み、唇を嚙《か》む。

　こんな男を必死に護《まも》ろうと考える自分が、滑稽《こっけい》に思えた。

（なにをやっているんだ、わたしは。淵紫であるはずの者を護ろうとしながら、腹を立て。必死になりながら、呆《あき》れて）

　俊熙が静かに口をひらく。

「陛下のため心を砕くわたしや、白花珠にとっては、そのお言葉は残念です」

　息苦しさを覚え、花珠は身を翻す。

「外に控えております」

外へ出て、廊廡《ろうぶ》の欄干に手をついて息を吐く。

鼻の奥がつんとする寒風に、頭が冷えた。室内にいなくても、こうして戸一枚隔てた場所にいれば、花珠が寒いばかりで護衛としては問題ない。

淵紫を護りたいのに、その魂を抱えているはずの紫英があの態度。必死に淵紫を護ろうとする花珠の思いを、紫英が阻んでいるかのようだ。

せっかく出会えた淵紫と劉昭儀の間を、紫英が邪魔している。

おかしな感覚だとは思うが、そんなふうに感じてしまう。

紫英に淵紫の記憶があれば、きっと違っただろう。記憶がないばかりにと、無念でならない。

(淵紫。あなたに出会ったはずなのに、これでは、あなたに出会えていない気がする)

花珠の部分は単純に腹を立てているが、劉昭儀であった部分は、淵紫に出会えた喜びを抱えながらも戸惑っている。

「花珠。中に入れ」

俊熙が出てきた。

「しばらく、こちらにいます」

硬い声に、俊熙は困惑したように言う。

「にゃんこでも連れてきてやろうか？　気分が落ち着くぞ」

不器用ながらの慰めに、力が抜ける。初対面で人のことを男女と呼ぶくせに、意外にも優しいところがあるらしい。

「結構です。それよりも酒ですね」

「酒は認められない」

「冗談です。猫も冗談でしょう？」

うっと俊熙が黙ったので、思わずふり返る。

（本気だったのか、この人⁉）

誤魔化すように、俊熙は咳払《せきばら》いした。

「しかし、おまえが轉世人をそれほど気にしているのを、初めて知った。おまえの因果の糸を見る目も、知らなかったが」

「陛下と同様に莫迦《ばか》にしますか」

「いや。可能性としてはある。陛下もそれは承知しているはずだ。しかし」

そこで言葉を切ると、落胆したような色を見せた。

「陛下は誰も信用していない。おまえのことはもちろん、わたしのことも。ただ、それだけのこと。我らが信頼に足る者だと、わかってもらえていない」

隣に並んだ俊熙は静かに言う。彼は横顔を見せたまま、正面にある門と、その向こうに見える公奉殿の甍《いらか》に視線を据えている。

「わかろうともしてないでしょうに。いつも、へらへらと」

苦々しさはおさまらず、吐き捨てた。

「そう怒るな。気持ちはわかるが、堪《こら》えろ」

「あなたは平気なのですか。宮廷随一の秀才なのでしょう。あんなお方に仕えるのを、よく我慢なさってますね。侍衛たちに倣って、見捨てればいいものを」

　こちらを向いた俊熙が顔をしかめた。

「見捨てないだけの理由はあるのだ。陛下には、名君となる予言がある」

「予言ですか。それを信じていると？」

　笑ってしまう。その予言のために紫英は命を狙われているようだが、暗殺を企てる者は今の彼を見て、二十歳になるやいなや突然開眼し、名君になると思えるのだろうか。

「信じている。わたしは陛下が即位された時から、ずっとお側に仕えているのだ。陛下のことをよく知っているつもりだ」

　それは長く仕えているからこそ、ひいき目で見てしまっているのではないか。そう思ってむっつりしていると、俊熙の口元がへの字に歪《ゆが》む。

「その顔、信じていないな」

「はい」

「きっぱり言い過ぎだ、莫迦者」

　溜息《ためいき》交じりに俊熙は、欄干に手を添えて身を乗り出すようにした。

「わたしも多少は虚《むな》しい気分にはなり、おまえのように、投げやりになりたくなる時はある。長年お仕えしても信頼を得られぬ、この身が。だからといって見捨てられぬのだ。信じているから」

ふと、俊熙の葛藤《かっとう》に親しみを覚えた。

期待したものを得られぬ虚しさで、腹を立て、投げやりになりたくなるが――見捨てられない。俊熙は紫英が名君になると信じているからで、花珠は、彼の魂が淵紫であるからだ。

見捨てたくとも、見捨てられない。

「名君に仕えたいのだ、わたしは」

ぽつりと俊熙が言う。

「幼い頃から本ばかり読み、頭でっかちと、近所の連中に莫迦にされた。悔しかったが、わたしはさして喧嘩《けんか》が強くない。せいぜい相手を罵倒《ばとう》する程度だったが、罵倒すれば今度は殴られた。しかしいずれ、自分が奴らに勝てると信じていた。腕力がものを言うのは乱世。今の世では、わたしのような者こそが、国を支える力になれるはずだとな。だから、心から支えたいと思える主《あるじ》を得たいのだ。そしてその主を支え、わたしは国を支える柱になりたい」

「国を支えるとは、また、子どもの頃からご立派な志をおもちで」

「官吏だった父に、そのような者になれと言われ続けたゆえかもしれんな。父は、わたしが十歳の時に病で亡くなったが。わたしは父を、この世の誰よりも尊敬していたから」

　俊熙の横顔を見れば、その眼差《まなざ》しは澄んでいる。愛し尊敬した父親との早い別離は、少年の心に、混じりけのない志というものを残したのかもしれない。

（こんな高潔な思いを抱く男も、いるのだな）

　己の身を、己が信じる者に捧《ささ》げ、それを喜びとするような男。花珠にとっては珍しくて、眩《まぶ》しいほど。己自身を研鑽《けんさん》することが楽しくて、自分がどこまで磨かれるのかを試したがる、そんな性質の人だ。

（綺麗《きれい》な男だな）

　ふと、そう思った。顔貌《がんぼう》ではなく、その精神が美しいと。

　俊熙は花珠をふり返る。

「白花珠。わたしの顔を立てると思って、とりあえず中に入って陛下の傍らでお護りしてくれ。どの侍衛もすっかり嫌気がさして、近づいてこない。今はおまえだけが頼みだ」

　真っ直ぐに請われた。

　そもそも紫英を護りたいと、花珠は自ら志願したのだ。どれほど紫英に腹が立とうが、放り出せはしない。ただ腹が立ってむしゃくしゃして外に出たから、中に入るきっかけが欲しかったのも事実で、俊熙の言葉は有り難かった。

「わかっています。わたしも護《まも》りたいのです、陛下を。だから護ります」

中に戻ると、紫英は気持ちよさそうに眠っていた。彼の言動にいちいち反応するのが、莫迦莫迦《ばかばか》しくなる。

張三からの連絡はその日もなく、王宦官《かんがん》から田恵についての知らせもなかった。

夜になると気温は下がり底冷えがするが、乾伸殿には炕《こう》がなかった。代わりに火盆《ひばち》が幾つか用意されているものの、空間全体が暖まることがない。

紫英が早々に牀《しょう》にあがったので、幾つか常夜灯代わりの蠟燭《ろうそく》を残して灯《あか》りを消し、花珠も榻《とう》に入った。鞋《くつ》を脱いで膝《ひざ》を伸ばし、足先を揉《も》む。襪《くつした》の上からでもわかる、冷え切った足先。炕がないと、特に足先が冷たくてかなわない。

榻の上から再びざっと周囲を見回してから、体を曲げて横になった。榻は、横になるには少々狭い。耳を澄ますと紫英の寝息が聞こえる。

それを聞いているうちに、花珠もうつらうつらと眠っていた。

しばらくして――呻《うめ》き声が聞こえた。

即座に花珠は反応して飛び起き、榻に立てかけていた環首刀を握る。

三

左右の気配を探るが、特に変わった感じはない。

呻き声は続く。紫英の呻き声に違いなかった。

襪のまま冷たい床に下りると、灯《とも》し続けていた燭台《しょくだい》の一つを手に取り、紫英の眠る牀《しょう》へ走った。燭台を脇の卓に置くと、揺れる灯りに絹の被褥《ひじょく》が照らされる。

「陛下……！」

横たわる紫英の姿を認め、ぞっとして、呼ぶ声が途切れた。

（なんだこれは⁉）

紫英が横たわる左右、頭上、足元。彼を取り囲むように、朽ちた襦裙《じゅくん》や袍《ほう》を身につけた、青白く皮膚のたるんだ者どもが這《は》い寄っている。見あげれば天井にまでいる。彼らのほとんどは顔貌すら朽ち果て、眼球は失われ、黒い窪《くぼ》みが開いている。亡者だ。

生臭い。腐敗臭が充満していた。

ぎゅうぎゅうに押し合いもつれ合いながら、彼らは互いに互いを押しのけ、のしかかり、乗り越え、紫英を手招きしている。彼らの招く手からは深緑色の、腐った水の色に似た因果の糸がのびている。それが数百、数千。紫英の首、腕、胴、足、所構わず巻きついていた。

紫英は苦痛に歯を食いしばりながら、きつく目を閉じ、呻いている。

恐ろしい程の数の因果の糸が、紫英に絡みついている。これほどの因果、しかも花珠が意識せずともその目に見えるほどのものは、見たことがない。

花珠には元来、見鬼《けんき》の才はない。にもかかわらず亡者が見えているのは、これらがかなり強い力を持っているからなのだろう。一つ一つは弱くとも、それが絡まり集まって巨大な力を有している。

恐ろしい光景に、身動きを忘れ呆然《ぼうぜん》とした。

「……あっ……」

喉《のど》をそらし、紫英が小さく声を出す。唇がわななく。呼吸ができていない。

それを見て、にわかに正気づく。

（まずい、これは！）

環首刀を抜いた。紫英の首を絞めあげる、嫌らしい色の糸の束めがけ、一閃《いっせん》。

糸が切れ、それに弾《はじ》かれたように、糸を切られた亡者が消える。

紫英が目を開く。身動きできないらしく、脂汗が滲《にじ》んだ顔で目だけを動かし、花珠を見た。しかし声を出さない。

続けて天井に向け刃《やいば》をふるい、牀に飛び乗ると、返す刀で紫英の左右、頭の上、足元と、次々と因果の糸を切っていく。

亡者たちは糸が切れると、闇に引きずり込まれるように消える。牀から這い出る亡者もいたが、それらに繋《つな》がった糸を切ると、床に吸い込まれて消えた。

天井を見回し、室内を見回す。

出入り口に、四人の亡者の姿があった。官服を身につけた亡者三人と、口元にほくろがある、侍女風の亡者一人。亡者たちからは、いくつもの様々な色の因果の糸がのびている。しかし、紫英に繋がる因果の糸はない。

環首刀の刃の先を、亡者たちに向けた。

「もし、これから陛下に近寄るつもりなら、覚悟してくることだ。わたしは因果の糸を切る。亡者を直接斬ったことはないが、おまえたちで試してもいいぞ」

官吏風の亡者は、すぐに床に溶ける。侍女風の亡者は、腰に下げた蘭の刺繡《ししゅう》の手巾《しゅきん》を握りしめ、ほくろのある口元を歪《ゆが》め、恨みがましそうな目でこちらを見ていた。しかし花珠の瞳《ひとみ》に圧倒されたのか、同様に消えた。

肩で息をしながら、花珠は刃を下げる。

(あれほどの亡者、そして因果。見たことがない)

疲労感と驚愕《きょうがく》で、しばらく立ち尽くしていた。紫英がゆっくり、乱れた髪を気にするようにこめかみに手をやりながら、上体を起こす。

「陛下。大丈夫ですか」

環首刀をおさめ、紫英の傍らに膝をつく。

「亡者たちに、何をした」

細い声で、紫英は切れ切れに問う。声に、いつものふざけた余裕がない。額には脂汗が浮かんでいた。

「陛下に絡みついていた、亡者たちの因果の糸を切りました」

「おまえは、そんなこともできるのか。彼らが、朝でもないのに消えたのは初めてだ」

「亡者が見えるのですか」

「見える。糸など見えぬが」

驚いた。押し寄せる亡者が見えるとは、紫英には見鬼の才があるのだろう。

亡者の身なりをみるかぎり、随分古い時代のものもあった。しかし淵紫の生きた時代ほど古くはない。せいぜい数十年だ。そんな以前に死んだ者と紫英に、直接因果があるはずはない。おそらくあれは、皇帝という御位《みくらい》にまとわりつく因果だ。御位にまとわりつくからこそ、皇帝となった紫英にまとわりついているのだ。

ということは、おそらく紫英が即位したときから、この現象はあったはずだ。それなのに今まで、彼はこの苦痛をそのままに、耐えることしかしてこなかったのだろうか。

（なぜそんな我慢を）

そんな忍耐は痛ましいよりも、苛立《いらだ》つ。

「なぜ、わたしを呼ばなかったのです」

「慣れている。幼い頃からほぼ毎夜。ずっとだ。眠る場所を変えると数日は止むが、またすぐに始まる」

幼い頃からだとすると、もっと悪い。彼が即位したのは八歳。そんな幼いときから毎夜あんなものに苦しめられれば、気がおかしくなっても不思議ではない。いや、体すらも蝕《むしば》まれる。生まれつき虚弱な紫英であれば、いつまで体がもつか。

それなのに「慣れている」などと言う。

「あのような因果に、慣れるはずありません。なぜ助けを呼ばれない」

「呼ぼうと思わない」

頑《かたく》なさに腹が立つ。

「嘘をつかないでください！」

身を乗り出し、花珠は怒鳴った。

「あれほど苦しんでいて、助けて欲しいと思わないはずありません！　なぜ、そんな嘘を。苦しいときには助けを求めてください。わたしはそのためにいるし、それがわたしの務めで。そしてわたしを呼ぶのは、あなたの務めです」

この男は嘘つきだと、花珠の全身に怒りが巡る。花珠を謀って遊んだのには腹が立つが、後々は笑い話にもできる。しかし自らの苦痛を「慣れている」などという嘘は、我慢ならない。いつまでたっても、互いに笑えないではないか。

「呼ぶのが務め？」

「当たり前です！　それができないでどうします。死にますよ。心の臓が弱いのでしょう。そんな痩《や》せ我慢を続けたら死ぬ」

「死ぬのならば、それだけの運だったのだろう」

「運ではなく、それは助けを呼ばなかった自業自得です！」

「自業自得なら、死んでも納得がいくだろう」

「莫迦者《ばかもの》か!!」

闇に、乾いた高い音が響いた。思わずだった。かっとして、花珠は紫英の頬を打っていた。紫英は目を見開き、こちらを見つめている。心底驚いた表情で。

「その命はそんなに軽くない！」

花珠は紫英の胸を指さす。

紫英の命は軽くない。彼は、曲がりなりにも尤国皇帝なのだ。それを軽々しく、たとえ本人だとて、あつかってはならない。

さらに花珠にとっては、彼の命と同居している淵紫の魂が最も大切だった。劉昭儀が己の命を捧《ささ》げてまで追い求め、今度こそ護《まも》りたいと願った魂。それを生かしているのは命。それがうっかり失われては、劉昭儀の覚悟も願いも、莫迦みたいではないか。

願いは、花珠の中に同居している。劉昭儀の願いは花珠の中にあり、彼女の意識と一致している。

（あれほど願ったのだ！　命をかけて！）

会いたい、護りたい。彼にもう一度会えて、そして今度こそ護れるなら、命など惜しくなかった。それほどに強く願ったのだ。

――淵紫。淵紫。待っていて、淵紫。

刃を己の胸に押し当てた痛みは覚えていないが、そのときに考えたことは鮮明に覚えている。ただ、ただ、彼に呼びかけていたのだ。待っていて、と。必ず再び会うから、と。そして今度こそは護るから、と。

（それなのに淵紫は――この目の前にいる男は、己の身をさほど大切にしていない）

侍衛を遠ざけ、ふらふらと遊び、亡者に襲われて助けも呼ばない。死んでも自業自得なら納得がいく、などと言う。

悔しくて目が潤む。

睨《にら》み付けていると、紫英は軽く息をついて天井を見る。

「殴るか？　皇帝を」

諦《あきら》めたような、途方に暮れたような声にも、花珠はむっとしたまま答えた。

「大変ご無礼つかまつりました」

まったく無礼だと思っていないことを一語一語に込めて、全力の棒読みで返す。

俯《うつむ》くと、紫英は肩を震わせ始めた。泣いているのかと思ったが、覗《のぞ》き込むと声を殺して笑っている。

また、ふざける気だ。咎《とが》めるつもりで厳しく呼ぶ。

「陛下」

それに応じ、紫英は再び花珠に視線を戻した。美しい紫紺の瞳が、真っ直ぐこちらを見つめる。意外なことに、そこにはいつものふざけた色はなく、かといっておびえや困惑や怒り、嫌悪もなく。無表情に近く、感情の読めない目。

「なぜ誰も呼ばないか、おまえにわかるか？」

「誰も信用していないからでしょう。おそらく幼い頃から」

「そうだ。誰も信じられぬ。おまえは、おまえを呼べと言ったが、それは『自分を信じろ』と命じる不遜《ふそん》な言だ」

「違います。わたしは陛下を護る。その事実を言っただけだから、不遜ではない。信じろと命じているのではなく、事実だから口にしただけです」

「なぜ余を護る」

「侍衛の務めです」

「他の侍衛はうんざりして、すぐに離れた。おまえの気性では三日で離れると思っていたが、腹を立てながらひたすら傍にいる。なぜそこまでする。そこまでする理由を言え」

「わたしが轉世人《てんせいじん》だからです。わたしは轉世する前は、淵紫の傍にいました。だから彼を護りたい」

「ほお」

目を細めて、問う。

「轉世する前の名は」

紫紺の瞳に見つめられると、急に、名乗るのが怖くなった。

（あざけられたら）

おまえなど劉昭儀であるはずないと、冗談にでも言われたら。それを考えると、竦《すく》む。誰に言われても平気な言葉も、淵紫と同じ紫紺の瞳を持つ者に言われたら、言葉に深く斬りつけられるに違いない。淵紫その人に拒絶されたような気がして。

「李明です。淵紫の妃《ひ》嬪《ひん》の一人、劉昭儀の侍女でした」

張三に伝えたのと同じことを伝えた。

「それが余を護りたい理由か」

「そうです。わたしは淵紫を護るために顕闇神君に祈り、轉世を願ったのです。陛下がそれを信じようと信じまいと……そうなのです」

紫英の瞳を見つめ続けた。視線が絡み合い互いに動かなかったが、しばらくして彼は口元に微笑を浮かべた。

「いいだろう」

静かに言う。

「許す。余を助けよ。ただし条件がある。朝まで傍らにいて、余を亡者どもから護れ。これから毎夜そうせよ」

「承知しました」

呼べと言ったのは自分なので、否やはない。

「では寝よう」

花珠の手を握り、紫英は身を横たえた。引っ張られて褥《しとね》に手をついた花珠は、眉《まゆ》をひそめる。

「なんですか？」

「寝ようと言っただろう。こちらに横になれ」

「寝るのは陛下です」

「おまえも、寝ないわけにはゆくまい」

「奥の壁にもたれて寝ます」

「距離があると不安だ。こちらに横になれ」

「男の隣は、わたしが不安です」

「おまえでも、不安がることはあるのだな」

紫英が目を細める。侮られた気がして、そうはいくかと強気に出る。

「そこまでではありません」

「ならば良かろう」

強く手を引かれ、もう一方の手で腰を抱えられ、器用にするりと紫英の傍らに寝転がされた。それで満足したように、彼は隣で仰向《あおむ》けになって目を閉じる。

（妙なことになったな）

環首刀を胸の前に抱えて横たわり、花珠は首をねじって紫英を見る。既に目を閉じ、綺麗《きれい》な横顔を見せていた。

「見鬼の才があるのですか、陛下。あの亡者たちの姿が見えていらしたでしょう」

「才と呼べるほどのものではない。ときおり、強い執念のある幽鬼が見えるというだけだ。あれらは力が強いのだろう」

目を閉じたまま答える。

花珠にも見鬼の才はないが、あれらは見えた。おそろしく強い執念が、皇帝という地位に集まっているのだろう。毎夜のようにあれに襲われるとなると、ぞっとする。

この男は嘘つきだと思う。

あれほど苦しげにしながら、慣れていると嘯《うそぶ》く。莫迦な文を、密書のふりをして花珠に届けさせる。俊熙も同じように騙《だま》す。彼の言動全て、額面通りに信じてはいけない。

そこまで考えて、ぎょっとした。

(待て。彼の全てを信じてはいけないなら、誰もが呆《あき》れる彼の阿呆《あほう》ぶりも、信じてはだめだ。そうじゃないか!?)

美しい木偶《でく》。

その評判そのものも、彼の巧妙な嘘から出た可能性はないか。そして、朝廷百官を完《かん》璧《ぺき》に謀っているとするならば、彼は木偶ではない。

それどころか緻密《ちみつ》で忍耐強い、策略家ではないか。

昼間の俊熙の言葉を思い出す。

――見捨てないだけの理由はある。

彼はその言葉に続いて予言のことを口にしたので、てっきり予言だけが理由かと思ったが、彼の真意は別にあったのかもしれない。

もし仮に俊熙が、紫英の本質を見抜いているとしたら。

それが、賢臣が傍らにいる理由――。

ぞくりと戦慄《せんりつ》が走った。

(この男は名君になる)

綺麗な横顔から目が離せない。

考えてみろと、自分の中の誰かが言う。

紫英はここ一年ばかり、まともに朝餉《あさげ》にも夕餉《ゆうげ》にも手をつけない。時々不意に、様々な場所にある厨房《ちゅうぼう》に顔を出しては、つまみ食いすると王宦官《かんがん》は言っていた。食が細いのだと思われていたが、紫英は周充儀の宮殿では、随分たくさん朝餉を食べていた。

彼は、皆が思っているほど小食ではない。

ただここ一年、自分のために用意される食事にほとんど手をつけないので、虚弱な体質という先入観も相まって、小食で片付けられていたのだろう。

紫英は、自分の食事には手をつけず、つまみ食いや、もしくは他人のために用意された食事――例えば、周充儀の宮殿の料理――は食べていた。その理由はあきらか。

毒殺を危惧《きぐ》したのだ。

おそらく、随分前からそうやって用心している。

（幼すぎる周充儀を後宮入りさせたのも、もしや企《たくら》みのひとつ？）

周充儀は、圭州州刺史の娘。朝廷と遠い田舎で育った官吏の末娘は、芝居などできないほど子どもだ。だからこそ彼女が小細工をするのは不可能で、安心できる存在である。相手が子どもでは懐妊しないので、他の妃嬪から妬《ねた》みを買うこともない。便利な避難場所にできる、と。

読み通りだとすれば、彼はおそろしく用心深く周到。

花珠が、浩然に届けさせられた間抜けな密書について苦情を言っても、彼は屁理屈《へりくつ》をこねた。「認識の違い」と言われれば、臍《ほぞ》をかむしかないような屁理屈。そんなものを捏《こ》ねて人を出し抜く者が、知恵が回らぬはずはない。

周囲の誰をも信じず、莫迦者《ばかもの》を装っているのだ。

しかしたまに、俊熙のように鋭敏な者が本質に気づく。

美しすぎる容貌《ようぼう》で知略をめぐらせ、人を欺く。

名君たり得る資質は充分だ。

しかし同じ名君でも、真っ直ぐさと情熱で国を造りおさめた淵紫とは、似ても似つかない存在になるだろう。

こうやって彼が、己が本質を隠し抜いているのは、おそらく立場の弱さからだ。

八歳で即位した彼は、抵抗する力も権力も持たない非力な子どもだった。権力を恣《ほしいまま》にしたい者たちにとっては、皇帝が英明では都合が悪い。力が弱いうちに殺してしまおうとするだろう。であれば、彼は、愚鈍であれば生き残れたのだ。それを察し、愚鈍な皇帝として生きてきたのだ。

「なんだ？　他に訊《き》きたいことでもあるのか」

視線を感じたらしく、紫英が目を閉じたまま訊く。

「陛下はよく嘘をつかれます。だから嘘をつかないで教えて欲しいのです。淵紫の記憶は、ないのですか」

「淵紫か。高祖、武帝のことを、おまえはたいてい淵紫と呼ぶな」

前世でも現世でも、淵紫と呼んでいたのでついそう口にしてしまう。しかし今の世で、尤国初代皇帝、高祖である武帝を字《あざな》で呼ぶのは無礼であり、なおかつ相手に通じにくい。高祖、あるいは武帝と呼ぶべきなのだ。

「前世の癖なので、申し訳ありません。武帝です。武帝の記憶はないのですか」

「ないね。それは、それほど重要なこと？」

「わたしにとっては。でも記憶がないのなら、仕方がないです」

やるせない、寂しさに似たものを感じて目を閉じる。

静かに、隣に横たわる男の魂が淵紫であることを感じようとしたが、うまくいかなかった。劉昭儀が淵紫の傍らで感じた安らぎや、ときめきや、喜びは、何もない。

あるのはただ、ぼんやりとした不安か。

こうやって淵紫の隣で眠ったときの記憶が、遠い闇の向こうから浮かびあがる。愛されて満足し、淵紫の眠る横顔を見つめていたときのこと。

——どうした、依依。

視線に気がつき、目を開いた淵紫の頬に、劉昭儀は手を添えて囁《ささや》いた。

——愛しているわ、淵紫。ずっと永遠に。死んでも、ずっと。

——わたしも同じだ。永遠に、死して後も、おまえを愛す。

彼の言葉は常に短く、率直だった。

二人は、死を超えても愛し合う誓いを密《ひそ》やかにしていたのに。

（淵紫。あなたの魂は、どうしてこんなに形を変えた。それともこの男の中で、かつてのあなたは眠っているのか）

淵紫は隣にいる。しかしこれでは轉世《てんせい》したとしても、淵紫であるとは言えないのではないか。出会えたはずなのに、出会えていない。

（顕闇神君。どうにかしてくれ）

夢うつつに、神に向かって泣き言を口にする。無論、神からの応《こた》えはない。

四章　殺意献上

一

「これは……どういう状況だ」

その先の言葉が見つからず絶句する俊熙に、花珠は多少、情けない気分で答えた。

「残念なことに。わたしにも、よくわかりません」

夜明け前にやってきた俊熙は、絹の帳《とばり》を開き、同じ牀《しょう》に横になった花珠と紫英を発見して唖然《あぜん》としたらしい。

横になった花珠は目覚めており、しっかり胸の前に環首刀を抱いているものの、身動きがとれない。というのも、紫英が彼女にしがみつき、気持ちよさそうに眠っているからだ。

「まさかずっと、こんなことを。それならば後宮に入らねば」

「ずっとじゃないです。まだ五日目。後宮に入らなければならないようなことは、してません。毎夜現れる幽鬼を追い払うためにやってるので」

「それにしても同じ牀に寝るというのは」

「仕方ないでしょう。陛下がそうせよと命じるのだから」

亡者たちの因果の糸を切った翌日の夜からは、それほど酷《ひど》いことは起こらず過ごせていた。

花珠には見えないが、紫英が言うには、官吏三人と侍女の幽鬼はまだ姿を見せるが、彼らは牀を遠巻きにしているだけらしい。

この四人だけは、よほど恨みが深いのか。

ただ紫英に害はない。幽鬼たちが現れているとおぼしき方向からは、紫英に向け、深緑色の因果の糸が流れているのが見える。幽鬼の放つ因果の糸だろう。それは紫英に絡みつこうかつくまいか、迷うように牀の周囲に漂っている。

しかし悪さをするものではないらしいので、切りはしなかった。

紫英はここ四日、花珠が牀にあがるようになってから、よく眠る。これほど穏やかな眠りは十一年ぶりだと言っていたが、実際そうなのだろう。その証拠に、昼間、怠惰にうたた寝する時間が減った。

紫英がよく眠れるのはめでたいことだが、妙な誤解をされるのは困る。

「しかし、あれだ。男女が同衾《どうきん》するということは、その」

俊熙はしどろもどろに言う。

「これが何かした男女に見えますか？　経験上そう見えるのですか？　見えないでしょうに」

花珠自身は経験などないが、劉昭儀の記憶なら、赤面するほどある。究極の耳年増状態だが、知っていることは知っている。

「わたしの経験……っ」

動揺しているのか、俊熙の声がうわずった。

「まさか経験ないんですか？」

俊熙は耳まで赤くした。何も言わなくてもわかった。彼はそのような経験が無く、免疫もない。

「さすが頭でっかち」

思わず口にすると、真っ赤になりながら俊熙は肩をそびやかし背を向けた。

「頭でっかちと呼ぶな、たわけ者め。わたしは、不要なことはしない主義だ」

「言っちゃなんですが、あなたは必要な年頃じゃないですか？」

「わたしには必要ない！　とにかく陛下を、お起こし申しあげろ。朝議に遅れる。久方ぶりの朝議に遅れては、崔林甫殿がさらにお怒りになる。しかもこんな様子を王公公《どの》に見られては、おまえは有無を言わさず掖庭宮に放り込まれるぞ」

それは勘弁して欲しい。それでは劉昭儀の人生と何ら変わらないと、花珠は慌てて紫英を揺り起こした。

今日は、十一日ぶりに朝議が開かれる。

侍女が毒殺されてから、体調不良を理由に朝議を中止していた紫英だったが、毎日のように崔林甫から朝議をせよとの催促があった。紫英はどこ吹く風だったが、崔林甫に度々呼び出されて嫌みを言われる俊熙が、参ったらしい。彼が紫英を説得し、ようやく朝議が開かれることとなったのだ。

花珠が牀から下りるのと同時に王宦官《かんがん》がやってきて、紫英の身支度を終わらせた。王宦官と俊熙にせかされ、紫英は朝議が開かれる公奉殿へと向かう。

環首刀を手に、花珠も付き従った。

公奉殿に紫英が着くと、中へ入る直前に一行は一旦《いったん》足を止めた。王宦官が「陛下のおなり」を告げる。その声に応じ、臣下は一斉に平伏しているはずだった。

再び歩みをはじめた紫英は、ひれ伏す臣下に一瞥《いちべつ》をくれ、気負いなく玉座に上る。

玉座の背後に垂れる玉簾《たますだれ》の向こうに、椅子に座る夏太后の姿があった。傍らには張三。

「おはようございます、陛下。お元気な様子なによりです」

背後から夏太后が挨拶《あいさつ》をすると、紫英はふり返らずに素っ気なく返す。

「はい。太后も」

花珠と目が合うと、夏太后はわずかに微笑む。黙礼を返すと、今度は、張三と目が合った。彼とも黙礼を交わしたが、その目が何か言いたげだ。

花珠は一段低い場所に控える。彼女の斜め前には俊熙が立ち、紫英の目配せで、すぐに傍に行けるように配慮してあった。

(黙って座っていれば、皇帝らしい)

高い位置にいる彼を見て抱いた感想は、それだった。

紫英が身につけているのは、尤国貴色である紫紺の上衣下裳《かしょう》。上衣には雲気文《うんきもん》が織り出され、角度によっては細かな光沢となる。身なりを整えると、容貌《ようぼう》が抜きん出て美しいだけに、自然と頭が垂れるような姿だ。

侍衛を傍らに寝かせて、ぐだぐだと牀の上で過ごす男と同じ人間とは思えない。

しかし——そのだらしない様子も、真に受けてはならないのだ。

五日前の夜に気がついた彼の本質。周到で用心深い賢《さか》しらさ。彼はあれからも頑《かたく》なに阿呆《あほう》を装っているが、前ほど腹が立たなくなっていた。それが彼の生きるための方便だから、と。

夜明けとともに朝議に集まったのは、太尉《たいい》、司徒、司空《しくう》の三公。中書省《ちゅうしょしょう》の中書令《れい》と侍《じ》郎《ろう》、門下省《もんかしょう》の侍中《じちゅう》と侍郎。尚書省《しょうしょしょう》の左《さ》僕射《ぼくしゃ》と右《う》僕射《ぼくしゃ》。六部の尚書六名と侍郎十二名。さらに九寺の卿《けい》と少卿。御史台の御史大夫。五十人近い。

黒い袍《ほう》を身につけ、笏《しゃく》を手に平伏した臣下の先頭にいる三人が、三公。その中央に崔林甫の姿があった。

「立て」

紫英の声に、一同が「ありがとうございます陛下」と、唱和し立ちあがる。

「ご尊顔を拝することができ、嬉《うれ》しく思います。朝議の再開有り難く存じます、陛下」

笏を胸の前に立て、真っ先に口を開いたのは崔林甫。早く朝議を開けと矢の催促をしていた本人なので、これは完璧《かんぺき》な嫌みだろうが、紫英は気にしたふうもなく微笑む。

「そなたに喜んでもらえて、なによりだ」

邪気のない笑顔に呆《あき》れたような目をした崔林甫だったが、そこからまた気を取り直したらしく、告げる。

「本日はまず、わたしより奏上いたします。炎州封浪《えんしゅうほうろう》の秀葉大長公主《しゅうようだいちょうこうしゅ》より、また嘆願が届いております。病身で余命幾ばくもない老齢の身、せめて最後は賀陽で迎えたいと。是非に帰還のお許しを、いただきたいとのことです」

「また伯母《おば》上《うえ》か」

苦笑した紫英に、崔林甫は続けて言う。

「秀葉大長公主が封浪に居《やしき》を移され、既に十年も経っております。その間、ことに不穏な動きもなく、静かに宮室に籠《こ》もっているのみ。お年もお年です。ここは温情あるを示し、賀陽への帰還をお認めになっては如何《いかが》でしょうか」

「うん。どうするかな」

紫英は気のない返事をして、かしこまって直立する臣下を見回す。

「意見のある者は？」

「恐れながら申しあげます」

一歩横に出たのは九寺の一つ、宗正寺《そうせいじ》卿らしかった。

「今更蒸し返すつもりはございませんが、十年前の秀葉大長公主への疑惑にしても、決定的な証拠に欠けるものではありました。ただ見過ごすことができぬゆえに、都から追放と決まりました。が、十年も遠地で身を正しく過ごしておいでです。温情を示すに値するかと思われますが」

前に立つ俊熙の耳元に顔を寄せ、花珠は問う。

「丁俊熙様。秀葉大長公主とは何者ですか？」

「先帝と同母の、姉公主だ。陛下の呪殺《じゅさつ》を試みたのが発覚して、都から追放処分になったのだ」

「それを許せと言ってるのですか？」

「証拠が不充分だった故に、秀葉大長公主の処分には、反対する声も多かったのだ。しかし夏太后が許さず、追放となった」

紫英は「ふうん」と気のない返事をして体をずらすと、玉座の肘掛《ひじか》けにもたれかかり、大儀そうに口を開く。

「秀葉大長公主の帰還に、賛成の者が多いのだな。ならば」

「なりません、陛下」

玉簾の向こうから、夏太后が鋭い声を発した。

「お忘れになっていませんか。あの者の横暴なる振る舞い、放言。幼子ならともかく、老成した方が、簡単に性質を変えうるとは思えません。ただでさえ御身危ういとき、なぜ好んで、蠍《さそり》を近くに住まわせる必要がありましょう」

ちらりと、紫英は背後に目線を向ける。

細かく輝く簾の向こうを透かし見れば、夏太后の強《こわ》ばった表情があった。それを宥《なだ》めるような柔らかい表情で、傍らに立つ張三が、耳元で何か言っている。しかし夏太后は張三に目を向けることなく、玉簾越しに真っ直ぐ――崔林甫を見ていた。

「陛下のお命が、二度も狙われています。このようなときになぜ、あの蠍を呼び戻そうとするのですか、崔林甫」

質問に似せた糾弾に、崔林甫の目が険しく、眉間《みけん》の皺《しわ》が深くなるが、声は冷静に返す。

「陛下に奏上いたしております」

言外に「黙れ」と、夏太后に言ったのだ。夏太后の声もぴりぴりと苛立《いらだ》つ。

「陛下、許してはなりません。認めません」

他の臣下は横目で視線を交わしあい、成り行きを見守るばかり。

紫英は頬杖《ほおづえ》をついて眠たげな目で、決断を迫る崔林甫をぼんやり見ている。玉座にあって気怠《けだる》げにしている紫英は、高貴な紫紺の衣装と瞳《ひとみ》に、白磁のような肌。形良い鼻梁《びりょう》と、やや薄い唇。目が離せないほど美しい。美しいが――この場で争っているのは夏太后と崔林甫。その真ん中にただ座っている紫英は、確かに、美しいだけの木偶《でく》だった。

これが、十一年間続いていた政の実態なのだろう。

(なぜ一言も言わない)

紫英はけして木偶ではない。それどころか、悪賢いと言っていいほどに知恵が回ると、花珠は知ってしまった。だからこそ彼の態度に心底苛立つ。

(木偶を装っているとしても、何もしなければ本物の木偶と変わりないぞ)

低い場所から紫英を睨《にら》み付けるが、彼は崔林甫を見ているのみ。

「陛下、如何でしょう」

促す崔林甫に、玉座の背後から応じる声。

「なりません、陛下」

ふっと紫英が笑う。見た者がどきりとするような艶《つや》っぽい微笑みだったが、続く言葉は残念この上なかった。

「保留にしよう。次の話を」

「しかし、陛下」

食い下がろうとする崔林甫に、紫英は笑みを深くして言う。

「保留だよ、崔林甫」

崔林甫は苦い表情で礼をとると、列に下がった。

それから続いた朝議で奏上されたことは様々だったが、それに対して夏太后が意見を言い、大概は臣下と対立し、紫英が「保留」とした。

朝議が終わって、花珠は乾伸殿へと帰る皇帝一行の最後尾についた。

公奉殿を出て歩廊にさしかかったところで、「花珠」と背後から呼び止められた。張三が早足で、こちらを追ってくる。

「騙子《いかさまし》が、朝議にまで顔を出すか。恥知らずめ」

俊熙の呟《つぶや》きが耳に届く。

「協力を頼んでいるんですから、あしざまに言わないでくださいよ」

「卜占《ぼくせん》など詐欺だ」

「そう決めつけるものじゃ、ないでしょうに。先に乾伸殿に帰っていてください」

周囲には外朝に詰める侍衛も大勢いるので、護衛の数は充分だ。花珠は安心して列を離れ、張三を待った。近寄ってきた張三は、歩み去る一行を目で追う。

「あれは丁俊熙ですか。彼はいつも、陛下のお近くにいますよね」

「左散騎常侍なので、身近な相談役として常に傍らにいますが。それがなにか」

「わたしが夏太后に請われて朝議に同席する度に、ひどく嫌な顔をされるので。極力、彼の目に入らないようにしたいと思うだけです。できるだけ遠慮はしているのですが、夏太后がどうしてもと仰《おっしゃ》るときもあって。ただの方士なので、出過ぎた真似はしたくないのがわたしの本音で」

言いつつ、目元に小さく皺を寄せ、柔和な微苦笑を浮かべる。俊熙の悪し様な言いようを聞いた花珠としては、張三が気の毒に思えた。

「張三方士は、先帝にも頼られたのでしょう。夏太后が頼られるのも当然です」

「それも、官吏の方々には苦々しいことなのです。わたしのような、身分もない貧しい出の者がこの場にいることも。ただ」

おっとりと優しげな張三の瞳のなかに、微《かす》かに、挑むような光がみえた。

「誰がなんと言おうが、わたしは、自分の卜占に信を置いておりますよ。幼い病の弟が、明日まで生きられるか。どこへ向かえば、家族の生きる道が見えるのか。それを知りたくて必死に、事実、命がけで卜占をしていましたから。そうして会得したものを、食うに困った経験もなく、蔭位制《おんいのせい》で官吏となった方々に、蔑《さげす》まれる謂《い》われはないのです」

柔和な色男の感が強い張三だったが、このときばかりは、彼の体を貫く強い何かがあらわになったようだった。貧しく、苦痛の多い人生から得た信念。穏やかな人柄であっても、そんなものが確固として彼の中にはあるようだ。

(この強さと自信があるからか)

先帝や夏太后が彼の卜占に頼りたがるのは、張三の人間性に起因するのではないか。揺るぎない自信とともに、未来を予見してくれる者の存在。それは常に運不運に左右され、大きな責任と不安を抱える支配者にとっては、拠《よ》り所になり得るかもしれない。

ただ頼りすぎるのは危険なので、官吏たちは警戒するのだろう。

張三は、表情を明るく入れ替えた。

「余計なことを喋《しゃべ》りましたね。呼び止めたのは他でもない、卜占の結果が出たのでお知らせしようと」

「どうでしたか」

周囲を素早く確認した後、張三は声をひそめた。

「陛下のお命を狙う者。崔林甫以外は、わたしの卜占に出ません」

「やはり」

「ただ卜占だけで、崔林甫を糾弾できません。証拠が必要ですが、このままでは尻尾《しっぽ》を摑《つか》めない。そこで夏太后から一つ、提案をいただきました」

張三は懐から、漆塗りに螺鈿《らでん》で鳳凰《ほうおう》を象嵌《ぞうがん》した小箱を取り出した。掌《てのひら》に載せて蓋《ふた》を開く。

中にはさらに三つの小箱が入っており、それらも漆塗りに螺鈿細工。蓋を開くと、親指ほどの乾涸《ひか》らびた木の根のようなものが、絹の上に置かれていた。

「これは甜州《てんしゅう》より夏太后に献上された、滋養強壮の生薬。これを陛下から下賜するという体裁で、あなたが使者となり、崔林の宮室《やしき》に届けるのです。小箱は三つ。三度は訪問が可能でしょう。その三度の機会を利用し、崔林甫の宮室で何らかの証拠を摑めないでしょうか。田恵との関わりや、中天壇で陛下に矢を射かけた者との繋《つな》がり。陛下を亡き者としようとする企《たくら》みをうかがわせる、何かを」

蓋を閉じた小箱を渡され、花珠は眉《まゆ》をひそめた。

「ただの侍衛のわたしより、丁俊熙様が訪問するほうが自然かと思いますが。彼は、陛下に最も近い臣下でしょうから」

「そうなのでしょうが……。あの方は……まあ。やはりあなたが適任です」

　言葉を濁す張三に不審を覚え、問い質《ただ》す。

「丁俊熙様が何か」

　視線を泳がせた後、迷うそぶりながら張三は口を開く。

「予断は慎むべきなのですが……。頼まれていたので、宮廷内に、陛下の他に轉世人《てんせいじん》がいないか占ったのです。すると卜占に出ました。一人だけ」

「誰ですか、それは」

「丁俊熙と出ました」

「丁俊熙様!?」

二

「勘違いしないでください。断定はできません。ただわたしの卜占ではそう出た、というだけです。轉世人かもしれないし、そうでないかもしれない。轉世人であっても、陛下とは何ら関わりのない轉世人の可能性もある」

　轉世人の話題が出たとき、俊熙は莫迦莫迦《ばかばか》しいと受け流そうとしているようだった。

　もし自分が轉世人の自覚があれば、そんな態度には出ない。

（卜占が、絶対に正しいとは言えない。しかし、正しいかもしれない。丁俊熙は、陛下と同じく、自覚のない轉世人なのか？　もしくは、自覚があるのに隠しているのか。もし隠しているとすれば、知られたら都合が悪いということか）

俊熙が皇帝を暗殺しても、崔林甫のような利益はない。それどころか重用されている身なのだから、紫英が死ねば、朝廷での立場が変わってくるはずだ。

しかし――それを覚悟で暗殺を企てるのは、損得ではなく、別の動機。恨みや憎しみ。もし彼が、前世で九族を殺され、未来永劫《えいごう》幾度でも彼を殺そうと誓った者であったとしたら？

前世で抱いた恨みが深ければ、轉世人はそれに突き動かされるのだ。

花珠が、淵紫を求めて止まないように。

（しかし彼は、あれほど綺麗《きれい》な瞳《ひとみ》をして、名君に仕えたいと口にした）

紫英が名君になると信じている、と。確かにそう言ったのだ。

「わかりました」

受け取った小箱を胸に抱き、頷《うなず》く。

「わたしがこれを崔林甫の宮室に届け、探りを入れましょう。丁俊熙のことは、それとなく気をつけておきます。彼が陛下の命を狙う者と、決まったわけではないので」

「夏太后には、そのようにお伝えしましょう。ところで、田恵は現れませんか？」

「はい。王公公《どの》のもとにも、目撃証言は集まっていません。もちろん陛下の身の回りにも現れずです」

「引き続き御注意ください。田恵は呪詛《じゅそ》をよくする女。田恵らしき者が現れたら、すぐに知らせてください。何かあれば、わたしの宮室へ知らせを走らせてください」

念を押して張三が立ち去ると、花珠もまた乾伸殿へ向けて歩き出す。

（幾度となく、陛下の身に危険がおよんだと、夏太后は言っていた。馬が暴れたり、輦《れん》のながえが折れたり）

紫英の身近にいる俊熙ならば、皇帝の予定も良く知っている。事故に見せかけて様々な細工は可能だろうし、紫英の朝餉《あさげ》に仕込まれた毒も、俊熙ならいくらでも混入する機会があった。

轉世人かと本人に訊《き》いても、おそらく真実を口にはしない。

（まさかとは思うが……丁俊熙）

乾伸殿に戻ると、俊熙は退出していた。

紫英に「夏太后の用事を仰せつかったので外へ出ます」と告げると、彼は牀《しょう》にごろ寝したまま「許す」と素っ気なく答えた。

王宦官《かんがん》には、「陛下のそばから離れないように」とお願いした。さらに他の侍衛たちが、乾伸殿の周囲を隙なく警備しているのを確認してから、花珠は宮城を出た。

侍衛として宮城に入ってからの花珠は、赤の袍《ほう》と黒の褌《こ》を身につけ、常に環首刀を携え、侍衛らしい身なりをしている。その上から大衣《だいい》をつけ、十数日ぶりに宮城を出た。

城墻《じょうしょう》で囲われた方形の巨大な街は、大路と小路が縦横に、整然と直角に交差している。都の巨大さは、遠い山稜《さんりょう》から見下ろせば感嘆するほど。

北辺に宮城と皇城を抱き、その周囲は家屋の軒がふれ合うほどに詰まっている。しかし都の大きさ故に、最南の城門近くは建物もまばらになり、間隙を埋める楡《にれ》や槐《えんじゅ》の緑も目立ち、城内において既に郊外の趣すらあるのだ。

賀陽城の市井の騒がしさの中に入ると、宮城がいかに静かなのかよくわかる。

物売りの声や、荷車の車輪の軋《きし》み。それらがより合わさり、空間を満たしているようだ。行き交う人が初冬の乾いた土を蹴《け》り、砂埃《すなぼこり》が薄く舞っている。一日この中にいれば、口の中や頭皮が細かい砂にまみれてざらざらするのだが、街育ちの花珠は、喧噪《けんそう》の中にいる方が落ち着く。

崔林甫の宮室に向かって一旦《いったん》歩き出したが、ふと足を止めた。

朝議のある日は、三公は夜明け前に出仕し、昼を過ぎて宮室に戻る。崔林甫を訪ねるのに、今からでは少し早いかもしれない。

（春衣にでも会っていくか）

彼の顔を見たくなった。会って、紫英のことを話したかった。ずっと花珠一人で悶々《もんもん》としているのは、精神的に良くない自覚がある。

（決めた。会いに行こう）

歩む向きを変えた。

春衣の塒《ねぐら》は、都を南北に貫く大路を挟んで西側、賀陽城の中程にある盛り場の一つ、天《てん》修《しゅう》坊《ぼう》と呼ばれる地区にある。二層、三層をほこる妓《ぎ》楼《ろう》が並ぶ界隈《かいわい》で、人波はもっぱらそれらを中心に動く。軒下にまで腰かけを並べている茶寮や、酒甕《さかがめ》が並ぶ酒肆《いざかや》も、妓楼の客を当て込んで商売をしている。

品夜《ひんや》楼《ろう》という妓楼の裏の敷地を借り、春衣は暮らしていた。

楼の裏口に回ってみると、枯れ草がわびしくそよいでいる荒れ放題の場所に、草廬《そうろ》が建っていた。虚飾を売り物にする妓楼の裏に建つ草廬は、ちぐはぐなようでいて、そのくせ食い詰めて身を売る女たちの実情を物語るようで、趣深い。

「春衣」

戸口で呼ぶと、すぐに寝ぼけ眼の春衣が顔を出す。だらしなく長襦《ちょうじゅ》の胸をはだけ、髷《まげ》も崩れていた。

「あら、花珠。陛下の侍衛になったって、白のおじ様から聞いてたけど。もう首になったの？　陛下に無礼でも働いた？」

「首にはなってないよ、まだね。無礼は……働いたけど」

考えてみれば、皇帝に張り手を喰《く》らわせたのだ。よくも首が飛ばなかったと、今更思う。紫英だから許されたのだろうが、おそらくまともな皇帝なら、即刻死刑だ。

まあ、入りなさいよと招き入れられた草廬は、外観の質素さと打って変わった豪華なしつらえだった。榻《とう》も牀《しょう》も磨きがかかった黒檀《こくたん》で、牀には絹の帳《とばり》が下りている。牡丹《ぼたん》と蝶《ちょう》を刺繍《ししゅう》した絹を張った、素屏風《すびょうぶ》。金細工の小鳥が、窓際の卓に乗っていた。床には花模様を織り出した色鮮やかな毛氈《もうせん》。

餐卓《しょくたく》に招かれ茶を淹《い》れてもらい、それを一口飲んでほっと息をつく。

春衣は帳の向こうで身繕いを始めている。

「で、首になったのじゃないなら、どうして来たの？　陛下の侍衛なんて、めったにお側を離れられないでしょうに」

「そうなんだが、春衣と話をしたくて。淵紫のことだ」

「ああ、そうよ！　それ！　結局、淵紫とは会えたの⁉」

身繕いを終えた春衣は帳の陰から出てきて、花珠の隣に腰を下ろす。

「会えたよ。陛下が、淵紫なんだ」

「え？」

「わたしが探していた淵紫は、今上。皇帝陛下として轉世しているんだよ」

口元を押さえて春衣が身を引く。

「嘘。そうなの？　じゃあ、あんたが探し求めてた相手は、陛下？」

「陛下には、淵紫の記憶が全くないらしいけどね」

ぽかんとした春衣は、次には大きく溜息《ためいき》をつき額に手を当てた。

「なんてことよ。よりによって」

足を組み餐卓に頬杖《ほおづえ》をついた春衣は、気の毒そうに花珠を見やる。

「てことは、うまくいってない？　まあ、うまくいくわけないか。相手が皇帝じゃ」

「皇帝という立場云々《うんぬん》よりも、本人の人間性が問題だ。しかも轉世人の自覚がない。わたしは自分が劉昭儀の生まれ変わりだと、告白すらできてないよ。劉昭儀の侍女だったと名乗った」

「なんでよ」

「伝説の美女の生まれ変わりだ、なんて言ったら、莫迦《ばか》にされそうな気がした」

「そういう感じなのね」

夢見がちな春衣も、さすがに落胆したらしく肩を落とす。そして心配そうに花珠を見つめる。

「名乗ることすら難しいような相手が淵紫で、あんたは大丈夫なの？　ずっと探し求めていた人なのに」

「彼が淵紫だって気はしないんだよ、正直。人間性が違いすぎる。同じ魂をもっているなんて信じられないくらいだが、でも、間違いなく淵紫が轉世した者なんだ。だから彼の中のどこかに、淵紫らしさがないかと思って」

ふと、己の手元に目を落とす。

「ああ、そうか。期待しているんだな、わたしは」

苦笑した。

紫英の中に淵紫の影が見えること、あわよくば、ある日、淵紫の記憶が蘇《よみがえ》ってくれることを無意識に期待しているのだ。

　春衣は困った顔をして天井を仰ぐ。

「まったく違う人みたいになっていても、諦《あきら》めきれないわよねぇ。その人の魂だってわかってたら、あんたのなかにある劉昭儀の執念が、諦めさせないでしょう」

「まあね」

　肩をすくめて、花珠は気分を変えるように声の調子を明るくする。

「とにかくわたしは、淵紫である陛下を護《まも》りたい。まあ、そういうこと。愚痴を言いに来ただけだ。邪魔したね。もう行くよ」

「ゆっくりして行けばいいじゃない」

　言いながら春衣は、茶壺《ちゃつぼ》に手を伸ばす。別の茶葉で茶を淹れる準備を始めるので、押しとどめた。

「いや、そうもしてられない。有り難いが、行く場所がある」

「どこへ行くの」

「司徒、崔林甫の宮室《やしき》。陛下の暗殺を企てる可能性がある者として、夏太后が最も警戒している相手なんだ。ちょっと探りに」

「崔林甫は、先帝の頃から司徒を務める重臣じゃないよ」

「そうだよ。だからこそ大変だ」

立ちあがった花珠を送って戸口まで来た春衣は、眉尻《まゆじり》を下げた。

「なんで探していた愛《いと》しい人が、よりによって皇帝なのかしらね」

「仕方ない。それもまあ、淵紫らしいんだよ」

「ねぇ、花珠。あんた気をつけなさい。陛下の命を狙う者にとっては、真相を暴こうとする者は目障りだわ。そして護ろうとする者も。ただでさえ宮廷は蛇蠍《だかつ》の巣よ」

不意に春衣の表情が変わる。いつにない鋭い眼差《まなざ》しに、花珠は少なからず驚く。春衣もこんな目をするのか、と。

「大丈夫だよ。腕に覚えはある」

「その腕力頼みが危ないのよ」

「言うね。じゃ、また」

手を振って歩き出した背中に春衣が告げた。

「もし知りたいことがあったら、わたしに相談して！　宮廷のことでも、市井のことでも、なんでもよ。なんとか、なるかもしれないから」

「ありがとう」

今一度手を振って草廬を後にした。崔林甫の宮室へ向かうために雑踏を歩き出してから、どことなく違和感を覚えた。

(春衣の塒は、なんであんなに贅沢《ぜいたく》なんだろうか)

まるで妃嬪《ひひん》の室《へや》だった。猫の世話係である周充儀の宮殿よりも、しつらえは豪華だろう。

（春衣はいったい何をして稼いでいるんだろうか）

一度も聞いたことがない。

それとなく訊《たず》ねたこともあったと思うが、はぐらかされたような覚えがあった。


その後、春衣の草廬を出た足で崔林甫の宮室に赴いたが、成果は得られなかった。

陛下から下賜の品があると門番に告げると、堂屋《どうおく》へと通された。待っていると崔林甫が出てきたが、小箱を受け取ると紋切り型の礼を述べ、さっさと出て行った。花珠もすぐに追い出された。

院子《なかにわ》と堂屋以外、足を踏み入れられなかった。そもそも門を入ってから出て行くまで、ずっと傍らに家人がついていたので、探るどころではない。

初日はこんなものかもしれないと思ったが、翌日と翌々日も、初日と同様。中へ通されるも、すぐに追い払われた。結局、高価な品を意味もなく捧《ささ》げて終わってしまった。

宮室の探索どころではない。まるで子どもの使いだ。

あっけなく三度の試みが終わったことに、落胆するよりも、ここまで何もできないのかと、我ながら呆然《ぼうぜん》とした。

何もできずに終わった三日目の帰途、張三の宮室を訪ねた。

張三の宮室は賀陽城の南東、臨林坊《りんりんぼう》にあった。富裕な商人の宮室が集まる界隈だったが、彼の宮室は、その中にあっても見劣りしない造りだった。

門を入ると広々した庭院《にわ》になり、白漆喰《しろしっくい》の牆壁《しょうへき》には卍《まんじ》模様の漏窓《ろうそう》が並ぶ。院子へ抜ける平底円門《ひらぞこえんもん》を潜れば正面に、幅広い廊廡《ろうぶ》を巡らせた正房《せいぼう》。

家人に案内されて正房に入ると、装飾の少ない、すっきりとしたしつらえだった。

「田恵が見つかりましたか」

耳房《じぼう》から急ぎ足で出てきた張三は、わずかに緊張した顔だった。

花珠は、首を横に振る。

「いえ、田恵ではありません。申し訳ないご報告なのですが。夏太后のご提案を受け、崔林甫の宮室を探ろうと試みたのですが、無駄になった。そのご報告です」

「ああ、そうなのですね」

気が抜けたように言うと、張三はそれでも柔和に微笑み、座るようにと花珠を促す。

家人に茶菓の用意を言いつけ、自らも餐卓につく。

「気に病む必要はありません。そう簡単にいくものではない。時間をかければいいのです。それよりも警戒を怠ってはならないのは、田恵と……、あと、念のためですが丁俊熙ですね。丁俊熙は立場もある方なので、腹に一物あろうとも、表だって陛下を襲うような暴挙には出ないでしょうが。問題は田恵です。毒に精通し呪詛《じゅそ》をよくするとなると、直接的に陛下のお命に関わるので」

王宦官《かんがん》の命令を受けた宦官たちが、田恵が身を隠しそうな無人の宮殿を探索したり、侍女たちに話を聞いたりしているらしい。しかし未《いま》だに、彼女の影も形もない。

田恵はそこそこ特徴のある娘らしい。二十六、七歳の侍女で、口元にほくろ。蘭の刺《し》繡《しゅう》が入った手巾《しゅきん》を腰に下げていると聞いていた。手巾は隠してしまえばそれまでだが、年齢はごまかせないだろうし、口元のほくろは特に目立ちそうなものだ。

「本当に、掖庭宮に潜んでいるのでしょうか」

「出て行っていない。それだけは確かです」

「隠れ潜んでいても、寝る場所と食べる物は必要なはずで、それを得るために動けば、わずかでも誰かが違和感を覚えるものです。しかし田恵に関しては、あまりにも痕跡《こんせき》がない。気味が悪いほどに」

「呪詛や毒に精通するような者は、方士でも、異様な者が多いですから」

眉《まゆ》をひそめた張三は、家人が運んできた青磁の茶杯に茶を注ぎ差し出す。

「わたしがするのは卜占《ぼくせん》が主で、毒と呪詛はあまりやりません。ただ、……対抗するべき時には、いたしますよ」

気負いなく言うと茶杯に口をつけた。その落ち着きぶりは、困難さを見せまいとする努力のように感じられ、かえって胸がざわつく。

「できますか？　それで張三方士に危険がおよぶことは？」

「たとえ危険だとしても、やらねばならないでしょう。ただ後れをとれば対抗手段もなくなるので、田恵らしき気配や、あるいはなんらかの接触——投げ文や、誰かを介しての伝言など、些細《ささい》なことも見逃さないようにお願いします」

「承知しました」

真剣な表情をゆるめ、張三は緑豆糕《りょくとうこう》の並んだ漆器を押し出す。

「召しあがってください。あなたもすこし気を休めて、花珠。それから宮城に戻られればいいでしょう」

勧められるまま口に入れた緑豆糕は、ほろりと甘く舌の上で崩れて溶けた。甘味にすこしだけ気持ちを宥《なだ》められ、花珠は張三の宮室を後にした。

花珠の焦りも知らぬげに、紫英は朝議に出る以外は牀《しょう》に寝転がっているか、周充儀のもとへ行って猫と遊ぶか、太極宮の北に造られた広大な園林《ていえん》を散策して、時間を潰《つぶ》していた。

園林は後園《こうえん》と称され、掘削して作りあげた四つの池泉《ちせん》に、宮城の外から引き込まれた川の水が注ぐ。四つの池泉は曲水で繋《つな》がり、水は西から東へと宮城から出て行く。

岩を積みあげた築山《つきやま》の頂には亭《あずまや》があり、さらに池泉の畔《ほとり》、川の流れに沿っても意匠を凝らした亭や草廬《そうろ》がある。池泉に小舟を浮かべて遊覧する遊びもできるという。人の手による曲水の流れは草木を潤し、光を反射し、園林に生命力を吹き込む。

そこを散策するとき、紫英は花珠だけを連れて行った。他の侍衛は遠巻きに警護することになっていたが、後園は余りに広く、不安は大きい。

その日も紫英は思い立ったらしく、夕方に、後園へ行くと言い出した。

止めても無駄なことはわかっていたので、花珠は大人しく付き従った。

のんびり散策している紫英だったが、さして気持ちのいい日ではない。

日が陰り始めた頃合いでもあったし、雲が低く垂れ込めて、今にも雨が来そうだ。

風が冷たい。

水路から流れてくる風が身にまといつく。水辺で過ごしたい季節ではない。

「陛下。そろそろお戻りにならなければ、風邪をひきます」

寒さに耐えかねて声をかけると、数歩先を歩く紫英はふり返らず、別のことを訊《き》く。

「昨日までの三日間、外出したね。夏太后の用事だと言っていたけど、どこへ出かけたの？」

「崔林甫の宮室《やしき》に行きました。成果が得られなかったので、わざわざご報告は必要ないかと思い」

崔林甫が暗殺の首謀者である可能性が高いこと、俊熙が轉世人《てんせいじん》の可能性があること、張三の卜占でその二つの結果が出たことを伝えた。

さらに崔林甫の宮室に向かったのは夏太后の計らいだったことと、その顚末《てんまつ》を語った。

「俊熙が轉世人ね。それは、それは。おまえと余の、お仲間が増えたか」

面白そうに言う紫英に、花珠は釘《くぎ》を刺す。

「あくまで卜占の結果なので、確かだとは言えません。ただ可能性があり、気にしておく必要はあるというだけです。最も気にしなくてはならないのは、崔林甫でしょう。にしても打つ手が少なく――夏太后より高価な品までいただいたのに、わたしは尻尾《しっぽ》を掴《つか》むどころか、ろくに調べることもできず。なんの役にも立ちませんでした」

　そう結んだ花珠に背を見せたままで、紫英が軽く笑った。

「わかりきっていることだね」

「何がでしょうか」

「おまえは崔林甫の宮室に出向いても、成果をあげられないってこと」

「力不足です。面目ありません。陛下をお護《まも》りすると言いながら」

　悔しさに唇を噛《か》むと、紫英はふり返った。彼の冷たい指が、ひやりと花珠の頬に触れたので、驚き、飛び退く。

「なんですか？」

「慰めてやろうかと。おまえを責めたのではないのだよ、気にするな」

「そんなもので、慰められる者はおりません」

「大概の女は、これで慰められるのだけどね」

　小首を傾げるので、苛々《いらいら》した。この男は、こうやって可愛げがあるところを見せると女が喜ぶと、充分承知でやっている。とてつもない計算高さで。

「例外です。すみません」

「何をすれば慰めてやれるかな？　おまえを」

「肉と酒をいただければ」

明らかに、紫英の表情に残念さが漂う。

「……色気がない」

「前世に捨ててきました」

面白そうに笑うと、紫英は再び歩き出す。

「帰ろう。雨が降りそうだ」

その言葉通り、後園を出た頃にはぽつりぽつりと、宮城の甍《いらか》に雨粒が落ちはじめ、乾伸殿に着く頃には空がにわかに真っ黒にかき曇った。

雨脚が激しくなり、夜のような暗さだ。

乾伸殿では王宦官が、急いで燭台《しょくだい》に火を入れさせているところだった。

「お帰りなさいませ、大家《へいか》」

礼をとる王宦官の背後で、灯《あか》りを灯《とも》し終えた内府局の宦官が礼をとり、腰をかがめてそそくさと退室していく。

雨が甍を叩《たた》く音が激しい。雨風が戸の隙間から吹き込んで、湿った香りを室内に運ぶ。

「これは？」

紫英が目を止めたのは、茶几《こづくえ》に置かれた黒漆塗りの箱。葉子本がちょうど納まる大きさだった。

「先ほど侍衛がもって参りました、門下省の使いを名乗る者から、預かったそうです。丁俊熙様から大家にと。大家に直接お渡しするように承っておりますので、そちらに」

「俊熙からか。また朝議だの裁可だのの、詰め合わせか」

うんざりしたように言いながら、紫英が箱の蓋《ふた》に手をかけている。

花珠は乾いた布で髪を拭《ふ》こうとしていたが、何かぞっとするものが体の芯《しん》を駆けあがった。はっと紫英をふり返ると、箱と紫英の手を繋ぐ黒い糸が見えた。

「だめだ！」

三

飛びかかるようにして右手で紫英を突き飛ばし、左手で箱を払った。

体の均衡を崩した紫英は、壁を支えにして危うく倒れるのを免れた。

花珠の左掌《ひだりて》には、鋭く抉《えぐ》られたような熱い痛みが走る。

反射的に手を振ると、ばたりと床に何かが落ちた。

ふり返ってみれば、床に細長く黒いものが這《は》っていた。

「蛇が！」

王宦官《かんがん》が叫び、後退《あとずさ》る。

花珠は右手で環首刀を抜くと、榻《とう》の下へ逃げ込もうとする蛇の頭に刃を突き立てた。ばたばたと蛇が暴れるのを渾身《こんしん》の力で押さえつけ、力を緩めなかった。

肩で息をしながら環首刀を握っていたが、蛇が動かなくなると、ふいに全身の力が抜けた。環首刀を床に放ってその場にへたり込み、己の左掌を見た。

鋭い、深そうな穴が二つ掌に穿《うが》たれ、細く血が流れ出ている。掌がみるみる腫《は》れあがり、赤黒く色を変えていく。左肘《ひだりひじ》から先が異様な熱をもっていた。

「……いっ……」

痛いと、言葉にできないほど激しい痛みが、ぴりぴりと左腕を這いあがった。呻《うめ》き、腕を抱え込む。

「花珠！」

紫英が駆け寄って傍らに膝《ひざ》をつき、花珠の手を覗《のぞ》き込む。さらに蛇の死骸《しがい》を確認すると、震えて立ち尽くす王宦官に鋭く命じた。

「斑蛇《はんじゃ》だ！　王公公《どの》、すぐに赤暇《せきか》を呼べ」

王宦官が飛び出すと、紫英は花珠を抱きあげた。

「陛下、なにを」

痛みを堪《こら》えながら抵抗を試みたが、強い口調で「動くな。毒が回る」と言われた。そのまま牀《しょう》に寝かされる。さらに彼は、花珠の環首刀を使って絹の帳《とばり》を裂き、紐《ひも》状にすると、それで彼女の左腕の付け根を軽く縛った。

「動くな。すぐに医監《いかん》が来る。赤暇という者だ。腕がいい」

紫英が花珠の左掌を持ちあげ、そこに顔を近づける。何をするつもりか察した花珠は右手で、紫英の肩を押しとどめた。

「だめです、陛下。毒が」

「余に傷はない。案ずるな」

傷口に、紫英が唇をつけた。そこを強く吸われて、痛みに声が出る。

紫英は構わず毒を吸い出し、床に吐き出す。

何度か繰り返していると、王宦官が数人の宦官と医監を連れて戻ってきた。紫英が毒を吸い出しているのを見た王宦官は悲鳴をあげたが、紫英は落ち着いたもので、口をすすぐ水を用意するように命じる。

医監は牀の傍らに膝をつき、片手で花珠の脈を取りながら、もう一方で持参した箱を探って、親指ほどの細い刃物を取り出す。

「斑蛇の毒ならば、解毒ができます。安心しなさい。あなたの体に今から、斑蛇の毒に抗する薬を入れます。それが毒と拮抗《きっこう》し中和します。ただ暫《しばら》く、苦しさは続きます。それに耐えれば必ず助かります」

「はい」と力なく答えると、右腕の上腕にちくりと痛みが生じる。医監が細い刃物でそこに傷をつけ、薬を塗り込んでいる。

口をすすぎ終わった紫英が、近づいてきた。

「どうだ」

「ご本人の気力と体力があれば、快癒されるでしょう。ただ、少しでも動かせば、毒が体に回るのが早くなる。ここから動かせません。陛下の牀ですが」

「かまわぬ。ここで治療せよ」

「……陛下」

嫌な脂汗が全身から噴き出してくるのを感じながら、呼ぶ。

「なんだ」

「けして外へは出ないで……ください。お供できない」

痛みでも走ったように、紫英は眉《まゆ》をひそめる。

「わかっている。ただ確かめるべきものは、確かめる」

背を向けた紫英は、強い口調で命じた。

「御史大夫、孟慶揮を呼べ！」

御史大夫の孟慶揮は春衣の父であり、花珠の父、白浩然の友人。

（孟おじ上が呼ばれた？　なぜ）

朦朧《もうろう》としていたので、そこから先に思考が進むことはなかった。

それからかなり苦しい時間が待っていた。

全身が痛み、熱を持ち、息苦しくなり、ただ仰臥《ぎょうが》しているだけで押しつぶされるような不安が襲う。王宦官が傍らについて、冷やした布を額に当ててくれた。しかし沸騰したように熱い体には、焼け石に水だった。

　このまま死ぬのだろうかと、夢うつつに何度も思った。

　ただこれが自分であることには、ほっとしていた。紫英——淵紫を護《まも》れたのだ、と。

（毒蛇は、丁俊熙が送ってきた箱に入っていた）

　もし送り主が本当に俊熙だとしたら、俊熙が轉世人であることは確実で、そして今まで度々紫英の命を狙っていたのは、俊熙なのかもしれない。

（丁俊熙を。はやく、彼を捕まえなければ）

　彼が犯人であれば、既に行方をくらましているかもしれない。

　耳鳴りがしていた。雨音が激しかったが、それは自分の血潮の音が耳に反響しているのか、それとも本当に雨音なのかすら判然としない。

　春衣の父である御史大夫、孟慶揮がやってきて紫英と話をしていたようだが、彼らの声すらまともに聞こえなかった。唯一聞こえたのが、

「慶鴻《けいこう》をお貸しします」

　という孟慶揮の声だった。

　まどろみと覚醒《かくせい》を、ごく短い間に繰り返す。

「花珠」

　覚えのある声に呼ばれ目を開くと、春衣の父、孟慶揮がこちらを見おろしていた。

　花珠の父浩然と仲の良い人だが、いつも機嫌よさそうに、にこにこしている浩然と真

逆で、常にむっつりしている。今日は一段と表情が険しい。そう見えるのは薄暗さのために、顔の陰影が濃いからだろうか。

蠟燭《ろうそく》の灯りが、普段の半分に減らされていた。毒と闘う花珠の体には光の刺激が良くないと、医監が言っていたような気がする。

孟おじ上と呼ぼうとしたが、微妙に唇が動いただけだった。

「何も言わなくてよろしい。一晩耐えなさい。明日、浩然を連れて来る」

命じるような厳しく低い声だが、言葉には労《いたわ》りがあった。微《かす》かに頷《うなず》くと、孟慶揮は去った。その後すぐに紫英が顔を見せ、王宦官に「余が看《み》よう」と告げ、彼をさがらせた。

紫英は牀にあがり、花珠の額や首を濡《ぬ》れた布で拭《ぬぐ》う。

「丁俊熙を」

熱でまともに思考は働いていなかったが、かさかさに渇いた喉《のど》から声を絞り、それだけは訴える。

「心配は無用だ。手は打ってある」

口を開き、あえぐ。肺の中まで熱で満たされていた。喉を通り、外へ吐き出される自分の呼気が異様な熱さで、喉がひりつく。唇が乾いてひび割れる。

乾いた唇に湿りけが触れた。紫英が、水に浸した布を花珠の唇にあてていた。

「水」

無意識に声が出た。

茶几に置かれた碗《わん》を手に取った紫英は、それに口をつけ、再び戻す。それから花珠の方へかがみ込む。唇に、唇が触れる。乾いた唇にわずかに水が染み、それからゆっくりと口の中へ、喉へと、流れこむのを呑《の》み込む。

紫紺の瞳《ひとみ》が花珠を見つめている。

「飲めたか？」

囁《ささや》く声に、声にならない掠《かす》れ声で返す。

「……淵紫」

淵紫がいる、と思った。

なぜかここは戦場で、軍営のような気がした。

転戦する淵紫に付き従っていた劉昭儀は、流れ矢から彼を庇《かば》い、酷《ひど》い怪我を負って生死の境を彷徨《さまよ》った経験がある。そのときに戻っている気がした。

（戦場だ。ここは）

うるさい雨音か、血潮の音か。それが、遠く響く乱戦の声に聞こえた。

息も絶え絶えの劉昭儀を覗き込み、淵紫は励ましてくれた。

——死ぬな、依依。

そのとき劉昭儀は笑った。淵紫が無事なのが嬉《うれ》しかったのだ。

——良かった。淵紫。生きてる。

もう一度呼ぶ。

「淵紫」

紫紺の瞳が近づき、唇に再び水が流れる。それを飲む。

紫英は一晩中、何度となくそうやって水を与えてくれた。

水が欲しいばかりだった花珠は、何も感じず、与えられるままに飲んだ。


自分が劉昭儀か白花珠か、判然としないままに、いつの間にか眠った。


どれほど眠ったか定かではなかったが、ぼんやり目を開くと、周囲は薄明るかった。

牀の前に置かれた素《す》屏風《びょうぶ》を通して、窓の木格子から光が漏れ入っている。

雨は止んだらしい。

左腕は痺《しび》れたように疼《うず》いたが、体は随分楽になっていた。息をつき、首をねじって奥の方へ顔を向けて、ぎょっとした。

花珠に寄り添うように、紫英が眠っているのだ。

(そうか……陛下が、わたしを看ると言って、王公公と交代して)

ぼんやりした記憶を形にしようとかき集めていると、紫英の唇に目がとまった。

「……あ……」

耳が熱くなった。昨夜は水が欲しいばかりで何も感じなかったが、思い出すと悲鳴をあげそうだ。劉昭儀の記憶が様々あるので、生まれながらに究極の耳年増な花珠だが、花珠としての体験は初めてのことだった。

(なんてこと)

頭を抱えたくなった。

相手が淵紫であれば、この上なく幸福な体験のはずなのに。淵紫の轉世人《てんせいじん》であっても、紫英は別の人間にしか思えない。しかも今ひとつ考えの読めない男。

(その男と接吻《せっぷん》？　しかもどさくさで)

いや、しかしこれは嬉《いと》しがるべきところなのだろうか。春衣に言えば「何がどうなってたって、前世からの愛しい人なんだから喜びなさい」と、どやされそうだが。

どうにも、微妙な気持ちにしかなれない。

随分楽になったとはいえ、体は重く、思うように身動きできそうにない。仰臥したまま悶々《もんもん》と考えていると、紫英が目を覚ます。

「苦しくないか？」

ぼんやりとした表情のまま、問う。その声が思いの外優しい。

「はい……ご迷惑を……陛下」

体をずらして肘枕《ひじまくら》をした紫英は、花珠を間近で見つめる。

「昨夜に比べれば、随分良さそうだ。顔が少し赤いが」

「これは……っ！」

指摘されると、また耳が熱くなった。それに気づいたらしい紫英は不思議そうな顔をしていたが、すぐに思い当たったらしく、人の悪い笑みを作った。

「昨夜は、素直に余を受け入れたね」

「言い方がおかしくないですか」

「ありのままだけど」

この野郎と思ったが、看病してもらったのは事実だったし、その上、口移しでゆっくりと水を与えられるのは最も望ましい方法だったのだから、文句は言えない。

紫英の手がつと伸びて、首に触れる。

「手甲と胸当ては外したが、他は昨日のままだ。随分汗もかいていた。ゆっくりでいいが、起きあがれるようになったら、着替えよ。そのままでは風邪をひく」

言い終わると身を起こし、牀《しょう》を下りた。

「おまえの父、白浩然をここに呼んである。昨夜のことは知らせてあるから、心配しているはずだ。少し回復した姿を見せてやれ」

「ありがとうございます、陛下。陛下の寝所に、父を入れていただけるとは」

通常、秘書少監が、皇帝の寝所に入ることはまずない。

「当然だ。二度も命を助けられた恩人の父上だ」

背を向けたまま、彼は素っ気なく答えた。

（これはわかりづらいけど、もしかしたら感謝の言葉か？）

恩人と言った。

（嬉しいかもしれない）

左腕の肘《ひじ》から先は熱を帯び、神経がぴりぴりと痛む。さらに発熱の余韻が体内に籠《こ》もっている感はあったが、なんとか起きあがれた。

こうして解毒が効き楽になり、思考が正常に戻れば、皇帝の牀を占領しているとは、とんでもない状況だと思う。とにかく下りようと、じりじり体をずらしていると、

「そこにいろ」

と、紫英が命じる。

「そういうわけには」

「命じる。そこにいろ。横になれ。無理をして死なれては困る」

渋々従うと、紫英は疲れたように榻に座り、肘掛《ひじか》けに体を預けて床に目を落とす。

「余のいざこざに巻き込まれて死ぬのは、一人で充分だ」

呟《つぶや》いた声に滲《にじ》む、自責の響き。

伏せた睫《まつげ》の憂鬱《ゆううつ》そうな様子を見つめて、理解した。紫英は侍女が死んだことに責任を感じているし、その死に、胸が痛み続けているのだろうと。

侍女の亡骸《なきがら》を見つめていた彼は、感情の読めない無表情だったが——その奥で感じていたものがあるのだ。そうでなければ、亡骸を見るために踏み込んでこなかっただろう。

その死を見つめる責任を感じていたから、そうしたのかもしれない。

（この男は聡《さと》い。そして人並みの感情も、あるかもしれない）

端整な横顔に、淵紫の片鱗《へんりん》を見つけられないかと期待する心がある。もう少し彼の中に踏み込めたならば、そこに淵紫がいるのでは、と。

（淵紫）

と呼んでみたい衝動に駆られる。もし彼が「依依」と呼び返してくれたら、花珠の中にある満たされなさが、一瞬で消失するだろうに。顔貌《がんぼう》は違っても、淵紫だという確証さえ持てれば。

それにしても左腕が痛い。

掌《てのひら》をあげてみると、きちんと布が巻かれて薬を塗りつけてある。指先から手首辺りまで、皮膚が赤くまだらになっていた。本当に死にかけたのだろうと、ぞっとする。

「丁俊熙は呼び出したのですか？　彼を問い詰めましたか？」

毒蛇の箱は門下省からの使いが、俊熙からと言って届けたのだ。

「問う気はない。あの箱を仕掛けたのが俊熙だったとしても、問われて、素直に白状はしないだろう？　誰かが——例えば、いまだ掖庭宮に身を潜めている田恵か、もしくは崔林甫が、なんらかの手を使って俊熙を騙《かた》ったと言えばすむこと。失敗することを考慮しているとすれば、門下省からの使いというのも騙りで、自分の息がかかった者に、門下省の使いを装わせる。そもそも、箱の送り主は俊熙ではない可能性もある」

「では放置しておくのですか」

「余の命が狙われたと聞けば、俊熙は来る。それは心から余を気遣って来るか、暗殺の失敗に臍《ほぞ》を噬《か》みながら来るかは、わからないがね。そのときに様子を観察するだけでいい。手は、他に打ってある」

「他に手を」

思い出したのは昨夜、春衣の父、御史大夫孟慶揮が呼ばれたこと。

「孟おじ上――御史大夫を呼ばれたのが、他の手ですか」

視線をあげた紫英は、ひたと花珠を見つめる。紫紺の瞳《ひとみ》が鋭く美しい。

「確かめるべきを確かめた後には、おまえに働いてもらう。良く休んで快復しろ」

「わたしに何かできますか」

「おまえにしか頼めないことだ」

「それは、いったい」

問い返そうとしたが、制するように紫英は片手をあげた。

「いずれわかる。時を待て。余のために侍女が一人死に、おまえも死にかけた。これ以上決断を先延ばしにすれば、いずれまた死人が出る。もう――心を決めるときだ」

立ちあがった紫英は一瞬の鋭さをすぐにおさめ、いつものように微笑む。

「毒蛇の騒動は、掖庭宮にも届いているはずだ。太后が余の様子を見にやってくる前に、余のほうから顔を見せに行くかな。おまえも、皇帝の牀を奪って寝ているところに、太后が来るのは気まずかろう」

「では、わたしもおともを」

思わず上体を起こしたが、急な動きに目眩《めまい》がして額を押さえる。

（ああ、だめだ。まだ）

ふがいなさに眉《まゆ》をひそめると、諭すように紫英が言った。

「心配することはない。すぐに戻る。掖庭宮だとて油断はせぬし、王公公《どの》も一緒で、彼が数人、屈強な宦官《かんがん》を連れてくると言っているしね。だから、おまえは眠れ」

五章　真相と決別

一

言葉通り、紫英は半刻も経たないうちに夏太后のもとから戻った。そして戻るなり、王宦官に命じて花珠の着替えを用意させた。

運ばれてきたのは、襟に牡丹《ぼたん》と蔓草《つるくさ》文様が刺繍《ししゅう》された薄紅の襦裙《じゅくん》。着慣れない女らしい衣装だったが、これしか用意できないと言われれば、着替えるしかない。

紫英が留守の間すこし眠ったが、それだけでも格段に気分は良くなった。太陽の位置が動く毎に体調が良くなる。「さすがに男並みに体力があるのだろう」と、王宦官は半ば呆《あき》れたように言ったが、目には安堵《あんど》の色があった。

着替えが終わり顔を拭《ふ》き口をすすぐと、生き返った心地になる。

それでも、牀《しょう》から下りるなと厳しく言われるので、大人しく寝ていた。

寝ていると、孟慶揮に連れられた白浩然が、恐る恐る緊張した面持ちでやってきた。

紫英から、詫《わ》びと礼の言葉をかけられた浩然はあたふたしていたが、それ以上に娘が寝込んでいる様子に衝撃を受け、涙ぐむ。

　紫英と慶揮は話があるとかで廊廡《ろうぶ》へ出て、王宦官も気を利かせて出て行ったので、父と娘だけになった。

「自由にして良い」と紫英から許されたため、浩然は牀の傍らに跪《ひざまず》いた。起きあがった娘の手を握り、もう一方の手の甲で、彼女の頬に触れる。

「可哀相に。目が落ちくぼんで、肌の色も悪くて、酷《ひど》い顔だ。襦裙は綺麗《きれい》だが。いつもそんな格好をしてくれればいいのに」

　精一杯の軽口を交えて気遣う父に、深く頭を下げた。

「ご心配をかけました」

「花珠。侍衛の勤めを辞してくれないかい。陛下のお命を救ったことは素晴らしいが、それよりも、わたしは」

「できません。陛下をお護《まも》りします。それは、わたしの生まれもった使命です」

　首を横に振る。

「そんな……花珠。なぜそこまで」

　浩然の目に涙が浮かぶ。優しい父の涙には弱いのだが、こればかりは頷《うなず》けない。劉昭儀が――以前の自分が、命を代償にしてまでした決意だ。

「昨日よりは、随分様子が良くなった。よく耐えたな、花珠」

紫英とともに戻ってきた慶揮が近づいてきて、涙目の浩然の肩に手を置く。

「ありがとうございます、孟おじ上。ご心配をかけました」

「浩然。おまえの娘は良くやった」

「良くやったとは思う。けれどね」

涙目で、浩然は苦笑する。

「おまえは誇るべきだ」

「誇れる娘でなくても、生きている娘がいい。どれほど誇っても、死んでは意味がない」

花珠は、浩然の手を握り返す。

「死にはしません、父上。わたしは、しぶといので」

そばを離れがたい様子だったが、皇帝の居所に長居することもできず、浩然は慶揮に連れられて去った。

それを見送った紫英は、戻ってきた王宦官に茶を淹《い》れさせ、一息つきながら言う。

「良い父上だ。心から娘を思いやっている」

「そう思ってます。不肖の娘には勿体《もったい》ない、優しい良い父です」

「申しあげます」

侍衛が出入り口に立つ。

「丁俊煕様が参られました」

王宦官の白い眉が吊《つ》りあがり、紫英をふり返る。

「どの面下げて来たのか。如何《いかが》なさいます、大家《へいか》」

毒蛇の箱は俊熙から送られたと、王宦官は半ば信じているらしい。紫英は茶を啜《すす》りながら、平然と答えた。

「いつもと同じく、通せ」

「大家」

王宦官の責める声に、紫英は微笑みを返す。

「あれを俊熙が送ったとは、決まっていない」

「しかし」

「いつもと変わらぬ態度でいるのだ、王公公」

「……はい」

不承不承、王宦官が頷くと、俊熙が入ってきた。

「陛下。毒蛇が仕掛けられたと聞きました。白花珠が噛《か》まれたと」

礼もそこそこに焦ったように訊《き》いた俊熙は、室内を見回し、牀に座る花珠に視線を止めた。それでようやく、ほっとした顔になる。

「良かった。無事だな。白花珠」

「おやおや、死んでいるとでも思ったのか」

笑顔で、いつもの軽口めいた問いを紫英は発するが、その目は俊熙の表情を注意深く見つめていた。

1月の新刊ラインナップ

※毎月25日の発売です。
発行:株式会社KADOKAW

2
刊行

彩雲国物語 十二、白虹は天をめざす **雪乃紗衣** ／ 紙屋ふじさき記念館 カラーインクと万年筆 **ほしおさなえ**
後宮の木蘭 皇后暗殺 **朝田小夏**

角川ホラー文庫

ぜんしゅの跫《あしおと》 澤村伊智

夜な夜な通行人を襲う見えない通り魔「ぜんしゅ」の正体は……!?
SNSで話題をさらった映画「来る」原作・比嘉姉妹シリーズ第5弾!

人外サーカス 小林泰三

吸血鬼たちの襲撃からサーカス団員は生き残れるか。
血塗られた究極のサバイバルホラー&ミステリ!

死相学探偵最後の事件 三津田信三

孤島で起きる奇怪な連続殺人事件に、俊一郎が挑む。
黒術師は何者なのか? 究極の闘いが、幕を開ける!

2月の
刊行予定

黒いピラミッド 聖東大学シークレット・ファイル **福士俊哉**
再生 角川ホラー文庫ベストセレクション **朝宮運河**〔編集〕
怪談実話 東京をんな語り **川奈まり子** ／ あやし お江戸ふしぎ噺 **皇 なつき**〔作画〕 **宮部みゆき**〔原作〕

キャラ文 新作紹介

平凡女子と破天荒イケメンの青春以上ラブコメ未満の学園謎解き!

人気作家初登場!!

わたしは告白ができない。

櫻いいよ イラスト：ふすい

高2の小夜子は校内でも有名な風紀部部長・睦月に片思い中。ある日、渡せずに持ち歩いていたラブレターを紛失してしまい落ち込んでいると、睦月が「風紀を乱す盗難事件は即刻解決する」と言い出した。こんな展開で本人に読まれるなんて最悪。絶対に阻止しなければ――。予想外の展開に圧倒される告白恋愛ミステリ!

心ときめく2大新作!!

イラスト：カズアキ

転生佳人伝 寵姫は二度皇帝と出会う

三川みり

イラスト：凪かすみ

茶寮かみくらの偽花嫁

あさばみゆき

角川ホラー文庫NEWS!!

時代が求める才能、澤村伊智最新作 比嘉姉妹シリーズ第5弾!!!

ぜんしゅの跫《あしおと》

澤村伊智

真琴と野崎の結婚式。姉の比嘉琴子は祝いに駆け付けるが、誤って真琴に怪我をさせる。猛省する琴子は、真琴に代わり「見えない通り魔」事件の調査を開始。深夜、通行人を襲う巨大な化け物の正体は!? 書き下ろし含む全5編!

収録作 鏡/わたしの町のレイコさん/鬼のうみたりければ/赤い学生服の女子/ぜんしゅの跫

追悼 小林泰三さん

『人外サーカス』待望の文庫化。
そして国内ホラー史に
衝撃を与えたデビュー作が
新カバーで登場。

玩具修理者はなんでも直してくれる。どんな複雑なおもちゃでも。たとえ死んだ猫だって。子供のころわたしは、誤って死なせてしまった弟をその人のところへ持っていき――。
第2回日本ホラー小説大賞短編賞受賞作。

玩具修理者
小林泰三

「嚙まれたのなら、死んでもおかしくありません。陛下に仕掛けられたとなれば、必ずお命を狙ってのこと。ひと嚙みで死に至るような蛇を、暗殺者なら用意するはずですから。毒蛇が仕込まれた箱が送られたそうですが、送り主は判明していますか」

眉をひそめて、花珠は俊熙を見る。

もし彼が犯人であれば、白々しいにも程がある問いだ。こうして問うことで、「送り主は自分ではない」と、先手を打っているつもりなのか。

(丁俊熙が陛下の命を狙うとは、思いたくないが)

澄んだ瞳《ひとみ》で彼は、名君に仕えたいと言ったのだ。あの表情や言葉が、嘘だったとしたら――花珠は、人を信じられなくなりそうだ。

ただ俊熙が轉世人《てんせいじん》であれば、轉世前の憎悪に支配されてしまう可能性も高く、そうなれば暗殺も厭《いと》わない。強烈な前世の記憶や思いから逃れがたいのは、花珠自身が良く知っている。

俊熙自身の思いと前世の欲求が乖離《かいり》していたら、彼は、紫英が名君になると信じて仕えたいと思う一方で、殺したいと思うのだろうか。

花珠は俊熙に視線を注いだ。

因果の糸を見ようと試みる。

瞬間的に沸騰する強烈な殺意や、恋情や、怒りのようなものは別だが、因果の糸は花珠が意識して見ようとしない限り、見えない。張三から、俊熙が轉世人だと聞かされていても、そこまで本気で彼を疑ってもいなかった。そのため今まで、意識して彼の因果の糸を見たことはなかった。

俊熙の体から出ている糸が、うっすら見えた。しかし、すぐにこめかみが痛み、集中が途切れる。糸が消えた。

（くそ。こんな大事な時に見えない）

額を押さえて眉《まゆ》をひそめる。

紫英は何食わぬ顔で受け答えしていた。

「送り主はわかっていない」

「崔林甫、もしくは掖庭宮に身を潜めているという、田恵という女でしょうか。とにかく、突き止めなければ」

顎《あご》に手を当て、思案げに言う俊熙を、茶を淹れながら王宦官《かんがん》が鋭い横目で睨《にら》んでいた。

紫英は王宦官に「やめろ」と目顔で合図し、榻《とう》の肘掛《ひじか》けにもたれ、暢気《のんき》な口調で言う。

「それは、快復したら花珠にやらせる」

「そのような悠長なことを」

「いいよ、それでね」

俊熙は不満げだったが、紫英が「それでいい」の一点張りなので、諦《あきら》めたように帰って行った。

翌日から紫英は、態度を一転させた。王宦官に、「俊熙が来ても通すなと侍衛に伝えろ」と、命じたのだ。

俊熙はそれから毎日訪れたが、紫英は会わなかった。

朝議も取りやめ乾伸殿に籠《こ》もり、王宦官以外の者の出入りを禁じた。

花珠にも、他に移る必要はなく、このまま紫英のもとで養生をしろと命じた。

なんのつもりかわからなかったが、考えがあるのだろう。彼は周到で用心深いのだと、既に花珠は知っていた。

六日目になるとほぼ全快し、侍衛らしい衣装に着替えた花珠は、久しぶりに環首刀を握った。毒に冒され五日も寝たので、腕の力が落ちた気はした。しかし刃《やいば》は問題なく振るえそうだった。


乾伸殿に籠もって七日目。

俊熙は毎日やって来て、今日も侍衛に追い返された。その様子を戸の隙間から確認した後、気怠《けだる》げに榻に腰かけた紫英は、切り出した。

「確かめて欲しいことがある。行ってくれるか、花珠」

環首刀を握った手で礼をとる。気分も良く、体も軽く、体調は万全だ。

「ご命令とあれば、どこへでも。何を確かめに、どこへ行けばいいのでしょうか」

「余が疑っていることが事実であると、確かめて欲しい」

「陛下が疑うことですか？」

無表情な紫紺の瞳を見返す。

「知っているわけではないから、疑いという。それを確かめるために、孟慶揮に、使える者を用意させた。皇城の南、玄東門《げんとうもん》に、慶鴻という者が待っているそうだ。その者に確かめるべき事項は伝えてあり、確かめられるように手配を頼んでいる。行け」

「はい」

礼をとって乾伸殿を出た。

外は、乾いた冷たい風が吹いていたが、長く外へ出られなかった身には心地よい。

皇城の玄東門を潜ると、路《みち》を隔てた正面は務本坊《ぶほんぼう》。官吏たちの宮室《やしき》の集まる坊である。

門を護る閹人《こんじん》を横目に見ながら門を出れば、すこし離れた場所に、一頭立ての馬車が駐《と》まっていた。あれかと思い近づくと、長襦《ちょうじゅ》に褲《こ》を身につけた青年が、俯《うつむ》き加減に御者台に座っている。

「慶鴻という者を探しているんだが」

声をかけると、御者は顎をしゃくって馬車の荷台の中を示す。

「中に入ってください」

言われるままに馬車の背後に回り、荷台の筵《むしろ》をめくって中を覗《のぞ》く。がらんとした板張りの空間があるだけの、粗末な作り。奥には麻布で蓋《ふた》をした甕《かめ》が三つ並び、その上には、地味な渋茶色の襦裙《じゅくん》が畳んで置いてある。小商人が品物を運ぶ馬車のようだった。

　多少の不安を覚えながら中に入ると、御者の青年も身をかがめて入ってきた。彼は板敷きの上にすとんと片膝《かたひざ》を立てて座ると、こちらを揶揄《やゆ》しているような、奇妙な笑みを見せる。こいつの態度はなんだと思いながらも、

「おまえが慶鴻か……」

　と、確認しようとした瞬間、花珠はのけぞって悲鳴をあげた。

「春衣!?」

　地味な藍《あい》の長襦と黒の褲。黄ばみの強い綿の巾《きん》で髷《まげ》を包み、残りの髪は背に流す。小作りな可愛らしい顔立ちは――間違いなく春衣だった。

「死にかけたらしいわね、花珠。莫迦《ばか》ねぇ。気をつけなさいって言ったのに」

　いつもの口調で春衣が言う。

　驚きのため、最初は口から、ぱくぱくと空気ばかりが出た。

「どうして春衣が。しかもそのなり。わたしは陛下に言われてきたんだよ。孟おじ上が用意したっていう、慶鴻という人に会いに」

　春衣は、うふふと首をすくめて笑う。

「あんたはわたしのこと春衣と呼んでくれるから、すっかり忘れてるのね。あら、それとも知らなかった？　慶鴻は、わたしの字《あざな》。わたしの本名は、孟慶鴻よ」

「え……でも。春衣じゃ」

「春衣は、自分でつけた字。可愛いでしょう」

　悪戯《いたずら》めかして小首を傾げる。

　幼い頃、初対面の時、彼は春衣と名乗った。それからもずっと春衣と呼んでいて、近所の子どもたちも春衣と呼んでいた。慶揮は息子のことを「あの莫迦」としか呼ばなかったし、家人も彼のことを小主《おぼっちゃん》と呼んで、名を口にすることがなかった。そのため、春衣が彼の名だと疑わなかったのだが。

「驚いた」

　腰が抜ける一歩手前だ。花珠は環首刀にすがりついて、小柄で俊敏そうで、可愛らしくも抜け目なさそうな顔立ちの青年を、上から下まで眺めた。

「初めて見た。春衣のそんな格好」

「そりゃそうよ。仕事じゃなきゃ、こんな格好したくないもの」

「仕事？」

「間諜《かんちょう》」

　こともなげに答える。

「間諜!?」

頓狂《とんきょう》な声で鸚鵡《おうむ》返《がえ》しをしてしまった。

「間諜というと、あれか？　色々なことをこっそり探る？　でもなんでそんな仕事を。しかも孟おじ上が関わってるのか？」

「わたしはあの人、御史大夫から仕事をもらっているのよ」

「御史大夫って、父上だろう」

「今のわたしにとっては、あの人は仕事をくれる人。あの人にとってわたしは、便利に使える間諜。それだけの関係。品階なんてない流外官だけど、御史台の官吏として籍があるからね、いちおう」

「官吏になってたのか、春衣。けど、官吏になりたいなら蔭位制《おんいのせい》で」

「官吏になりたかった訳じゃないの。勘当されて宮室を出てから、街で人捜しやら調べ物やらして、稼いでたのよね。そしたら二年ほど前かな？　その仕事が監察御史《かんさつぎょし》の目にとまって、使ってやろうということになったらしいの。御史大夫はわたしの身元を知っているから、最初は嫌な顔をしたけど」

春衣は不敵な笑みを口元に浮かべた。

「わたし、間諜としては有能らしいのよ。御史大夫は渋々承知した」

彼の草廬《そうろ》が、いやに贅沢《ぜいたく》だった理由がわかる気がした。下級官吏であれば給与はさほどではないはずだが、間諜という仕事の特殊性から、内々に口止め料が支給されていてもおかしくない。なおかつ街での商売も続けていれば、実入りはいい。

にわかには信じがたかったが、春衣の口ぶり、態度、生活ぶり。全てを考え合わせれば、彼の告白は事実なのだろう。

「……意外すぎて……想像したこともなかった」

「わかるわぁ、自分でも意外だもの。こんな可愛い間諜なんて、ありえないわよ」

春衣は、いざって荷台の奥へ移動した。甕の上に置かれている襦裙を手に取ると、広げて確認しながら言う。

「まあ、今日はそういうことで、お仕事なのよ。よろしくね。ところで訊《き》きたいんだけど、今朝も、丁俊熙は乾伸殿に来た？　陛下に会うのを拒否されて、憔悴《しょうすい》してない？」

「丁俊熙？　確かに今朝も来てたけど。言われれば、少しやつれた気もするな。彼を知ってるのか？」

乾伸殿に日参してくる俊熙を、今朝も紫英は、会わずに追い返していた。俊熙の姿は、戸の隙間からちらりと見えた。肩を落とし、悄然《しょうぜん》と歩み去る背中が痩《や》せたようだった。

「知ってるも何も、実は、今一番わたしが心を傾けている人なのよ」

春衣は手にした地味な襦裙を抱きしめ、身をよじる。

「ああ、やつれてるなんて、可哀相な丁俊熙。今すぐ抱きしめてあげたい。あんなに生真面目で、優しい人が」

「どこで、彼のことを知ったのか知らないけど。真面目は認めるが、優しいか？　割と口が悪いぞ」

「優しいくせに、つんけんするとこが可愛いんじゃない」

すまして答えた彼は、そこで真剣な表情を作る。

「だから、彼の名誉のために言っておくわ。彼が陛下の命を狙うなんて、あり得ない」

「好きな相手に肩入れするのはわかる。けれど」

「違うわよ」

きっぱりと否定した。

「御史台は、官吏たちの動静を常に探ってるのよ。書類をめくって、あらを探しているだけじゃない。だからこそ、わたしのような者を抱えている。陛下の傍近くに侍《はべ》っている者には、ことさら注意する。権力を悪用する可能性が高いからね。左散騎常侍なんて、宮室まで覗かれてる。丁俊熙のことなら、わたしは彼の飼ってる猫の名や、彼の体のほくろの位置だって知ってるし」

「ほくろって。沐浴《もくよく》を覗いてるのか」

「役得よ」

「おいおい。まさか……なんで丁俊熙を知ってるのかと思ったら。間諜として監視してたからか!?」

顔が引きつった花珠の反応をものともせず、春衣は続ける。

「とにかく、丁俊熙は毒蛇を送った犯人じゃない。御史台が調べつくして出した結論は、彼の陛下に対する忠誠心は本物で、命を狙う者じゃないということ。御史大夫は陛下に

『丁俊熙は間違いなく忠臣で、疑うべきところがない』と報告した」

　春衣はいつも率直だ。大言壮語も吐かない。その彼が自信をもって口にすることは、根拠がないとは思えない。

「丁俊熙は違う？」

「ええ。そうよ」

「だったらやはり崔林甫、もしくはそれに命じられた田恵、あるいは……」

　そこまで口にして、雷に打たれたような衝撃を覚える。

「……待て。俊熙が無実だとするなら、毒蛇の送り主は必然的に、わかるじゃないか」

「そうよ」

　春衣が頷《うなず》く。

「それを確かめに行くのよ、これから。陛下も丁俊熙への疑いが晴れると同時に、その者が毒蛇の送り主と断じた。陛下が確かめろと命じたのは、そのことなのよ」

　俊熙が無実だという事実から、別の一つの真実が導かれるのだ。

「まさか、あの人が!?　彼が、毒蛇を送った犯人か！」

二

荷台で地味な襦裙に着替えた花珠は、春衣と並んで御者台で揺られていた。

乾物を商う若夫婦、という設定だそうだ。

「わたしは皇帝陛下にお目にかかったことないけど、かなりの曲者《くせもの》ね」

春衣は手綱を操りながら、嫌そうな顔をした。

「なんで」

「数年前、陛下から御史大夫に対して、側近たちの監視を強めるように指示が出ていたの。別段変わった命令ではないから、臣下の誰も気にとめていなかったし、御史大夫も気にしていなかった。しかも命令が出ても、特に変わった動きがない。けどあんたが毒蛇に噛《か》まれて、御史大夫は急に呼び出しを喰《く》らった。数年前から指示している監視の強化で、かなりの情報が集められただろうって。そして御史台が摑《つか》んでいる側近たちの情報を、事細かに聞き出したそうよ。そのなかに丁俊熙の情報もあったの」

「それがなんで曲者だと？」

「陛下は御史台の集めた情報すら、当初は信用していなかったからよ。その情報が正しいと自分で判断できる材料を得てから、ようやく信じて、あんたをこうやって送ってよこした」

皮肉げに、春衣の口元が歪《ゆが》む。

「あの謹厳実直が官服を着て歩いているような孟慶揮を、陛下は何年も前から信頼に値するか否か、確かめる機会を待っていた。そして今回ようやく、丁俊熙の件で御史台を信用する気になった」

馬車は賀陽城の西門の一つ、義貞門《ぎていもん》を抜け、北へ進路をとっていた。

石塊の多い路《みち》を、荷馬車は車輪をきしませながら進む。常緑樹の林の中へ入ると、日射しが遮られて身震いする寒さだった。路はゆるい上り坂。

「どうやって御史台の情報が正しいと、判断したんだ？」

「王公公《どの》が御史大夫に愚痴ったから、わかったんだけどね。毒蛇の箱が送られてきた翌日、乾伸殿に顔をみせた丁俊熙に向かって陛下は、毒蛇の送り主はわからない、と言ったんでしょう？」

「言ってたな」

「そして初日は会ったのに、翌日から一切会わなくなった」

「うん。それが？」

「丁俊熙は、毒蛇を送った犯人じゃない。けれどももしよ？　もし丁俊熙が犯人で、自分が彼だったとして、彼の立場で考えてみなさいよ。陛下の対応をどう思う？」

「どう思うかって、それは……」

疑われないために、俊熙は毒蛇の箱を送った翌日には、何食わぬ顔で紫英のもとを訪れる必要がある。騒動があったのに、出向かない方が不自然だからだ。

招き入れられれば、「疑われていないのだ」と、ほっとするだろう。

さらにそこで「箱の送り主はわかっているのか」と白々しく問う。その意図は。

「そうか……！」

春衣の目を見ると、彼は頷く。

「そうよ。箱の送り主は丁俊熙だと言って、門下省の使いを名乗る者が持ってきた。送り主を明かしてるのよ。これは犯人からしたら、言い逃れのためにやった小細工と考えられない？　自ら名乗って毒蛇を送るなど、ありえない。誰かが自分の名を騙《かた》ったのだ、って。そう言い訳するための細工だって」

　そうやって言い逃れするつもりで俊熙は、「送り主はわかっているのか」と、あえて問う。

　しかし紫英は、「わかっていない」と答えた。

最初から送り主は「丁俊熙」とあかされている。わかっているはずのことを、紫英はあえて俊熙に対して隠した。しかも、俊熙を問い質《ただ》す様子もない。

　俊熙は、紫英の意図を読もうとする。

　紫英が俊熙を疑っていないとしたら、一言、「犯人は俊熙の名を騙ったぞ」程度は、口にするだろう。しかしそんな様子もない。

　となると、あえて俊熙に事実を隠したのは、彼を犯人だと疑っているからこそか？自分たちは彼を疑っていないと、見せかけるためではないか？　その話題に触れず、場を取り繕ったのではないか？　と。そう疑念を抱く。

「その上、翌日から会うことを拒否したのよ」

　疑われているかもしれないと考えた俊熙は、それでもまだ半信半疑だろう。考えすぎかもしれないと半ば思い、半ば焦りながらも、翌日も訪問する。

すると突然、会うのを拒絶される。

「昨日まで会ってたのに、突然会わなくなる理由はなんだと思う？」

「会いたくない、会うと危険だから。ということは、会うのを拒絶されたら、おそらく丁俊熙にたいする陛下の疑惑が、確信に変わったのだろうと考える」

そうなれば程なく、自分を捕縛する動きになるはずだ。俊熙は焦って逃亡を図る。少なくとも準備を始める。

しかし。

「丁俊熙は、毎日やってきた。今朝も来た。逃げもせず、逃亡準備もせず」

それは俊熙が、毒蛇を送った犯人ではないからだ。

「そうよ。やましいところがないから、疑われているなんて露ほども思わず、真面目に毎日やってきた。それで陛下はやっと、丁俊熙は、毒蛇の箱を送った犯人ではないと確信した。それと同時に彼の忠誠心も本物と判断し、御史台の、丁俊熙に関する調査は信頼できると結論づけた。毒蛇の本当の送り主は丁俊熙の名を騙り、彼に濡《ぬ》れ衣《ぎぬ》を着せようとした。それが事実」

毒蛇の送り主は丁俊熙の名を騙ることで、俊熙に対する一定の警戒心を抱かせられると踏んだ。即座に、俊熙が断罪されるような仕掛けではない。

しかしこういった疑いの種は、徐々に積み重ねることで意味をなす。いずれこの種が有効に働く可能性も大きい。

　紫英はそれを、逆手に取ったのだ。

　犯人の策を、俊熙を信頼するための試金石として利用した。

「なんて……」

　花珠は感嘆して空を仰ぐ。

「あいつは、なんて用心深く、周到なんだ」

　紫英が即位したのは、わずか八歳。それから十一年間実権がなかった彼は、信頼するべきものを、なにももっていなかったのだろう。亡者に苦しめられても、助けすら呼ばぬほどに。

　だから何かを頼る必要があるときは、慎重に慎重を重ね、相手を見極めるのだろう。御史大夫の『丁俊熙は間違いなく忠臣で、疑うべきところがない』という報告も、自らその確信を得てようやく信じた。

　春衣が声をだして笑う。

「皇帝陛下を、あいつ呼ばわり。首が胴と泣き別れになるわよ」

「首を刎《は》ねられるなら、とっくにそうされてる。それにしても、誰が皇帝は木偶《でく》だって言った？　木偶どころか」

「わたしは、陛下にお目にかかったことない。けど、くだされる命令から受ける印象は――正体を隠して闇に潜っている、得体の知れない化け物ね」

美しい木偶と陰口を叩《たた》かれながら、即位して十一年。けして短くない年月を、周囲をたばかり続け、彼は何を考えていたのか。

もう——心を決めるときだ。

何日か前、紫英が口にした言葉を思い出す。

生き残るために、紫英は木偶でなければならなかった。己の本性を隠し周囲をたばかり続け、息を潜めて、自らの手に力を取り戻す機会を待っていたのかもしれない。

「これから、陛下は本性をあらわにするのかもしれない」

そう口にした花珠に同意するように、春衣は頷《うなず》く。

「そうね。名君になるっていう予言は、当たっているかも」

「ただ……真っ直ぐな熱意と、力強さで国を平らげた淵紫とは、似ても似つかない名君になるだろうな」

紫英がぼんくらだろうが、抜け目なかろうが、どちらにしても、淵紫と紫英はあまりに違うことに変わりはない。魂は同じで、これほど違う存在になるのだろうか。そうだとしても紫英の中に、淵紫のかけらでも残っていてくれればいいのだが。

常緑樹の林を抜けると、目前の高台に甍《いらか》が連なる宮殿がみえた。灰色がかった青紫の釉薬瓦《ゆうやくがわら》の屋根は、それが皇帝の所有する宮殿であることを示している。

離宮——大光宮《たいこうきゅう》だ。

「どうして離宮になんか来てるんだ、春衣」

「ここにいるのよ、そいつがね。調べはついている。陛下は、丁俊熙が毒蛇の送り主ではないとわかってから、御史大夫を通じて、わたしにそいつの動きを調べさせた。そいつは定期的に離宮に来る。それを報告したら、陛下は、離宮に入ったそいつの行動を探れと命じたの。その役目を花珠にって」

「でも、奴が毒蛇を送った証拠を調べるのであれば、奴の宮室《やしき》に行くべきだろ」

　春衣は首を横に振る。

「陛下が言うには、宮室じゃ駄目なのですって。しかも離宮内部の行動を探る役目は、花珠でなくてはならないって。間諜《かんちょう》では、駄目なのですって」

「どうしてだ」

「さあ、わからない。ただあの皇帝のことだから、思惑はあるだろうけど。さ、行くわよ」

　宮殿の裏へ続く細い道へ馬首を向け、北側の門を入った。

　門を入ると義倉が規則的に並んでおり、それを抜けると、三つも井戸がある院子《なかにわ》に出た。三方を建物に囲まれており、木の一本も植えられていない殺風景な場所だったが、井戸端では五、六人の女たちが洗濯をして、野菜を洗っていた。

「どうも。ご注文の、干し無花果《いちじく》をお持ちしました」

　馬車を止めて御者台から下りた春衣は、普《ふ》段と違う低い声で言いつつ、荷台の菰《こも》を開く。井戸端にいた一人が立ちあがり、手を拭きながら近づいてくる。

「ご苦労さん。今日は、いつもの陳《ちん》さんじゃないのね」

「忙しくてね。代わりを頼まれたんです」

春衣は愛想良く応対し、「甕《かめ》はどこに運びましょう」と、女を荷台の方へと連れて行きながら、ちらりと花珠に目配せした。「行け」と。

目だけで「わかった」と返事して、その場を離れる。

離宮である大光宮は、宮城に比べて開放的な構造だった。いったん離宮に入れば、行く手を阻む高い牆壁《しょうへき》はなく、様々な殿舎が園林《ていえん》の中に点在している。

それらのなかで、最も格式が高そうな殿舎へ向かう。

(陛下は、孟おじ上を通して慶鴻――春衣を手配して、わたしをここまで連れてこさせた。わたしに、陛下の代わりに事実を確かめさせるために。この離宮には今、奴がいるのか)

花珠は唇を噛《か》む。

(奴――張三が!)

温和そうで優しげな微笑みを思い出すと、腹の底から不快感が這《は》い上ってくる。柔和な色男だけに、よけいに嫌らしさを覚えた。

毒蛇の送り主は、張三に違いない。

俊熙が無実だとわかれば、必然的に、張三が毒蛇の一件に関わっているとわかるのだ。

毒蛇が送りつけられる前には、俊熙に疑いがかかるような明確な事案は一つもない。

紫英の命を狙ったとおぼしき様々な出来事は、俊熙にも可能である。ただ彼には動機もないし、証拠もないことばかり。

しかし突然、毒蛇の送り主として丁俊熙の名が出た。

紫英の命を狙う犯人が、俊熙に濡れ衣を着せようと決め、彼に疑いが向くように画策したからだ。

（我々が丁俊熙を怪しむように、犯人は仕向けようとした。そして我々に対して、怪しい者として丁俊熙の名を最初に出したのは、張三。彼の言葉の他に、丁俊熙を怪しむべき事実もないし、怪しいと口にした者すらいないのに）

張三だけが、丁俊熙を怪しむべきだと花珠に吹き込んだ。

卜占《ぼくせん》で、俊熙が轉世人《てんせいじん》と出たと張三は言ったが、真っ赤な嘘だろう。花珠は、轉世人を警戒していた。さらに「自分は轉世人だ」と張三に告白した。そんな花珠ならば、俊熙が轉世人だという嘘を、真摯《しんし》に受け止める確率は高いと踏んだのだ。

念をいれ、張三は自分も轉世人だと口にした。それも、でまかせだった可能性が高い。花珠を安心させ信頼させるために、共感を装った。それは人心を操る騙子《いかさまし》の手口。

花珠に、俊熙にたいする警戒心を抱かせた後に、張三は俊熙の名を騙《かた》り毒蛇を送った。

あわよくば、紫英は毒蛇に嚙まれて死ぬ。

よしんば失敗しても、紫英や花珠が俊熙を疑い、捕縛する。そこまでせずとも、警戒して俊熙を遠ざける程度はするだろう。信頼できる側近が遠ざけられれば、紫英の護《まも》りは手薄になる。さらに暗殺実行が容易になる。

それを狙ったのだろう。

しかし。

（陛下を暗殺しても、張三に利益はない）

張三は、何者かの手先となって操られているはずだ。皇帝が死んで得をするのは、皇帝に近い者。ということは、離宮を利用できる者の可能性は高い。

離宮を使えるのは皇帝の血族のみ。

紫英は無論、高位の妃嬪《ひひん》たち、太后、公子や公主ならば使えるし、そして先帝の叔父《おじ》である崔林甫にも権利はある。

張三が定期的に離宮を訪れているというならば、ここで、彼を操る者と会っているかもしれない。だからこそ紫英は春衣に命じ、張三の棲《す》む宮室ではなく、離宮に花珠を連れてこさせた。張三が皇帝暗殺計画に手を貸している事実を掴《つか》み、それと同時に、彼を操る者の正体を確かめさせるために。そうに違いない。

（誰が張三を操っているんだ。しかし——それを探る役割が、なぜ、わたしでなくてはならない？　張三の動きを探らせていた春衣では、なぜ駄目なんだ）

その点は不可解だ。

幅広の廊廡《ろうぶ》が巡らされた重厚感のある殿舎が、岩と楓《かえで》が配された庭院《にわ》のなかにあった。紅葉した葉は燃えるように赤く周囲を彩り、枝葉の向こうに、殿舎の朱柱が見える。

赤と朱に染めあげられた一郭は、色彩の強さに圧迫感すら覚えた。

人払いされているのか、人影がない。

殿舎の戸が開かれているので、中に誰かがいるのだろうが、奇妙なほど静かだ。

楓の陰から陰へ伝うようにして、殿舎の裏側に回り込み、廊廡にあがって身をかがめた。窓に影が映らないように姿勢を低くし、移動し、出入り口を覗《のぞ》く。

人の姿はない。

用心しながら中に入ると、餐卓《しょくたく》に、使われた蓋椀《がいわん》を見つけた。二人分だ。

何かが軋《きし》む音。身構えて音の出所を目で探ると、奥の帳《とばり》の向こう側で、規則的になにかが軋む。人の気配だ。

息を殺し帳に近づくと、帳の隙間から中を覗く。

最奥にある窓は閉じられていた。絹を貼った窓の木格子を透かして、弱い光が内部をぼんやり照らす。

窓の手前に、側面に流雲紋の浮き彫りを施した牀《しょう》があった。天井から吊《つる》された薄紅の絹の帳が、豪奢《ごうしゃ》な牀を半分隠しているが、その上にいる、半裸の男女の姿は見えた。

堪《こら》えきれなくなったような、女のあえぎ声が漏れる。

女の上にいた男が、女の口に軽く掌《てのひら》をあてた。

「しぃっ……静かに、鸚《おう》。声が大きい。人払いしているとはいえ、気をつけないと」

弾む息の合間に、甘く揶揄《やゆ》する。

「誰も来ないわ。わたくしが命じたのだもの」

女が男の背に腕を回すと、男は苦笑した。

花珠は微《かす》かに吐き気を覚えた。

急に速くなった動悸《どうき》を感じながら後退《あとずさ》り、殿舎を出ると、一気に楓の中を駆け抜けた。

（わたしは、何を見たんだ!?）

燃えるような色彩の中を走りながら、眉《まゆ》をひそめる。まだ少し気持ち悪い。

自分の見たものを、どう解釈すればいいのかわからない。

（陛下がわたしに確認させたかったのは、張三が暗殺を企てる者の、手先であるということのはず。そして可能であれば、彼を操る者の正体。そのはずだ。でも）

今、花珠が目にしたものは、本当に紫英が彼女に確かめさせようとしたこと、それなのだろうか。

それとも、紫英が花珠に確かめさせようとしたこと以外のものを、意図せず偶然見てしまったのだろうか。

楓の赤が目の前をちらつく。苛立《いらだ》たしくなり、それを手で払いのけ、走る。

牀の上にいたのは張三と、夏太后だったのだ。

三

春衣とともに離宮を出て、御者台で揺られる花珠の表情は険しかった。その様子から春衣は、何かがあったのだろうと察したらしい。離宮を出てから彼も口を開かなかったが、前方に皇城を囲む宮牆《きゅうしょう》が見え始めると、ようやく訊《き》いてきた。

「陛下があんたに託した、確かめるべきことは、確かめられたの？　張三は、いたんでしょう？」

「うん、彼はいたよ」

それしか答えられなかった。見たものをうかつに喋《しゃべ》ってはいけないことは、重々わかっていた。春衣もそれから口を閉ざし、待ち合わせたのと同じ、玄東門近くに花珠を降ろして去った。そこから真っ直ぐ乾伸殿へ戻る。

紫英は乾伸殿で、王宦官《かんがん》に淹《い》れさせた茶を飲みながらくつろいでいた。

「ただいま戻りました、陛下」

傍らに立って礼をとると、紫英は茶杯を置く。

「何か、確かめられたか？」

問われて、環首刀の鞘《さや》を強く握りなおす。

「それは……なんとも」

「なにか見たものはあるか？」

「……はい」

「では聞こう。後園へ」

王宦官はその場にとどまるように命じ、紫英は花珠だけを連れ、後園へ向かった。花珠以外の侍衛たちは、遠巻きについてきていた。

後園に造られた人工の流れを望める築山《つきやま》は、園林《ていえん》内に幾つもあった。

その中の一つ。岩を積みあげた築山の上に、朱の六本柱で支えられた反り屋根の亭《あずまや》がある。紫英は岩に刻まれた階《きざはし》をあがって、亭に立ち、欄干に手を添え遠くを見つめた。

その瞳《ひとみ》には、宮城と皇城の甍《いらか》が映っていることだろう。

花珠は彼の背後に立つ。

冬らしい橙色《だいだいいろ》の夕焼けが西の空を染め、雲の際が、夕陽を受けて明るく輝いていた。

視線を転じて見下ろせば、流れる人工の曲水。築山の足元には、太くひねくれた幹の松。枝が張りだし、松葉の緑が流れに映って揺らいでいた。

この場所であれば、近くに身を隠せる場所がないので、立ち聞きされる恐れはない。だからこそ紫英はここに来た。離宮で彼女が見たことを聞くために。

(どう話せばいい)

花珠は迷っていた。

紫英は、張三が毒蛇を送ったという確信が欲しかったはずだ。さらに、張三を操る者の正体が知りたかった。そのために、花珠を離宮に行かせたのだろう。

それなのに花珠が見たのは、張三と夏太后の不義の現場だ。

紫英に、彼の母である夏太后の不義など、知らせてもいいのだろうか。

「離宮でなにを確認できたか、聞こう」

「その前に伺いたい。陛下はわたしに何を期待して、何を確かめさせようとしていたのですか」

「方士、張三が余の暗殺未遂に関わっているという、その確信を得たかった。そして張三を操る者が誰か、ということ。それを確かめたかった」

自分の認識が間違っていないのを改めて聞かされ、ますます気が重くなる。

「それで、おまえは離宮で張三の姿を見たのか、花珠。奴は何をしていた。誰に会っていた」

「張三の姿は見ました……しかし」

言い淀《よど》み俯《うつむ》く。言葉を探し、結局は沈黙した。

（言えない。言えるわけがないだろう、あなたの母が不義を働いていたと！）

唇を噛《か》んだとき。

「夏太后とまぐわっていたか？」

紫英の冷たい声。

驚いて顔をあげると、紫英は花珠をふり返り笑っていた。冷たく綺麗《きれい》な笑み。

「……ご存じで……陛下は……」

目を見開き、それだけはなんとか問えた。紫英は頷《うなず》く。

「昔から、うすうす知ってはいたよ。張三が先帝の寵を受け、宮廷に出入りするようになったのは、余が三つの時だ。おそらくそのあたりから、夏太后と張三の不義は続いている」

そこで、くすっと小さく笑う。

「子どもだと思って、二人は暗喩《あんゆ》を多用して、きわどい会話を余の前でするものだからな。子どもだからこそ、暗喩の意味が気になるではないか。言葉の意味を調べてしまったら、男女の会話だと察せられたよ」

「それは、いったい。おいくつの時に気づかれて」

「十歳だったか。まあ、気分のいいものではないからな、事実を確かめるまではしなかった。しかし——既にことは、放置できぬところまで来た。故にこの度は、それを確かめるために、おまえを行かせた。もし余の疑いが事実であれば、余の生母の醜態を間《かん》諜《ちょう》に見せることになる。それは憚《はばか》られたから」

「……どういうことですか」

背後に輝く夕景を背負い、紫英の顔は暗い影に入っている。彼は欄干に腰を預け、こちらを向く。両手を手《て》摺《すり》に沿わせ、ゆったりくつろいでいるような態度をとった。

「輦《れん》に細工し、馬を驚かせ、矢を射かけ、毒を盛り、毒蛇を送りつけてきたのは、崔林甫でもなければ、轉世人《てんせいじん》でもないということ」

紫紺の瞳に暗い色が見える。

「余の命を狙っているのは、張三と夏太后だ」

しばし絶句し、紫英を見つめた。

「しかし、崔林甫が怪しいと」

　ようやく口を開いて問うと、紫英は鼻で笑う。

「そう言ったのは誰だ？　夏太后だろう。しかも余の命を狙い、秋芳を皇帝に据えようとする男が、あれほどおおっぴらに、秋芳に皇帝の御位《みくらい》を譲れなどと、嫌みをいうか？　自分は悪巧みをしていますと公言するような阿呆《あほう》ではなかろう、崔林甫は」

「では、……でも」

　張三はまだわかる。何者かに操られ、暗殺に手を貸すことはあり得るかもしれない。

　しかし――。

「夏太后は、陛下の生母でいらっしゃる」

「そうだ。余を産んだ女だ。もっと正確に話そう。推測するに、余の暗殺を企てた首謀者は、夏太后。そして愛人の張三が、実行犯として手を貸している、ということだろう」

　言葉に含まれる酷薄さに、ぞっとした。

「余が実権を握って、最も損をする者は誰だ？　崔林甫か？　確かにあれも、思うままに振る舞えなくなるのだから苦々しかろう。しかし、それよりも最も立場を失う者がいる。今まで余に代わって政に首を突っ込んでいた、夏太后だ。崔林甫は、どんな状況であれ司徒であり、政に関われる。しかし夏太后は、政に口を出せなくなる」

「我が子である陛下を、まさか」

「夏太后がおまえを、わたしの侍衛にしたのも、おそらくあの女の策略の一つ」

「わたしが？」

思いもよらない指摘に、目を見開く。

「わたしは自分から、陛下の侍衛を望んだのですよ」

「夏太后には、渡りに船であったろうな。実行犯に仕立てあげるには、うってつけの者が現れた、と。毒蛇が送られてくる前に、おまえは夏太后の提案で、崔林甫の宮室《やしき》に贈り物を届けただろう」

「あれは、崔林甫が暗殺を企てている証拠を摑《つか》むために」

「以前にも言ったが、ただの侍衛が司徒の宮室に贈り物を届ける程度で、何を探れるというのだ。あれは何も探れないことを承知で、ただ、おまえを行かせることを目的として、行かせたのだ。おまえが崔林甫と関係があったのだと、後々の偽りの証拠とするために」

「偽りの証拠？」

「余が暗殺された後、おまえを実行犯に仕立てる腹づもりだったのだ。そして、おまえが崔林甫の宮室に出入りしていたと、崔林甫の家人にでも証言をさせる。それによって、崔林甫を捕縛する。ことある毎に夏太后にたてつく目障りな崔林甫を、皇帝暗殺の首謀者に仕立てるために、おまえは、一役買うところだったのだ」

そこで紫英は小さく笑う。

「余が消えることで、夏太后は実権を握り続けられる。さらに犯人として崔林甫を捕縛できれば、一石二鳥。あの女は、可愛い秋芳を皇帝の御位に即《つ》かせ、この世の春を謳歌《おうか》できるだろうね」

愕然《がくぜん》とした。告げられた事実と同時に、それを語る紫英の言葉に。

（あの女、と。母のことを）

夕陽は瞬く間に傾き、賀陽城の西へと沈む。刻々と変化する空の色と輝き。夜が、襲ってくるような勢いで、都の甍の上にも空にも広がる。

迫る闇に圧迫されるように、息苦しくなってきた。

そんなはずはないと、思いたい。しかし解き明かされれば、不自然なところが浮き彫りになり、紫英の言葉に頷かざるを得ないことばかり。

「母が、子を。陛下を、暗殺しようとするはずがありません」

今まで接してきた夏太后は、冷酷な女には見えなかった。権力を欲する貪欲《どんよく》な女の気配よりも、子を護り愛する母の気配の方が強いと、花珠は感じたのだ。優しい母だと。

「夏太后は、子への情愛が深いお方のように、お見受けしました」

「秋芳には、そうであろうな」

「陛下にも同じはずです。兄弟なのですから」

「わたしと秋芳は、夏太后の中で決定的に違う存在だ。それはわかっている」

「なぜですか」

「知っているのだ。そうなのだと」

妙にきっぱり言うと、紫英は首をねじり、背後の闇に沈もうとする宮城を見やる。

「さて。余の疑いも、おまえが目にしたことで、確信できたね。不義、もしくは皇帝暗殺未遂の証拠を得て、夏太后と張三の始末をつけねばな」

「始末？　張三のみならず、まさか夏太后を？」

「死罪だね」

「母上ですよ！　陛下」

「それが？」

冷たすぎる声と目に、全身の血が凍る。

阿呆を装う紫英はその実、用心深く賢く、忍耐強い男だ。さらに軽薄に思えた心には、人らしい感情もあると思い始めていたのに。

それなのに。

(それが……と？　そう言った……この男は)

春衣は、紫英をどう評したか？

——正体を隠して闇に潜っている、得体の知れない化け物ね。

そう言っていた。

生みの母を始末すると口にし、それがどうした？　と問い返す冷酷さは、人として何かが欠けているのではないか。そんなことを平然と口にできるのは、化け物か。

奇《く》しくも、春衣が評したように。

（淵紫は、こんな冷酷な男ではなかった。同じ魂をもっているのに、どうして、こんな化け物になっているのだ）

意識を集中し、彼の手首と自分の手首を見つめた。薄暗がりにふんわりと、微《かす》かな紅色の因果の糸が結ばれているのに、それを信じられない。

（淵紫ではない、こんな男は）

自分の生母を平然と殺すと口にする男に、花珠は己の全てをかけられない。皇帝という特殊な立場にあれば、生母殺しも、必要なときがあるかもしれない。

ただこんなふうに、一切の動揺も躊躇《ちゅうちょ》もなくそれを口にするのは、人ではない。

「夏太后と張三。奴らを追い詰める最後の一手が欲しいね。花珠、力を貸せ。余はこれから二人の罪を問い、処刑し、実権を自らの手に握るつもりだ」

命じる美しい顔を睨《ね》めつける。

「嫌です」

「なに？」

「夏太后と張三の不義は、罪としてあるのでしょう。しかしだからといって、彼らを死罪にするなど」

「余の暗殺を目論《もくろ》む者どもだ」

「張三は、毒蛇を仕込んだかもしれません。けれど夏太后は関係ないかもしれません。張三は、別の誰かの命令で動いているかもしれません」

「余が消えて、夏太后以上に得をする者がいないのにか？」

「そうだとしても、実の母を平然と殺すと口にするようなお方は、人間ではない！　わたしは、そんな人ならざる者を信じて、命令のままに動くことはできない！」

声を高くし、言葉を投げつけた。

紫英はそれを無表情に受け止め、そして、やや間を置いてから、

「人ではないか。だから余を信じない、と」

ふと視線を落とすと、どこか諦《あきら》めたように呟《つぶや》く。沈黙した後、再び顔をあげた彼の目には怒りに似たものがあった。

「信じない？　よかろう。それは余も同様。余は、おまえが嘘つきだと知っているから、おまえの全てを信じ切ることができぬからな」

「嘘つきは陛下です。全てを騙《だま》し続けている」

「そうだ。しかしおまえも、余に嘘をついた」

「わたしが？」

「おまえが轉世人《てんせいじん》なのは確かだろう。しかし誰の生まれ変わりだ？　李明などという侍女ではないはずだ」

ぎくりとしたが、こんな冷酷な男に何も明かしてやるものかと、目を吊《つ》りあげた。

「何を根拠にそんなことを仰《おつしや》います」

「根拠？　たくさんある。おまえは高祖武帝を、淵紫と呼ぶ。その癖がついている。侍

女が皇帝を字《あざな》で呼ぶことはあり得ぬから、まず、おまえが侍女であるという告白は嘘。そして字を呼ぶ者は、高祖のごく身近な者か親友のみ。数は限られている。さらに、高祖が暗殺されたときに記された呪いの文字を、おまえは覚えている。それは史書には書かれていない。伝わってもいない。高祖に対する呪いの言葉など、史書はおろか、どのような文字にも残さない。呪いであるから、その文字はすぐに消されもしただろう。しかしその文字を見たということは、おまえは、暗殺された直後の高祖の近くにいられたという証拠。高祖は養親殿で殺害された。掖庭宮と接する場所」

花珠はふと、諦めたような気持ちになり、急に力が抜けた。この男は何でもお見通しだったのだ、と。

「尤書にもある。高祖の寵姫《ちょうき》、劉昭儀は轉世して高祖を護《まも》ることを願い、その身を顕闇神君に捧《ささ》げた、と。おまえは必死に、呆《あき》れながらも、余を護ろうとした」

言葉を切り、紫紺の瞳《ひとみ》が花珠を真っ直ぐ見つめる。

「おまえは、劉昭儀だ」

沈黙が流れた。周囲の音が消えたような沈黙には、紫英の、鋭い追及の意志が滲《にじ》む。

誤魔化しはきかないと悟った。

「はい」

静かに頷《うなず》くと、手にある環首刀の感触を確かめる。武器の重みで、動揺する己の気持ちを静めようと試みる。ひとつ、深く息を吐く。

「そうです。わたしは、かつて劉依依——劉昭儀と呼ばれた人の記憶があります。彼女の思いはわたしの思いと重なっていて、どうしようもなく強い思いになっています。わたしは、淵紫をどんなことがあっても護りたいのです。そのために死に、そして生まれたのですから」

　紫紺の瞳を見返す。

「わたしは、陛下を護りたかったのです。陛下は間違いなく淵紫の魂をもっている、淵紫が轉世した存在ですから。けれど淵紫は、生母を殺すと、平然と口にするような人ではない。しかし陛下は」

「迷惑だ」

　突き放す声。

「おまえが余を高祖と思いたいのならば、勝手に思うがいい。しかし余は陶紫英だ。高祖の魂であろうがなかろうが、今このときを生きているのは、高祖ではない」

「それでも陛下は、淵紫なのです」

「違う。おまえがそれだけを理由に余を護るのであれば、勘違いもいいところだ。余は高祖ではない。その思いがぬぐえないならば、余のもとを去れ。余は高祖のように振る舞えぬし、振る舞う気もない！　余は、おまえが護りたい者ではない！」

　淵紫と同じ紫紺の瞳で告げられると、胸に太い杭《くい》を打ち込まれたような衝撃があった。

（淵紫ではない）

淵紫の魂をもち、淵紫と同じ紫紺の瞳で、花珠との間に因果の糸が結ばれている。

しかしそれが何になるのかと、胸の中に大きな空洞がひらく。

いつか紫英が、前世の記憶を取り戻すのではないか。あるいは、彼の中にある淵紫のかけらが、淵紫らしさを彼に添えるのではないか。そんな期待が虚《むな》しくなる。

（もう、あなたはいないんだな。淵紫）

少し前から、わかっていたような気がした。でも認めたくなくて、必死に期待していたのだ。未練がましく。

（劉昭儀が死の闇を超えてまで求めた淵紫は、もういない）

胸が痛いのは、会いたくてたまらなかった淵紫に、結局、花珠は永久に会えないと知ったから。

ずっと会いたかった。そして、会えたと思ったのに——それは花珠と劉昭儀の願いが見せた、幻のようなものだったのか。

轉世した淵紫は、もはや淵紫ではない。魂が同じでも別の存在なのだ。

その事実を突きつけられた。

目を閉じると、眦《まなじり》から一つ涙がこぼれた。ぐっと歯を食いしばり、

「ああ、くそっ！」

毒づいて、手の甲で拭《ぬぐ》う。泣くなどみっともない。泣くつもりなどないのに、二つ三つと、涙がこぼれた。紫英は無表情にそれを見ていた。

「陛下が淵紫でないなら、わたしは、命を賭《か》けて陛下をお護りする理由がない」

気丈に顔をあげる。

「ならば、去れ。許す」

武人らしく環首刀を握った手で礼をとり、力強く告げた。

「ご迷惑をおかけしました、陛下。わたしは独りよがりで、莫迦《ばか》な真似をしたのかもしれない。申し訳ありませんでした。これにて、暇《いとま》をいただきます」

六章　致命的な一手

一

純白の襦裙《じゅくん》に身を包んだ、線の細い美姫が、こちらを見つめていた。

（劉昭儀か）

彼女はじっとこちらを見て、磨かれた柘植《つげ》の櫛《くし》で髪をとかしている。どうやら花珠は、鏡に映った自分の姿を見ているらしい。しかし鏡の中の劉昭儀が自分自身なのだと、今ひとつしっくりこない。

前世の記憶や、自分がかつて劉昭儀であったという感覚は、常にこんなふうなのだ。鏡に映っているのは自分で、手を動かしているのも自分。なのに、鏡の中にいる美女はごくごく親しくて、考えていることも思いもぴったり重なるのに、何かの隔たりがある。

劉昭儀の瞳は哀しげだ。

（悪かったね、劉昭儀。期待させたのかな？　淵紫に会えたって。本当に彼の魂をもつ者には会えたんだよ。けれど、淵紫とは別の者になってしまっていたんだ）

　単純な花珠は、淵紫の魂に会えた喜びに目がくらみ、彼に会えたのだと信じた。

　しかしともに過ごすうちに違和感が膨れ、それでもと期待し、未練がましく淵紫らしさを探そうとして——結局、紫紺の瞳をもつその人から、拒絶された。

　胸が痛い。劉昭儀が命を捧げたそのときに貫いた、左胸だ。

「花珠」

　肩を揺すられ、目が覚めた。

「大丈夫？　花珠。苦しそうよ」

「春衣」

　花珠は牀《しょう》の上に丸まって寝ていた。隣に座って、心配そうにこちらを覗《のぞ》き込んでいるのは春衣。ここは春衣の寝床で、昨夜は一緒に寝たのだ。

　幼い頃から、姉妹のように一緒に寝ることはよくあったので、大人になってからも特に気にならない。というか、春衣の隣で眠るのは落ち着く。

春衣の草盧《そうろ》だった。窓辺の卓に置かれた金彩《きんだみ》の三足《みつあし》香炉からは、甘い香りが漂っている。身じろぎすると、さらりと揺れる薄紅の帳《とばり》。帳のおりた牀は、絹の枕と被褥《ひじょく》に埋め尽くされている。帳を透かして差し込む光は柔らかい。

随分寝坊をしたらしく、陽はかなり高そうだ。

胸を押さえ、そのままの姿勢でじっとしていると、暫《しばら》くして左胸の痛みは治まった。

体を起こすと、春衣は花珠の背に手を当てる。

「脂汗かいてるじゃない」

「平気だよ。いつものやつ。劉昭儀の夢を見たときの、あれ」

「苦しそうだったわ」

「劉昭儀に申し訳ないから。彼女の姿を夢に見ると、苦しいな」

苦笑いしながら帳をめくり、牀を下りる。春衣もそれに続いて、はだけた胸元と帯を整えながら餐卓《しょくたく》に行くと、出しっ放しになっていた茶杯に手を伸ばす。

餐卓の上には杯もあり、酒壺《さかつぼ》も鎮座していた。酒宴の名残だ。

腰かけに座った花珠が、酒の入った杯を手に取ろうとすると、ぴしりと叩《たた》かれた。

「よしなさい。昨夜、散々飲んだじゃない」

「はいはい」

ふて腐れ、餐卓の上にあった小鳥の金細工をつつく花珠の前に、春衣は熱い茶を入れた茶杯を置いてくれる。

「劉昭儀に申し訳ないって言うけど、あんたのせいじゃないでしょう。どうしようもないことですもの。しかも、そもそも、劉昭儀はあんた自身だし。自分で自分に謝るの？」

紫英に暇を願った花珠は、白家の宮室《やしき》に帰らず、宮城から真っ直ぐ春衣の草廬に来た。どうしたのかと驚く春衣に、花珠は、「皇帝の侍衛を辞めてきた。淵紫の魂はあっても、淵紫はいない。本人がそう言った」と告げて、すこし泣いた。

詳しい事情は聞かずとも、春衣は「二百年越しの失恋をしたって感じね」と言って、ちょっと笑い、花珠を抱きしめ、そしてありったけの酒を目の前に並べてくれたのだ。泣きながら飲みはじめ、だんだん陽気になり涙は止まり、「わたしは莫迦だ」と己を笑いながら罵《ば》倒《とう》して、気持ちよく眠った。

「春衣は昔の自分に、謝りたいことってないか？　自分は絶対にこうすると、子どもの頃に決めたのに、現実の困難さや自分の意志の弱さで、ずるずると目標を見失って。ふと、過去の自分を思い出したときとか」

春衣は肩をすくめたが、思い当たる節があるのか、反論しない。そのかわり別の提案をした。

「いっそ、あんたと陛下を結ぶ因果の糸を切ったら？　そうすればあんたは、淵紫への思いで哀しまなくてすむじゃない」

「それはできない。それを切るのは、わたしだけじゃなく、劉昭儀の思いも同時に切ることになるから」

「同じでしょ。あんたは、劉昭儀だったんだから」

「昔の自分——劉昭儀だったときに感じたこと、決意したことを、無にしたくない。それはあまりにも自分が悔しい」

「そっか」

あっけらかんと明るく言うと、花珠の背をどやしつける。

「まあ、あんたらしいわ。思い切りはいいくせに、情に厚いせいで、結局じたばたするなんてさ」

「じゃ、そういうことで。一杯」

杯に手を伸ばそうとすると、また叩かれた。

「駄目よ。今夜また、美味《おい》しいつまみを作ってあげるから、夜まで待ちなさい」

頬杖《ほおづえ》をついて、花珠はうっとり春衣を見あげる。

「いい女だな、春衣。わたしが男なら春衣を妻にするよ」

「あら、じゃ、結婚する？　わたしと花珠だったら問題ないわよ。男と女だもの」

「そうか！　じゃあ決まりだ！」

顔を見合わせ、吹き出し、げらげら笑う。

（ごめん、劉昭儀）

笑いながらも、また心の中で詫《わ》びる。

過去の自分である劉昭儀に詫びることで、今感じている虚《むな》しさや哀しみを、いなそうとしている自分がいた。この虚しさや哀しみは、自分のものではなく劉昭儀のものであると。そう切り離して考えられれば、少しは気持ちが楽になるかも、と。

「すまぬ。こちら、春衣殿の草廬と聞いて来た。ここに白花珠がいないか」

　外から、呼びかける声。笑いを止めた二人が同時に戸口をふり返ると、絹を貼った戸の木格子の向こうに、人影があった。声には聞き覚えがある。

「……なんで？」

　呟《つぶや》いて身動きできなくなる花珠とは逆に、春衣は腰かけから飛びあがった。

「ちょっと、待って！　あの声は丁俊熙でしょう」

　すると再び、俊熙の声。

「戸を開けてもらえまいか。わたしは、丁俊熙という者だ。白花珠に用があるのだが。白家の宮室で、こちらにいるやもしれぬと聞いて来た」

「すぐに開けます！　少々お待ちを」

「おい、春衣！」

　浮かれた調子で返事した春衣の袖《そで》を、摑《つか》む。

「入れるな。わたしは彼に会いたくない。というか、陛下と関わりのある者とは、縁を切りたい。ただでさえ苦しいのに」

「でも、向こうから来ちゃったんだから仕方ないわよ。あんただって、気になるでしょう。暇をもらったはずなのに、どうして彼が花珠を捜しに来たのか。なにかあったのかもしれないじゃない」

「陛下に、なにか？」

　よもや、と嫌な予感がした。紫英の側に常にいられた侍衛は、花珠だけだった。彼女が去ったのを見計らい何か起こったとしたら、それは自分の責任かもしれない。

「そうよ。しかも、丁俊熙がわたしの草廬に来るなんて！　夢みたいなこの機会、逃せるはずがない！」

「結局、それか」

「文句ある!?」

「ありませんとも」

　どすのきいた声に、花珠は首をすくめた。

　春衣は急いで身なりを整え、散らかし放題の餐卓を素早く片付け、窓を押しあげて酒臭い空気を入れ換える。髪を結い、可憐《かれん》な襦裙姿《じゅくんすがた》になった彼は、こほんと一つ咳《せき》をしてから戸を開き、しゃなりと軽く膝《ひざ》を折る。

「お待たせいたしました、丁俊熙様」

「そなたが春衣殿か。白家の宮室で、白花珠の、姉妹に等しい友だと聞いて来たが」

「ええ、花珠とわたしは、姉妹同然の仲です」

　にっこり微笑む春衣を直視するのが照れくさいのか、俊熙は目を泳がせた。

「それで、白花珠はいるのか」

「中にいます。どうぞ」

俊熙が入って来ると、花珠は立ちあがった。

「丁俊熙様。陛下に何かあったのですか」

「陛下におかわりはないので、心配するな。わたし個人として、おまえに願うことがあって来たのだ」

どうぞおかけになってください、と春衣が促し、俊熙を餐卓に座らせた。向かい合って座った花珠と俊熙に、春衣は、とっておきの白磁の茶器で香り良い茶を淹《い》れる。

「内密のお話もあるかと思いますので、わたしは席を外しています」

つつしみ深く春衣が言うと、俊熙は軽く頭を下げた。

「かたじけない、春衣殿」

「いいえ。どうぞ、春衣とお呼びください」

春衣が草廬《そうろ》の外へ出るのを視線で見送り、俊熙は感じ入ったように言う。

「なんと可愛らしい人だ、おまえの友は」

やったな春衣と、内心呟きながら、答えた。

「わたしが男なら妻にしますね。妻に、どうですか？」

「莫《ば》迦《か》な冗談はよせ。それよりも、おまえの話だ」

ほのかに頬を染めてから、俊熙は軽く咳払いして姿勢を正す。

「今朝も、わたしは乾伸殿に出向いた。会っていただけないかと思ったら、今日から会うことを許され、驚いたのだが。さらに驚いたことに、おまえがいなくなっていた。どうしたのかと陛下に訊《き》いたら、辞めたと。王公公《どの》も困惑顔だった。おまえは本当に、侍衛の職を辞したのか」

「はい」

「理由は」

「陛下からお聞きでは？」

「『余は高祖ではないと言ったら、それは自分が護《まも》るべき者ではないと去った』と、答えられたが」

「その通りです」

　そうかと呟くと、俊熙は、青みがかった純白の茶杯からたちのぼる湯気を見つめた。

「色々と、陛下から伺った。おまえが前世、本当は何者であったか。そして夏太后と張三のこと。陛下が、これからなそうとしていることも」

　再び顔をあげた俊熙は、何かを確かめるように花珠を見つめてから、落胆したように言う。

「しかし。伝説の美女、劉昭儀が――これか」

「悪うございましたね」

「悪くはないが」

「がっかりですか」

「まあ」

「ぶん殴りますよ。そんなことを、わざわざ言いに来たんですか」

目を三角にした花珠に、俊熙は両手をあげてみせる。

「待て、白花珠。先に言ったはずだ、おまえに願いがあって来たのだと。おまえを連れ戻しに来たのだ。陛下の侍衛として戻って欲しい」

「戻れ？」

「そうだ。戻って欲しい。陛下はこれから実権を握るため、夏太后と張三を捕縛するおつもりだ。しかし二人を処罰する決定的な証拠を、まだ掴みきれていない。それを掴むために、信頼できる手足となって働く者が必要なのだが――、陛下が今信頼しているのは、たった二人だけなのだ。そのうち一人が、わたしだ。しかし、そのわたしにしても、十年以上お仕えしていたにもかかわらず、数日前までは信頼されていなかった。陛下の身が危うくなり、ようやく信頼を得る機会を得たのだ。本当に、ようやくだ。しかしもう一人は、わたしよりも随分早くから信頼されていた」

「あの猜疑《さいぎ》心《しん》の塊みたいなお方が信頼する者が、二人もいましたか」

嫌みを口にした花珠を、俊熙は真っ直ぐ見た。

「もう一人はおまえなのだぞ、白花珠。陛下は、わたしよりも先におまえを信頼した」

「信頼？　わたしを？　わたしは駒の一つとして、陛下暗殺の実行犯の濡《ぬ》れ衣《ぎぬ》を着せられるために、夏太后から送り込まれたかもしれないんですよ。しかも、長年お側にいたわけじゃない。それを信頼？」

「どのような経緯でお側に侍《はべ》るようになったのか、また、お側にいた期間の長さも関係なく、信頼したのだ。そうでなければ陛下は、おまえを離宮に行かせなかっただろう」

「離宮ですか？」

意味を測りかねる花珠に、俊熙は諭すように言う。

「陛下は離宮でなにがおこなわれているか、推測していたのだ。それを確かめさせるために、間諜《かんちょう》ではなく、わざわざおまえを選んで行かせた」

「それが？」

「どれほど必要なことであっても、自らの母の不義の場など誰にも見せたくない。しかし陛下自ら行くことは叶《かな》わない。となれば、誰かに確かめさせねばならん。信頼できぬ者に、そんなものを見せたいか？　見せたくない。だとしたら最も信頼する者に頼む」

「わたしを信頼していた？　そんなことはあり得ません。おまえが嘘つきだと知っているから、おまえの全てを信じ切ることができぬと、陛下はわたしに向かって言いました」

俊熙が笑う。すこし呆《あき》れたように。

「陛下は、その嘘を前々から見抜いていたということだろう。知っていて気にすることのない些《さ》細《さい》な嘘だったのだ、陛下にとっては」

「でも、信じ切ることができないと」

「それは傷ついたからだ」

「傷ついた？　あのお方が？　ふてぶてしさが衣を着て歩いているような、あの方が」

「間違いなく、陛下は傷ついたのだ。信頼したおまえに拒絶されてな。おまえは、陛下が夏太后を処罰することに、拒否感を見せたのだろう」

　紫英と、傷つく、という言葉が結びつかずに目を見開く。

「いやいや、丁俊熙様。それほどやわに思えませんよ、陛下の精神は」

「わたしや、王公に拒否されたなら、そこまで傷つきはしなかっただろう。しかしおまえは、陛下がはじめて信頼した者だった」

「だから、どうして、わたしをそんなに信頼するんですか」

「二度も陛下のお命を護った。そして陛下から聞いたが、陛下を殴ったこともあるそうだな」

「殴ってはいません。平手打ちです」

「ほぼ同じだ。策略をもって陛下に取り入ろうとする者が、陛下を平手打ちするか？」

　確かに、信頼を得たい相手に平手打ちするような阿《あ》呆《ほう》は、まずいない。

　花珠はそもそも信頼を得たいなどとは、考えていなかった。ただ闇雲に、護りたいとばかり思っていただけだ。

　そしてそれが信頼になった。そういうことなのだろうか。

（だから傷ついた？　あの化け物みたいな男が？）

　茶杯の縁に指を添え、俊熙は続けた。

「おまえは劉昭儀であったからこそ、高祖を護りたかった。だから陛下をお護りしていたのかもしれない。しかし陛下が仰《おつしや》るように、魂が同じであろうとも、高祖と陛下はまったく違う者だ。それが事実だ。高祖を護りたい劉昭儀にとっては、高祖らしさのかけらもない陛下を護る意味は、ないかもしれない。本人も違うというのだから、絶望して当然かもしれない。それは致し方ない。しかし——」

　静かな俊熙の横顔。

「白花珠として、今上陛下をお護りする意味はないのか？　劉昭儀ではなく、おまえ、白花珠が。生まれてこの方、誰も信頼したことのないお方の信頼を得たのに」

二

　白花珠として。

　その言葉が残響のように胸を震わせた。

(考えたことがなかった)

　劉昭儀の記憶と花珠の人生は、ゆるやかに繋《つな》がっていて、しかも劉昭儀の思いは強く花珠の中にすり込まれている。自分のことを、劉昭儀とはまったく切り離された「白花珠」として考えたことはない。

　しかしそれを考えなかったことが、今生きている人間としては、いびつなのかもしれない。いくら前世の記憶があろうが、思いが強かろうが、今生きているのは劉昭儀とは別の人生を歩む、白花珠。奇《く》しくも紫英が口にしたように、記憶が共通していようが、魂が同じだろうが、花珠は劉昭儀そのものではない。

(白花珠として、わたしは、陶紫英をどうとらえ、どう思っているのか)

自らの胸の底にある井戸を、覗《のぞ》き込もうとする。そこに何があるのか――。

「考えて欲しい。わたしも、そして陛下も、信頼できる者が必要だ」

「それは陛下も同様のお考えですか。わたしに戻れというのは」

俊熙は苦い表情になった。

「いや、おまえに戻って欲しいのは、わたしの願いだ。陛下にそれとなく『白花珠を呼び戻されてはどうか』と進言したが、必要ないと、けんもほろろだった」

笑ってしまう。

「でしょうね。いったん追いだした者に頭を下げるような、可愛らしさがあるとは思えません」

「しかし、陛下にとって、おまえが必要なことは変わらない」

茶を一気に飲み干して俊熙は立ちあがる。花珠は、戸口に向かう彼の後について行く。

外へ出ると春衣が軒下にいた。

「あら、もうお帰りですか？　丁俊熙様。また気軽に遊びに来てくださいませ」

しなを作った春衣に、俊熙はすこし頬を染め、軽く礼をする。

「お茶は大変美味《おい》しかった。できればまた参ります。春衣」

ふり返ることなく歩み去る、真っ直ぐな背中を見送る花珠の肩に、春衣が頬を寄せてきた。

「立ち聞きしちゃった。信頼だってさ。化け物に信頼されたの？　あんた」

「うん。そうだったらしい」

九代皇帝陶紫英は、知略に長《た》けているうえに尋常でなく用心深い、生みの母すら平然と手にかけようとする冷酷な化け物。淵紫の魂をもっていたとしても、淵紫とはまったく別の命になった者。

「化け物か」

呟《つぶや》いて、ふと紫英の瞳《ひとみ》を思い出すと哀しくなる。化け物のくせに、はじめて信頼したのが、こんな自分一人だったのかと。信頼して、拒絶され、傷ついた？

暗闇に潜みながら、誰も近づけず、密《ひそ》かに声も立てず涙だけを流す、化け物。そんなものを想像した。

「なんて孤独な化け物なんだろうな」

化け物じみた男で、淵紫でもないが――。

白花珠として、その化け物をどう思っているのか。

（化け物は、化け物だ。しかし彼は、私利私欲で化け物になっているわけではない。皇帝だからこそだ。化け物ゆえに、名君になるとさえ思う。そして哀しくなるほどに、幼

い頃から誰も信頼できず、孤独で）

暗闇に潜む孤独な化け物が、「信頼しているよ」と、花珠に手を差し出したとしたら？　花珠はその手を、「この化け物め」と、払いのけるのか？

春衣がふふっと笑う。

「わかっちゃうな、わたし」

「何が？」

「あんたは、爪弾《つまはじ》きにされるものとか、寂しいものとかを放っておけない性分よ。たとえ相手が化け物でもね。そんなんだからこそ、わたしの親友になってくれたんじゃない」

「春衣と友だちになったのには、放っておけないとか、おけるとか、別に深い意味はないけど。ただ気が合うから」

「そう。小さな頃、初めて言葉を交わしたとき、気が合うねって言ったわ、あんた。皆から変だ変だと言われて、後ろ指さされて、爪弾きにされていたわたしに、何のこだわりもなくそう言ったの。全部にこだわりがないから、どんな相手でも気になるのよ。逆に、爪弾きにされてたりすると目立つから、こだわりがないからこそ『なぜ』って気になる。そんなふうね」

幼い日を懐かしむように、春衣は花珠の顔を見る。

「だからね、わかっちゃうの。あんたが、白花珠が、白花珠として、どう答えを出すか。

言って欲しい？」

「いいや。きっと、あってるから」

首筋を撫《な》でて、苦笑する。

「かなわないな、春衣には」

「いますぐ戻る？」

暫《しばら》く考えて、首を横に振った。

「いや。さすがに、気が変わりましたと、のこのこ戻るんだから手ぶらでは戻りづらい。手土産を持って行くよ。春衣、ひとつ頼まれてくれないか」

「いいわよ。なんなりと」

上目遣いにこちらを見あげ、春衣は悪戯《いたずら》そうに口の端を引きあげる。

「報酬は、丁俊熙を連れてお茶を飲みに来ること。それなら引き受けてあげるわ」

「ありがとう、恩に着る」


再び花珠が宮城に足を踏み入れたのは、翌日。夕闇が迫る頃だった。

顔色の悪い、痩《や》せた少女を一人伴っていた。花珠は少女を「陛下の大切なお客人だ」と言って侍衛に預け、乾伸殿へ向かう。

（さて、陛下はどれほど、わたしを罵《ば》倒《とう》するかな）

取り次ぎを頼んで廊廡《ろうぶ》で控えていると、王宦官《かんがん》が泣きそうな顔で出てきた。

「帰って来てくれたのか、白花珠！　大家《へいか》のお側に侍衛がいないのが、わたしはもう、気が気でなくて、気が気でなくて」

「ご挨拶《あいさつ》もなく出て行き、申し訳ありませんでした。王公公《どの》」

両手で花珠の右手を握りしめ、祈るようにする王宦官に、頷《うなず》いて見せた。

「陛下にお許しをいただけるなら」

「それは」

王宦官は、白いふさふさ眉《まゆ》をさげる。

「白花珠が戻ったとお知らせしたら、『何をしにきたのかわからないが、引き取らせろ』と仰せで。一方で、一緒にいらっしゃる丁俊熙様は、『かまわないから通せ』と。わたしは、どうしたらよいやら」

「わかりました。では、わたしが無理矢理、押し通ったことにしましょう。王公公はこちらでお待ちください」

にっこり笑うと、大股《おおまた》に歩んで戸の前まで行き、

「失礼いたします、陛下。押し入らせていただきます」

と、勢いよく言って戸を開け、中へ踏み込む。

気《け》怠《だる》げに榻《とう》に腰かけていた紫英が、片眉をあげた。傍らにいた俊熙が、嬉《うれ》しそうな顔

でふり返る。

「曲者《くせもの》が来たようだね」

嫌みたらしく言う紫英を、俊熙が「陛下」と小さく呼んでたしなめようとしたが、無駄らしい。紫英の刺すような視線は変わらない。

　正面まで行くと、鋭い紫紺の瞳を見下ろす。

「何者か知らぬが出て失《う》せろ。侍衛を呼ぶよ」

　冷たい声だ。

（怒ってるな、かなり。当然だが）

　花珠はその場に膝《ひざ》をつく。

「白花珠と申します。お見知りおきを、陛下。陛下をお護《まも》りする、侍衛です」

「違うな。おまえは高祖を護る侍衛だ」

「淵紫を護るのは劉昭儀です。わたし、白花珠は、今上陛下をお護りする侍衛です」

　言って顔をあげ、真っ直ぐ彼を見つめる。

「おまえは劉昭儀だ」

「かつては、そうでした。しかし今は、白花珠です」

「詭弁《きべん》に聞こえるが？」

「詭弁でないのは、陛下自身がよくご存じでしょう。陛下は、高祖ではない。同じように、わたしも劉昭儀ではない。それが詭弁だというなら、陛下の言も詭弁です。ということは、陛下は高祖ということになります。高祖であれば、劉昭儀が護るのは当然。結局、どちらにしても、わたしは陛下をお護りする侍衛です」

不快そうに、紫英は眉根《まゆね》を寄せる。

「もし詭弁でないなら、おまえは劉昭儀ではなく白花珠ということか。ならなぜ、白花珠は余を護ろうとする。そのような動機は見当たらないけれどね」

室内の蠟燭《ろうそく》には火が灯《とも》っていた。一本の支柱から幾筋にも枝分かれした銅の燭台《しょくだい》は、その枝の先に蠟燭の炎が揺れている。

炎の揺らぎで、睫《まつげ》の影が紫英の頬に躍る。瞳を縁取るそれは魅惑的だ。

しばらくの沈黙の後、見つめ合い、花珠は静かに口を開く。

「名君に、おなりになると思いました」

気持ちをわかってもらえるようにと祈りながら、心を込めて言った。

驚いたように、紫英が目を見開いた。

「高祖とは全く違う、名君におなりになる。わたし、白花珠はそれを感じました。そして白花珠としてどうなのかと問われたとき、名君たりえる方を、お護りしたいと考えました。わたしは、人よりも剣が使え、因果の糸を見る目と、それを切る力があります。力をもてあまし、時を空費して人生を終わるよりは、我が身を生かしたい。どうせ生かすならば、名君を護りたい——と」

生母を平然と殺そうとする男は、化け物めいている。周囲をたばかり続け平然とし、しかも恐ろしいほど周到で、忍耐強く、知恵が回る男。

しかし、だからこそ名君になり得るはずだった。

建国の英雄である高祖——淵紫は、剛胆でおおらかで、その人柄を慕われた。多少強引な方法と、圧倒的な力で国をまとめて名君と称された。

紫英は淵紫とは全く違う。しかし時代も違う。

乱世を平らげるにふさわしい皇帝と、魑魅魍魎《ちみもうりょう》が跋扈《ばっこ》する円熟した朝廷を平らげるにふさわしい皇帝は、その在り方が違うはずだ。

今の時代にふさわしい名君は、おそらく淵紫よりも、紫英。

「丁俊熙様と同じです。名君にお仕えしたい」

俊熙の目元に笑いじわが寄る。

ふいと紫英は、花珠から視線を外す。彼自身が人を欺くのに慣れきっているために、臆面《おくめん》もなく告げられた真心に戸惑っているように見える。

睫を伏せた整いすぎの横顔は、心なしか、美しいというよりも愛らしく思えた。

「勘違いだね。余は、おまえが思っているような者ではない。冷酷で、欺瞞《ぎまん》ばかりで、臆病《おくびょう》で、虚弱体質だ」

「思っているとおりですが？」

じろりと睨《にら》まれた。

「無礼者め」

声に呆《あき》れの響きはあれど、棘《とげ》がなかった。微笑むと、礼をとる。

「改めまして、白花珠と申します。無礼者ではありますが、お許しいただけるのであれば、今より陛下の侍衛をつとめます」

紫英の口元に、あるかなきかの笑みが浮かぶ。

「無礼者ではあるが、仕方ない。今は、おまえしかいない」

その声は柔らかく、素直ではない言葉が、かえって心地よく胸に響く。

紫英は本当に嬉しいとき、嬉しいと言えないのかもしれない。嘘でならいくらでも、嬉しい楽しいと言うくせに。器用なのか不器用なのか、よくわからない。

頭《こうべ》を垂れる。

「ありがとうございます」

「顔をあげて、立て」

言葉に従い立ち、見つめ合う。

今この瞬間初めて、陶紫英という人と出会ったような気がした。

出会い直しというものがあるとすれば、それはこの瞬間だろう。

(わたしは、この方を護る)

息を詰めて成り行きを見守っていたらしい俊熙が、大きく肩で息をする。

「これで、わたし一人ではなくなるな。正直、これからなさねばならぬことを思えば、わたしだけでは荷が重かった」

俊熙に向き直ると、花珠は彼にも礼をとる。

「大変ご迷惑をおかけしました、丁俊熙様。愚か者が、ご迷惑をおかけした罪滅ぼしの意味で、ひとつ土産があります」

「なんの土産だ」

胡乱《うろん》げな顔の俊熙に、花珠は言う。

「陛下のお命を狙う者にとって、おそらく致命的な一手となりえるもの」

「それがなにか、聞きたいね」

もたれかかっていた肘掛《ひじか》けから身を起こした紫英の瞳《ひとみ》に、鋭いものが光る。軽く身を乗り出した彼に、告げる。

「田恵です」

紫英と俊熙は、ちらりと視線を交わす。

「陛下と俊熙様であれば、もうお気づきなのだと思います。そして、これからなさろうとしていたのも、その一手——田恵を捜すことかと。そう察したので、こちらに戻る前に土産を用意したのです」

「察したか。おまえが莫迦《ばか》でなくて良かったよ」

紫英が口元を緩め、俊熙も苦笑いした。

「がさつ者のくせに気がきくな」

俊熙の言葉に首をすくめる。

「出戻ってくるのは、ばつが悪かったので」

「その土産とやらは、まさか田恵本人ではあるまい」

「さすがにそれは無理です。代わりに田恵の妹を連れて参りました。田爽《でんそう》という娘です。調べ物が得意な知人にお願いして、田恵が、実家の妹を大変可愛がっていたことを突き止めました。後宮にあがってからずっと、十日とおかず文を出し、妹の体調を気遣っていたと。妹も田恵のことを大層慕っています。田爽は姉からの文が届かなくなり、姉の身になにかあったのかと、心痛のあまり痩《や》せ細っていました」

「その娘をどうするつもりだ」

首を傾げた俊熙に対して、花珠が口を開く前に紫英が言う。

「因果の糸だね」

花珠は頷《うなず》く。

「はい。互いに思い合っている姉妹であれば、必ず因果の糸が繋《つな》がっています。そして、こちらに来る前に確認しました。田爽と結ばれている因果の糸に、肉親の情である白い糸がありました。それは真っ直ぐ掖庭宮の方角へ続いています。それを辿《たど》れば、田恵の居場所を突き止められます」

そしてそれが、夏太后と張三にとって致命的な一手に違いないのだ。

三

因果の糸の色は様々。恋情は紅《あか》。殺意は黒。そして肉親の愛は白。その他にも色彩は様々で、紅も黒も白も、濃淡やくすみが違って、千差万別。

日が落ちた掖庭宮は静かで、そして冷え切っている。人影はない。

宮殿の軒に吊《つ》り下げられた宮灯《きゅうとう》が、ぼんやり橙色《だいだいいろ》の光を滲《にじ》ませてはいるものの、灯《あか》りよりも圧倒的に闇が勝る。

夜風が、落葉した楡《にれ》の枝を揺らす。

意識を集中させ、目をこらせば、幾つもの糸が縦横無尽に、様々な色で闇夜に浮かびあがっていた。黒い糸が多いのは、後宮に住まう者たちの閉塞感《へいそくかん》を如実に現している。様々な感情を育て、それが執着や憎しみとなり、他者と因果を結んでしまうのだろう。

その中で、姉を思う妹からのびる因果の白い糸は、闇の中で輝くように清らかだった。

「辿れそうか」

手《て》提灯籠《さげとうろう》を持って歩廊を歩む花珠の背に、紫英の声がかかる。

「はい。糸の数は多くとも、白は、綺麗《きれい》な色ですから」

田恵の妹、田爽は、養親殿に俊熙とともに待機させてある。そこから白い因果の糸を辿ることになったのだが、糸が思わぬ所にのびていると、花珠は行く手を阻まれて迂回《うかい》を余儀なくされる。掖庭宮に不案内なので、その時点で糸を見失いかねない。

そこで案内役が必要ということになり、紫英が案内を買って出たのだ。

俊熙はいい顔をしなかった。彼は王宦官《かんがん》に案内を頼むべきだと提案したが、紫英は頑として譲らなかった。ことはまだ公にできない、と。王宦官に案内をさせて、彼が、いらぬものを目撃する可能性がある、と。

結局、俊熙は押し切られた。

花珠は紫英とともに掖庭宮へ入り、白い因果の糸を辿ることになったのだ。

（それにしても骨が折れる）

意識を集中していなければ、糸の存在が薄れて消える。気を抜いて、ひとたび糸を見失えば、再び目を凝らしても細い糸一本を探し出すのは困難。また養親殿から辿り直しが必要となる。

集中し続けると、頭の芯《しん》がぼうっとして目が潤む。瞬《まばた》きが多くなった。

（因果の糸が伸びているということは、田恵は今も掖庭宮にいる。必ず、見つけなければ。それが夏太后と張三には、致命的な一手になるのだから）

張三に関しては、さほどの躊躇《ためら》いはない。しかし夏太后の罪を暴き立て、断罪するのには、正直未《いま》だに迷いがある。

不義の現場を目にしてもまだ、夏太后の、母親らしい情愛を見せた表情や言葉を嘘だと思いたくない。あれらが全て芝居だったとしたら——恐ろしい。あれほど愛情深く装いながら、我が子を殺そうとしていたのだとするなら、悪鬼そのものだ。

「陛下はいつから、夏太后と張三を追いつめるのに田恵が役立つと、お考えだったのですか」

「おまえの口から、夏太后と張三が、田恵という怪しい侍女がいると言っていると、聞いたときだね」

「そんなに前からですか」

「夏太后と張三を、最初から疑っていたのだから。当然だ」

花珠は、夏太后と張三の不義を知り、紫英暗殺を目論《もくろ》んでいるのが彼らだと知らされてから、はじめて張三が田恵を捜し出したい本来の目的に気づいた。

夏太后と張三は、紫英の朝餉《あさげ》に毒が盛られた直後に田恵の名を出し、警戒しろと伝えてきた。彼女の情報があれば、すぐさま張三に知らせろ、と。

なぜか？

答えは簡単だ。

田恵は、夏太后と張三にとって都合の悪い人物であり、紫英に接触させてはならなかったから。紫英の朝餉に毒が盛られたのと前後して、田恵が行方知れずになったのは本当だろう。そしてそれは、夏太后と張三にとっては不測の事態。焦った彼らは、田恵が紫英と接触してはならないと、手を打った。

そういうことだ。

なぜ田恵が夏太后たちにとって都合が悪いのかは、本人を捜し出せばわかるだろう。夏太后の命令で、紫英の朝餉に毒を入れたのかもしれない。そうなれば生き証人になり得る。もしくは、夏太后と張三の不義を知っているか、その証拠を摑《つか》んでいるか。とにかく張三が田恵を捜し出そうとしていた事実から、彼女が夏太后と張三にとっては厄介な人物であり、表に出ることがあれば、彼らの破滅に繋がる可能性が高いと推測できるのだ。

それは、彼らにとって致命的な一手。

走廊を歩き、幾つかの宮殿を横に見て、掖庭宮の西側に来た。

白い糸は、ある円門の中へと吸い込まれている。牆壁《しょうへき》で囲われた門の奥は真っ暗だ。門の上には遊花苑《ゆうかえん》と扁額《へんがく》がかかっている。宴遊のために使われる花苑らしいが、冬の真夜中、門の向こうから、風に揺れる草木のざわめきが陰鬱《いんうつ》に響き、冥府《めいふ》の入り口のような気味悪さがあった。

しかし純白の糸は、真っ直ぐ奥へと続いているのだ。入らないわけにはいかない。

——姉の恵《けい》は、どこにいるのでしょうか。

不安に潤んだ瞳で、顔色の悪い少女は訊《き》いた。これから見つけてやると請け合うと、拝むように叩頭《こうとう》した。

——お願いします。優しい姉なんです。わたしが下手な刺繍《ししゅう》を刺した手巾《しゅきん》も、お守りにすると言って大切にしてくれて。どうか会わせてください。

田恵には、あんなふうに待っている者がいる。ここに隠れ潜んでいるのであれば、見つけ出して保護し、妹に会わせなければならない。

手提灯籠の灯りでは、足元を照らすのがせいぜいで、周囲の草木は黒い影にしか見えない。その黒い影の奥へ奥へと、真っ直ぐに白い糸が伸びる。

不意に、目の前に立ちふさがるものがあった。灯りを掲げて見あげる。

「なんだ、これ」

「望楼だ」

六角形で、三層もある望楼だ。一層目は柱と柱の間に戸が立てられているが、二層以上は欄干が巡らせてあるだけの吹きさらし。白い糸は、一層目の戸の隙間に入っている。

戸に触れると簡単に開く。施錠されていない。中に踏み込むと、湿った土の香りが強かった。石床ではあったが、湿気が強い。中央に、二層目へ上るための階段がある。

「糸はどこへ向かっている」

周囲の闇を見回す紫英に、花珠は床の一点を指さす。階段の背後だ。

白い糸は、床石と床石の隙間に潜り込んでいる。近づくと石床の隙間に、わずかに手を差し入れられる欠けがあった。欠けの部分から、土黴《つちかび》くさい冷たい空気が吹きあがっている。

「下に空洞があります」

欠けに手を差し込み、一方の端を支点にして力を込めて持ちあげると、簡単に開いた。

その部分の床石が薄く作られているらしい。開くと、人一人がかろうじて入り込めるほどの縦穴と、穴の底へ下りるための、古そうな木製の階段が現れた。

冷たく湿った空気が吹きあがる暗闇の奥へと、糸は呑《の》み込まれている。

「下におりてみます」

「余も行く」

「お待ちを。何があるか、わかりません」

「因果の糸は見えるのだろう？　ならば侍女が、下におりたということ。余が行けぬことはない」

上に紫英を残していく不安と、ともに地下へおりる不安を天秤《てんびん》にかけ、ともにおりることに決めた。穴の中にある、半ば腐りかけた急な階段を灯りで照らす。

肩をすぼめて階段をおりると、腰をかがめて進める程度の横穴になった。

そこを通り過ぎると空間が広がった。

かつて宝物かなにかを納めていたのかもしれない、室と呼んで差し支えない四角い空間だ。壁の岩が棚のように幾層にも削られ、木の空箱が一つ二つ残されていた。

最奥の壁際に誰かが座っていた。ぐったりと前に首を折り、足を投げ出し、石壁にもたれかかっている。侍女ふうの浅い黄色の襦裙《じゅくん》を身につけていた。

「田恵か!?」

駆け寄って彼女の前に跪《ひざまず》いた花珠は、思わず鼻を押さえた。ひどい臭いがする。灯りに照らされた、俯《うつむ》いた彼女の口からは、青紫に変色した舌が長く垂れ下がっていた。襦裙の腹の辺りは真っ黒く、べっとりしたもので汚れている。おそらく大量の血。

腰には、いびつな蘭の刺繍が入った手巾をさげており、口元には、ほくろ。

（下手な刺繍、と。田爽が）

暗闇の天井を仰ぐ。

（田恵だ）

紫英の足音を背後に聞き、鋭く制止した。

「近づいてはなりません、陛下！　死体です。陛下が、ご覧になるものではありません」

「余が見るべきものは、余が決める」

膝《ひざ》をついた花珠の隣に紫英も片膝をつき、ぽつりと言う。

「この顔には見覚えがある」

「どこで見ましたか」

「亡者の中にいた」

はっとした。

花珠も一度だけ、紫英にまとわりつく亡者の群れを見た。因果の糸を切り、亡者を退けたが、最後までぐずぐずと姿が残っていた亡者がいたのを思い出す。

その中の一人は侍女風で、口元にほくろがあった——あれが、田恵だったのか。

「この人は亡者となって陛下のもとへ？　なぜ陛下に」

「伝えたいことが、あったのかもしれないね」

石床の上に田恵の腕は投げ出されていたが、その右手に、表面に文字が書かれた細長い料紙の包みを握っていた。紫英は死者の手から躊躇《ためら》いなくそれを取りあげ、文字に目を落とすや、顔色を変える。

「それはなんですか」

問うと、文字が見えやすいように花珠の方へ差し出してくれた。『御状』と書かれていた。

紫英が包みを開くと、折りたたまれた文らしきものが何通も、ばらばらと石床に落ちた。それらを包んでいた料紙の裏には、びっしり文字が並んでいる。

田恵が書いただろう最初の一文は、「お助けください、大家」だった。

手提灯籠《てさげとうろう》の揺れる灯《あか》りのもとで、紫英の手にある料紙の文字を目で追う。

もうすぐ自分は夏太后に殺されるだろうと、田恵は不安を訴えている。自分は夏太后に最も長く仕えている侍女であり、彼女と張三の不義を知っている唯一の者であるからだ、と。夏太后と張三との密通が始まった当初から、田恵は二人の文のやりとりを頼まれていた。その褒美として、いつも充分すぎる金をもらったので、罪の片棒を担いでいると知りつつ、そんなことを続けていた。病弱な妹の薬を買う金が欲しかった、と。

しかし田恵は、ずっと恐れていたらしい。

秘密を知っている自分を、夏太后はいつか口封じに殺すだろうと。

それがいつなのか、常に怖かった。しかし、もうすぐ自分は殺されると悟ったのは、紫英に矢が射かけられた時だったと書いている。

紫英が亡くなれば、必然的に陶秋芳が帝位に即《つ》く。その前に必ず、自分は殺されるはずだ。昨日、張三に呼び出された場所で、何者かに襲われた。陛下に助けて欲しい。全てを告白する。夏太后と張三の不義の証拠も持っている。昔から身の安全を図るため、二人がやりとりした文を何通か、燃やせと命じられたのに従わず、手もとに残してある。

切々と訴え、最後に再び「お助けください」と結ばれている。

石床に散らばった文を、花珠は何通か手に取り、広げてみた。

甘ったるい睦言《むつごと》をしたためた文もあれば、慌てふためいている文もあった。

慌て焦った文面は夏太后からのもので、日付は十二年前――懐妊した、と。

「……これは」

文を支えた手が微《かす》かに震えた。花珠の手にある文に、紫英は目をやる。

「わかったか？　なぜ夏太后と張三が、余の暗殺を企てると同時に、今まで利用した田恵を殺そうとしたか」

「陛下は、ご存じで？」

躊躇いながらも問う。

「夏太后の懐妊がわかったのは、先帝が病の床に伏し、余命幾ばくもないと囁《ささや》かれていたときだった。しかし、夏太后の懐妊を誰も疑わなかったのは、先帝が好色で知られた人だったからだよ。床に臥《ふ》す直前でも、弱った体で夏太后のもとへ通っていたのだから」

　そこで一旦《いったん》言葉を切り、紫英は皮肉っぽく続ける。

「しかし夏太后のもとへ通っても、先帝には最早《もはや》そのような力はなかった。余は、そんな様子を何度か目にしている。それなのに夏太后は懐妊し、先帝崩御から九ヶ月後に公子が生まれた。月が満ちて生まれたはずだったが、生まれた公子は、月足らずの赤子のようだった。あれは何らかの薬を服用し、母子ともに命がけで出産を早めたように思う。そうでもしなければ、先帝の子とするには月があわなくなるからね」

　全身がそそけ立つ。

(薬。方士ならば、そんな薬の調合を知っていても、おかしくない)

夏太后がそんな薬を飲んだのは、命を元手にした賭《か》けだ。それで我が身と赤子は死ぬかもしれないが、生き残る可能性もある。だから賭けた。

月があわないのを怪しまれ、秘密が暴かれれば、どのみち身の破滅なのだから、と。

不義をおかし、その結果に焦り慌て、命を賭けて誤魔化しを試みる。

なんと浅はかなのか。

「公子は、生まれてしばらく生死の境を彷徨《さまよ》った。一命は取り留めたが、そのせいか、同年の子どもたちに比べずっと小柄だった。今も、他の同年の子に比べて多少幼く見えるはずだ――秋芳は」

力が抜けた。

「陶秋芳公子は――張三の子なのですね」

だから紫英は言ったのだ。「わたしと秋芳は、夏太后の中で決定的に違う存在だ」と。

「その証拠がここにある」

紫英は花珠の手にある文と、石床に散らばった文を手早く集め、田恵の訴えが書かれた料紙でくるむ。懐にしまうと、彼は改めて、恐れることなく田恵を見つめた。

「この傷、即死ではない。おそらく夏太后に襲われ、証拠とともに命からがら、ここに逃げ込んだのだろう。しかし力尽きた。夏太后と張三は、証拠を持った田恵の行方がわからなくなり、焦り慌てたのだな」

苦痛に歪《ゆが》んだままの死相が、痛ましい。

「怖かったでしょうに。こんな暗闇で、一人」

「田恵の死も、余の責任の範疇《はんちゅう》だ。もっと早くに動くことを決断していれば、この者が害される前に、全てを終わらせられたかもしれない。詫《わ》びねばなるまい、この者に」

紫英は立ちあがると、厳かに告げた。

「田恵とやら。おまえの働きで確たる証拠は手に入った。感謝する。これは彼らにとって致命的な一手」

死者に語りかける声は皇帝の威厳に満ち、響きには、心からの謝意があった。

彼は花珠を厳しい瞳《ひとみ》で見下ろす。

「命じる。龍武軍仁勇校尉《じんゆうこうい》、白花珠。龍武軍の士を率い、方士張三の宮室へ向かい張三を捕らえよ。抵抗するようであれば殺してもいい。どのみち、すぐに死罪なのだから」

紫英は冷たい、暗闇に落ちる凍った雫《しずく》のような声で命じた。

花珠は立ちあがり、環首刀を握りなおし礼をとる。

「御意」

力強く答えた。

七章　予言の意味

一

龍武軍の士、十人をともなって、白花珠は馬で宮城を出た。寒風を突っ切り、閉じられた坊門を開かせ、賀陽城の南東、臨林坊にある張三の宮室《やしき》に踏み込んだ。

家人が怯《おび》えて縮こまっているのを尻目《しりめ》に庭院《にわ》で馬をおり、平底円門を潜って院子《なかにわ》へ抜ける。正面に、幅広の廊廡《ろうぶ》を備えた正房《せいぼう》。戸は閉じられていたが、中からは灯りが漏れていた。

「行くぞ」

鋭く声をかけ、十人を従えて廊廡に駆けあがり、戸を蹴《け》り開けた。

中に飛び込むやいなや抜刀した花珠に倣い、背後の十人も抜刀しつつ、散開し、室《へや》の中央にある餐卓《しょくたく》を取り囲む。

灰色の深衣を身につけて、くつろいだ様子で餐卓に向かっていた張三は、唖然《あぜん》としていた。

「これは何事です、白花珠」

「張三。陛下の命により、おまえを捕縛する」

「わたしを捕縛？　陛下の命と？」

大げさに驚いた顔をしてから、張三は柔和に微笑む。

「それは、それは。大変ご苦労様です。しかし白花珠。このことを、夏太后はご存じなのですか？」

「いや」

張三の口元に、自分の有利を確信している余裕の微笑が浮かぶ。ゆったりと袖《そで》をさばき、餐卓にある酒壺《さかつぼ》から酒を杯に注ぎつつ、言う。

「左様ですか。ならば、これは陛下のお立場を案じて申すのですが、夏太后のお許しもなく、わたしを捕縛していいのでしょうか。後々、困ったことにおなりでは」

「心配無用だ。夏太后も今頃は、陛下の命令で捕らえられ、暴室へ送られている」

今まさに置こうとしていた酒壺が張三の手から滑り、ごとりと大きな音を立てる。彼の顔色が変わっていた。

「夏太后が？」

「張三。夏太后とともにおまえが犯した罪は、明らかになった」

「……なんのことを言っているのやら……白花珠」

動揺を隠そうとしているらしい張三だったが、

「おまえたちの罪の証拠を握っていた田恵が、見つかった」

この一言で思わず、立ちあがった。

「夏太后もおまえも言い逃れはできない」

真っ直ぐ突きつけた刃《やいば》に、蠟燭《ろうそく》の橙色《だいだいいろ》の炎が映って揺れる。その切っ先を、瞬《まばた》きを忘れたように張三は見つめた。凍り付いたように動かない。

「……そんな……そんなことが……」

口の中で小さく、張三はそう繰り返している。

「大人しく縄を打たれろ」

花珠が目配せすると、張三の背後にいた士の一人が、縄を手に近づいていく。その手が張三の腕を摑《つか》む直前だった。

「ふざけるな！」

突如、張三が叫んで両手の拳《こぶし》で餐卓を殴った。酒壺と杯が跳ね、倒れ転がり、床に落ちて割れる。驚き、一瞬だけ動きを止めた士が再び腕を伸ばそうとしたが、張三はふり返って怒鳴りつけた。

「触るな！　触るな！　触るな！」

人が変わったように目を吊《つ》りあげ、囲む者を威嚇してわめき散らす。

「わたしを捕まえるのか!?　くそ、ふざけやがって！　わたしを誰だと思っている！

下っ端武官どもが！」

おっとりと柔和な人柄のようにおもえていた男が、突然、気でも違ったように口からつばを飛ばし叫んでいる。

「こんなことをして許されると思うのか！　この、わたしに！」

これがこの男の本性かと、その様に、冷えた気持ちになった。

「罪人は裁かれて当然。なんの問題もない」

「わたしは先帝の寵《ちょう》を受け、今も夏太后の信頼厚い」

「その夏太后も罪人となった。あのお方も、許されはしない」

唇を震わせ肩で息をしている張三は、しばらく、痙攣《けいれん》でもしたように口を開け閉めしていたが、悲鳴じみた声をあげた。

「あの売女《ばいた》！　へまをしやがって！」

龍武軍の士たちも、冷たい無表情で張三を見つめる。

切っ先を毫《ごう》も動かすことなく、花珠は吐き捨てた。

「醜い」

張三がこちらを向く。

「なんだと」

「醜い。いくらわめこうが、罪は消えはしないし、おまえの運命も変わらない。ならばせめて醜態をさらすな」

「醜いのはどちらだ！」

嘲笑《ちょうしょう》するように小さく笑って、張三は取り囲む者たちをぐるりと指さす。

「おまえたち、夏太后とわたしに罪があると言われて、捕縛に来たのだろう。だが、その罪が何か知っているのか？　え？　どうだ？」

訓練された士は全員が無表情を貫き通しているが、瞳に、微《かす》かな好奇心と戸惑いが浮かぶ。それを敏感に察したらしい張三の口が歪む。

「知らないのだろう。おまえたちのような下っ端に、知らされはしないだろうな。教えてやろうか。おまえたちが主と戴《いただ》く皇帝陛下が、どんな女の股《また》から生まれたかを」

「やめろ」

花珠は、低く鋭く制した。

「食うや食わずで、飢えて、鼠まで喰《く》ったわたしに、皇帝陛下の淫蕩《いんとう》な生母が何を許したか」

「やめろ」

「我々に鼠を喰わせ、自分は飽きるまで豚を喰っていた先帝が、わたしの卜占《ぼくせん》をどんな莫迦面《ばかづら》で聞いていたか」

天井を仰ぎ、張三は高笑いする。

「実に痛快無比な話だぞ。その莫迦面と淫蕩な女の間に生まれた木偶《でく》を、おまえたちは戴いているんだよ！」

「やめろ！」

床を蹴り勢いをつけ、花珠は上段から、環首刀を張三の肩に振りおろした。さらに、よろめく彼のみぞおちに刃をたたき込む。

その場にくずおれた張三を見おろし、花珠以外の全員が息を呑《の》む。

「峰打ちだ、殺してない。肩と肋《あばら》は折れただろうが」

環首刀を鞘《さや》に納めながら言うと、安堵《あんど》の気配が広がり、縄を手にした士が駆け寄って、気を失った張三を縛りあげようとした。

傍らに膝《ひざ》をつき、花珠は苦々しく命じる。

「口に布でも詰めておけ。不愉快なことを口走る」

「承知しました」

気を失った体を雑にあつかわれる張三に、哀れみを覚えた。

（富貴の者が憎かったのだろうな）

張三と会話したなかで印象深いのは、彼が過去の貧しさを語ったときの目だ。そのときだけは、いつもの柔和な表情が変化した。

貧しさの中で己の境遇を憎み、そしてその憎しみは、国を治める者や富貴の者に向かったのだろう。卜占の評判が高まり皇帝の寵を得たとき、彼はそれを、利用し尽くそうと考えた。皇帝が彼の言葉を鵜呑《うの》みにして従うのは、さぞ面白かっただろう。張三自身が口にしたように、痛快だったはずだ。

士の一人が手巾《しゅきん》を張三の口に詰め込んでいるのを見ながら、立ちあがろうとしたそのとき。後ろ手に縛られた彼の深衣の袖がめくれ、前腕がむき出しになった。

張三の前腕の内側に、見覚えのある痣《あざ》がある。右腕の肘《ひじ》の内側に浮かぶ、鼻面の長い犬——狼の頭に似た大きな赤痣。

目を見開き、再び膝をついて覗《のぞ》き込む。

戦慄《せんりつ》が走る。

（昔——劉昭儀は見たことがある。この場所に、こんな赤痣のある者を）

淵紫による大陸統一がなってからの数年間、かつての蕃国の王族狩りがおこなわれていた。蕃国の王族の血筋は直系、傍系問わず、生まれたときに前腕に赤痣のような刺青《いれずみ》をする。その赤痣のような刺青をもつものは、ほとんど狩り尽くされた。

彼ら血族は首を刎《は》ねられる瞬間、どれほど淵紫を恨み呪ったか。

（張三は……轉世人《てんせいじん》か）

彼は、自分は淵紫に仕えていた一兵卒と名乗ったが、それは花珠の共感を誘うための嘘だろう。

しかし轉世人であったのは、事実かもしれない。

もし張三が、かつての蕃国の血筋の者であり、淵紫を恨み処刑され、この時代に轉世したとするならば？　淵紫のつくりあげた王朝に入り込み、その権威を汚し、自らの血を引く者を皇帝の座に据えようとするのではないか？

もし轉世人の自覚がなくとも、魂に刻まれた復讐心《ふくしゅうしん》が、彼自身にも抑えきれない衝動となって発現したとするなら——。

直接、淵紫を暗殺した者だけが、轉世しているわけではない。

建国の英雄はその偉業のために、数え切れない恨みと呪いを受けている。それら全てが、王朝の混乱を望み、轉世した紫英を狙う可能性があるのだ。

理屈として、わかってはいた。わかってはいたが、実感はなかった。

しかし今、目の当たりにした赤痣によって、そそけだった全身で理解した。

紫英の敵は、気が遠くなるほどに多いと。

頭を振り立ちあがった。

「宮城に帰る。その者は大理寺《だいりじ》へ」

大理寺へ送られた張三は、すぐに処刑される手はずになっていた。そう段取りをしたのは俊熙。彼は張三の口から、皇帝一族にとっては恥ずべき事実が漏れないようにするために、速やかな刑の執行を紫英に進言した。無論、紫英は承知した。

再び馬上の人となり、宮城へ戻る道すがら、花珠は夜空を仰ぐ。

今夜は星も月もなく、頭上から冷気が降り注ぐのみ。

（残るは、夏太后）

今頃夏太后は捕らえられ、秋芳とともに暴室へ入れられているはずだった。これから二人は紫英の手により裁かれるが、彼が二人をどうするつもりなのか、聞いていない。

やはり死罪とするのだろうか。

紫英は迷いなく、死罪にすると口にしたのだから。

そうなっても致し方ない罪科ではあるが、紫英が冷酷無比に、躊躇《ためら》いもなく平然と自分の母親に死罪を言い渡すのを見るのは、随分気分が悪いだろう。

自分が護《まも》ると決意した主《あるじ》だ。できるならば主が、冷酷無比な男であって欲しくない。


紫英は乾伸殿の廊廡《ろうぶ》で、花珠の帰りを待っていた。傍らには俊熙がいた。

いつも近くに侍《はべ》っている王宦官《かんがん》を、今夜は遠ざけてある。

夏太后と張三の一件は、皇帝にとっては恥でしかない。恥を知るのは最小限の者として、全てが終わってから、公にできることだけを周知する方針だ。王宦官といえど、紫英は事実を知らせるつもりはないのだった。

「ただいま戻りました」

階《きざはし》を上った花珠に、紫英は宮灯《きゅうとう》の光に照らされながら問う。

「どうなった」

「張三は捕縛し、大理寺へ送りました。到着次第、刑は執行される手はずとのことです」

「もう、済んだ頃であろうな」

さらりと言うと、俊熙に向き直る。

「俊熙はこちらで待て。余は、太后と秋芳のもとへ行く。今夜のうちに、彼らの決着もつけねばなるまい」

花珠は、軽く一度目を閉じた。

（やはり死を賜るか）

「はい」といささか緊張した声で答えた俊熙は、「こちらでお待ちしております」と礼をとると、花珠に言う。

「おまえは、陛下のともをせよ」

「承知しました」

「暴室へ行くよ」

気負いなく告げ、紫英は歩き出す。花珠はそれに従った。

掖庭宮の北辺は、牆壁《しょうへき》を隔て義倉と接している。義倉と掖庭宮を隔てる牆壁に背を預けるようにして、全く同じ簡素な作りの殿舎が五つ並んでいた。

他の宮殿からは少し離れた場所にあるそれら建物には、異様な気配がある。

戸には飾り格子もなく、のっぺりと分厚い一枚板の両開き。鋼の錠が、外からかけられるようになっている。その建物が最も奇異なのは、窓がないこと。戸口以外は、白漆《しろしっ》喰《くい》の壁。背丈より遥《はる》か高い位置に、木格子を嵌《は》め殺しにした、光採りのような穴はあるのだが、腕を通すのがせいぜいの大きさで窓とは呼べない。

かといって倉とは呼べない。屋根は掖庭宮の他の殿舎と同じく釉薬瓦《ゆうやくがわら》で、廊廡も巡らせてあり、簡素ながらもある程度の格式があるのだ。

普段は使われることのないそれらの殿舎は、暴室と呼ばれた。手に負えない病、あるいは罪を犯した宦官や女官、侍女、ときには妃嬪《ひひん》が入れられる場所。

五つある暴室はほとんど空の状態。そこに入れられた者は数日の内に姿を消し、その後、行方が知れなくなる。暴室とはそういう場所だった。

花珠の手にある手《て》提灯籠《さげとうろう》の、揺れる頼りない橙色《だいだいいろ》の灯《あか》りだけが、真っ暗闇の中で紫英の行く手を照らす。ふわりふわりと上下するそれは、遠く眺めれば闇夜に漂う人魂《ひとだま》に見えるかもしれない。

冷えた暗闇に音はない。誰も近づくことのない寂しい場所。

真ん中の殿舎の戸の前に立つと、下の隙間から灯りが漏れていた。中に人がいるのかどうか、わからないほど静かだ。

紫英は懐から鍵《かぎ》を取り出し錠をあける。強く押すと、戸は軋《きし》みながら開く。

がらんとした場所だった。

床は突き固めた土。方々に碗《わん》のかけらや、踏み汚された襤褸切《ぼろき》れが転がっていた。

削りの粗い卓と腰かけがある。卓の上に直接蠟燭《ろうそく》が立ててあり、黒い煤《すす》を細くあげながら炎が揺れていた。蠟が溶け、卓の上に鍾乳石《しょうにゅうせき》のように積もり固まっている。何年も積み重なり、黄ばみ、埃《ほこり》が溶け込んだ蠟の堆積《たいせき》。

腰かけに座り、蠟燭の炎を見つめていた夏太后が、こちらに顔を向けた。

室《へや》の端には、粗末な牀《しょう》が一つ。その上には、泣きはらした腫《は》れぼったい目の秋芳が、寒そうに丸まって眠っていた。この冷気の中、彼の体を被《おお》う衾《ふとん》はない。

躊躇いなく中に踏み込んだ紫英に従い、中に入った花珠は、後ろ手に戸を閉める。

夏太后の髷《まげ》は乱れ、歩揺も笄《こうがい》も飾られていない。耳飾りや腕輪など、装飾の一切がない。取りあげられたのだろう。地模様の美しい絹の襦裙《じゅくん》を身につけていたが、所々裂け、土埃《つちぼこり》で汚れくすんでいた。披帛《ひはく》はない。寒々しい姿だ。

(このお方は、我が子を殺そうとした)

このときですら、初対面の時と同じように優しい母の顔に見える。

紫英と夏太后は、互いに無表情で、かなり長い時間見つめ合った。

「ここに入れられた理由は、わかっておいでですか？　太后」

しばらくして、先に口を開いたのは紫英。

「わたしたちをここに連れてきた宦官は、何も答えませんでした。ただ『田恵が見つかった』とだけ、教えられました。本人たちも、意味はわからないようでしたが」

「彼らに意味がわからなくとも、あなたにはわかるはず」

視線を逸《そ》らした夏太后は、怖れるように問う。

「田恵はなにか言いましたか」

「言えません。死体になっていましたから」

一瞬、夏太后の目に嬉《うれ》しげな輝きが見えたが、次の一言で表情が凍り付く。

「そのかわり、あなたと張三との間で交わされた文を、死体は幾つも持っていました。語るよりも確かな証拠です」

一旦《いったん》言葉を切り、静かに、しかし有無を言わさぬ強さで問う。

「田恵に傷を負わせたのは、あなたですね。田恵は掖庭宮で発見された。掖庭宮で傷つけられたとなると、やったのは張三ではない。彼は掖庭宮に出入りできない」

夏太后は俯《うつむ》く。

「あなただな？　太后」

答えない母に、さらに厳しく問う。

「あなただな？　答えよ！」

「田恵がわたしたちの秘密を公にしようとしていると、張三から知らされました。彼女を問い詰めたら、逃げようとして。それを止めようとしていたら、弾みで」

「それで田恵は逃げ、あなたは彼女を見失ったのだな。彼女がいつ、余と接触するか怯《おび》えたのか。そのために、田恵が暗殺者であると花珠に吹きこみ、田恵が余に接触したとしても、こちらに警戒を抱かせるように仕向けたのか」

顔をあげ、夏太后は涙で潤む瞳《ひとみ》を紫英に向ける。

「陛下は、どこまでご存じなのですか」

「全てです。あなたの長年にわたる不義も、秋芳の父が誰かも」

「……ごめんなさい」

紫英は憂鬱《ゆううつ》そうに答えた。

「ごめんなさい？　侍女を殺し、長年にわたり不義を働き、それだけでも許されざる罪ではあるのに、さらに我が子の命をも狙っておいて、ごめんなさい、ですか？　それで許されるとでも？」

「我が子？」

驚いたように、夏太后は何度か瞬《まばた》きする。

「我が子の命を狙う？　わたくしが我が子の命を？」

不思議そうに問う夏太后に、紫英は軽蔑《けいべつ》の眼差《まなざ》しを向けた。

「あなたは、余の暗殺を企てた」

「莫迦《ばか》なことを！」

憤りもあらわに、夏太后は腰かけから立ちあがった。

「わたしは陛下のお命を奪おうなどと、考えたことはありません！　陛下は、わたくしの子なのですから」

二

怒りに満ちた瞳で紫英を見つめる夏太后の指先は、震えている。

「母上？」

夏太后の声で目を覚ました秋芳が、眠そうな顔で身を起こす。その場に、花珠と紫英の姿を見ると、ほっとしたように表情がゆるむ。急いで牀から下りて礼をとる。

「白花珠。陛下も。来てくださったのですね、陛下。母上とわたしは突然、ここに連れてこられて。すごく怖くて……陛下？」

秋芳を見ようともせず睨《にら》み合う、紫英と夏太后。その様子に目を丸くした少年に花珠は歩み寄り、彼の肩を抱き、再び牀へ導き座らせた。

「どうなさったの？　母上と陛下は。白花珠、どうしたの」

「お静かに。ここに座っていてください」

「白花珠」

場の異様さを察し、秋芳は不安な目で花珠を見あげる。その肩を今一度、黙って強く握った。

「陛下は、わたくしが、陛下のお命を狙っていると思っていたのですか。そのように情けないことを？」

「余の朝餉《あさげ》に、あなたは何かを混ぜましたね」

「以前から、張三に調合してもらっている滋養の薬を混ぜるように、侍女に渡して指示はしています。けれどそれは陛下が幼い頃から、十年以上もそうしている習慣です」

「あの日だけ、侍女に渡したのが毒でしたか」

「そのようなことは、いたしません！　莫迦なことを言うのは、おやめ下さい。陛下の命を奪うつもりであれば、わたくしが白花珠を、陛下の侍衛にするはずがないでしょう」

夏太后の言葉に、鼻先で笑うようにして紫英は答えた。

「あなたには、目的がおありだった。花珠を、皇帝暗殺の実行犯に仕立てようとしましたよね。貴重な生薬を花珠に授け、崔林甫の宮室《やしき》を探れという名目で、彼女を三度、崔家の宮室へ行かせた。余を暗殺した後、崔林甫を主犯、花珠を実行犯として捕縛するための布石」

「生薬？」

意味がわからないというように、夏太后は花珠に視線を投げる。

「わたくしが、あなたに生薬を？　白花珠」

「太后様から預かったと、張三から渡されました」

「張三が？　なぜ張三がそのような」

訝《いぶか》しげに言った後、不意になにか悟ったように小さく息を吸い、夏太后は両手で口元を被う。

「張三の滋養の薬。あの時のものだけ、香りが……あれは……」

呟《つぶや》くと、夏太后は胸を押さえ、呼吸ができなくなったかのように肩を激しく上下させた。顔を真っ赤にし、次には、みるみる青ざめていく。

「それに、……田恵がおかしなことを言って……あ……ああ……」

力が抜けたように再びすとんと座り、夏太后は両腕で頭を抱えた。

「母上⁉」

牀から飛び降り、花珠の横をすり抜けた秋芳は、夏太后の腰にすがりつく。

「どうしたの、母上。苦しいの⁉」

秋芳の声も存在も、夏太后に認識できていないようだった。同じ姿勢で呻《うめ》く。

「……張三なの？……あの人が……まさか陛下を。なんで？……なんで」

思わず零《こぼ》れたような絶望的な声に、花珠は目を見開く。

「もしや、ご存じなかったのですか。太后様」

頷《うなず》きもしないし、答えもしない。ただ、打ちひしがれたように頭を抱え、髷《まげ》に突っ込んだ両手指が、髪をかきむしる。

秋芳はしきりに、「母上、母上」と呼ぶ。

「田恵が、不義を公にしようとしていると太后様に言ったのも、張三だったと仰《おっしゃ》いましたよね？　そして生薬をわたしに渡すように、張三に預けた覚えもないのですね？　陛下の食事に混ぜる滋養の薬も、昔から張三に調合させ、太后様は、信頼して受け取っていただけ。そうなのですね？」

確認するが、夏太后は動かない。それでも花珠は察した。

「陛下の暗殺を企てたのは、張三だったのですね。太后様は何もご存じなかった」

紫英が、鋭く花珠をふり返る。

「なんだと？」

「陛下の暗殺を企てたのは、張三です。太后様は利用されただけだ」

ようやく、わかった。

夏太后から、子を慈しむ母の優しさばかりを花珠が感じ取っていた理由。それは理由なんてものではなく、本当にそうだったからだ。

夏太后は紫英を母として慈しみ、護《まも》っているつもりでいたのだから。

花珠は夏太后の前で膝《ひざ》をつき、顔を覗《のぞ》き込む。

「白花珠。母上が」

涙目の秋芳に小さく頷いてから、花珠は問う。

「わたしのことも、太后様は陛下のためを思って侍衛に任じられた。しかしそれを張三が、好都合だと考え利用した。他の暗殺未遂の数々も、張三が太后様には知らせることなく、自分で、あるいは人を雇い実行した。あなた様は、ただ張三の言葉を信じ、彼が望むならば特に深く考えもせず、便宜を図ったり従ったりしていた。彼が何を目論《もくろ》んでいるかも知らず」

すべては張三の企《たくら》みだ。

張三は夏太后の愛人として、長い間過ごしてきた。御しやすい女であれば、張三は夏太后を操り動かせる。そしておそらく、そうだったのだ。彼は垂簾《すいれん》の奥に座る女の、さらにその陰にあり、朝廷を操りたかった。

今までもそうしてきたように。

だからこそ夏太后が権力の中心にあり、力の保持を続けることに、彼女自身よりも執着したに違いない。

思い当たることがあるのか、夏太后は嫌々するように首を振った。直後、頭を抱えていた腕から不意に力が抜け、だらりと体の脇に垂らした。涙に濡《ぬ》れた顔をあげる。呆然《ぼうぜん》とした表情だった。

「……でも、だって……愛していたのですもの……」

情けなく震える声は、太后の威厳も矜持《きょうじ》もない、ただの女の声。

「そうしなければ、もう会えなくなると。秋芳のことが知られてしまうと。そう言われたら……。何も失いたくなかった。会えなくなるなんて考えたくなかった。張三は、わたくしを優しく労《いたわ》ってくれて、甘い言葉をくれて、気遣ってくれて」

会話の意味はほとんど理解できていないだろうが、尋常ではないと悟っているらしい秋芳は、夏太后と紫英を交互に見て泣きそうな顔をする。

「陛下」

哀れな弟公子の懇願するような、問うような声を、紫英は無視した。そして、

「そして男に、誇りまで差し出しましたか」

母をさげすむ言葉を吐く。夏太后は視線をあげ、涙を流しながら口元を歪《ゆが》めて笑う。

「ええ。わたくしは、たかが無品の官吏の娘です。陛下のように、生まれながらに高き方々と同じ誇りなど、はなからない。教養も高くない、誇りもない、国母になりたいなどと、大それた望みを抱けるほど立派でもなかった、取るに足りない女なのです。こんな場所に連れてこられて、ずっと寂しくて。優しくされたくて」

膝の上に置いた夏太后の両手は、裙《くん》を強く摑《つか》む。

「子を産むためだけに抱かれるのではなく、愛して欲しかった」

花珠は、夏太后の震える手に手を重ねた。

目の前にいるこの人は、ただひたすら女らしい望みを抱くだけの、普通の女なのだ。

のしあがろうとする野望もなく、愛されて幸せになりたいと願うだけの普通の女。

しかし美貌《びぼう》が目にとまり、妃嬪《ひひん》として後宮に召しあげられ、彼女の最も欲する望み————高望みでもない、ごく普通の望みが叶《かな》わなかったのだ。

国母になろうとも、ただ愛されたいという、最大の願いが得られない。

その飢えを張三に見抜かれ、利用された。

冷え切った表情で母を見つめる紫英に、夏太后は優しい眼差《まなざ》しを向ける。

「ごめんなさい。わたくしが愚かで。あなたの身に迫る危険の正体がなんなのかも知らずに、莫迦《ばか》のようにあの人に手を貸してしまっていたのね。ごめんなさい」

柔らかな声を厭《いと》うかのように、紫英は顔を歪め、半歩足を引く。

「愚かで、誇りもなく、張三に操られていただけだとしても、それがなんだと？　罪は消えない。ごめんなさい？　それで？　詫《わ》びに意味はない」

「そうね。正しい。やはり、あなたは、わたくしとは違うのね。わたくしの子だから、とても心配していたの。わたくしのように愚かであれば、皇帝の御位《みくらい》についても早晩、佞臣《ねいしん》たちに陥れられてしまうのではないかと。そんなふうに見えていた。でも、違うのね。とても立派でいらっしゃるわ、今。全て暴き出し、断罪したのね」

　蠟燭《ろうそく》の蠟がとけ、するりと滑って積み重なる蠟の塊へと落ちていく。

「ごめんなさい。あなたを護りたかったのに。愚かな母で」

　静寂が落ちた。

　ふり返ると、紫英は何を考えているのかわからない無表情で、夏太后を見ている。

　長い沈黙が続く。戸の隙間から吹く風が蠟燭の炎を揺らすのみ。

橙色《だいだいいろ》の揺れる光のせいで、壁に映っている影も揺れ歪む。

「暗殺の首謀者ではなかったにしろ、侍女殺しと、長年続けた不義は変わらない。そして秋芳の父親も変わらない。罪は、罪です。償っていただく」

　ようやく口を開いた紫英は、懐から、黒い陶器の小瓶を二つ取りだし卓の上へ置く。親指ほどの大きさで、口には、木ぎれが蓋《ふた》として詰めてあった。

「あなたのぶんと、秋芳のぶんです。苦しまずに死ねます。今夜のうちに飲んでください。これは生母と、十一年弟としていた者にたいする、温情」

夏太后は、ぼんやりと二つの小瓶に目をやる。

花珠は思わず立ちあがった。

「本当に死を賜るのですか、陛下」

死という言葉に、秋芳がびくりとする。ようやく夏太后は、のろのろと秋芳の腰に手を回し、体を抱き寄せた。

その様子を見ながら、

「そうだが？　他にやりようがあるとすれば、身分を剝奪《はくだつ》し、体一つで都から放逐するという方法だろう。しかしその方が、死ぬよりも辛《つら》いだろうね。世間知らずの女と子どもが、金もなくうろついていれば、すぐに人買いにさらわれるか、もしくは追いはぎに面白半分に殺されるか。運良く生き残っても、土を舐《な》め、虫を食うような生活が待っている」

と、紫英は平然と言う。そして、命令ともとれる言葉を発す。

「死ぬが良かろう」

「陛下！」

声が高くなった。

「あなたは、あなたを思う、太后様の気持ちがわからないのか？　あなたの母は、あなたを愛し、心配し、気遣っているのに。それに公子をご覧ください。この状況で、あなたに縋《すが》ろうとしている。尊敬して慕う兄上と、頼んでのことだ。その情を」

詰め寄ると、紫英が顔をしかめた。

「だから、なんだと」

「太后様と公子は、あなたを」

「それが……それがなんだというのだ！」

突然、紫英が激高し花珠の胸ぐらを掴む。

「母だ。弟だ。余を慈しんでいる？　だからなんだと⁉　見逃せとでも言うのか⁉　余が何者でもなければ、全てを水に流すと言えるのかもしれぬが、母は太后であり、余は皇帝なのだ。不問に付せば、それが大きな問題となる。そんなことはできぬ」

「許せと言っているのではありません。ただ、平然と断罪するのは冷酷すぎると」

「平然とせずに、どうせよというのだ。泣き叫べとでも⁉　そのような惨めなことはできない。そのように情けにこだわるなら、いっそ情けなどなければよいはずだ。おまえは、因果の糸を切るのだろう」

　肩で息をしながら、片方の手で花珠の襟を掴み、片方の手で、呆然と座っている夏太后と秋芳を指さす。

「情けなど、おまえの力で切って消せ。今すぐに。夏太后と秋芳が、余に向ける愛情を切って消し、余から二人へ向かう情けも消せ。そうすれば、憐憫《れんびん》も痛みも消えてなくなる。何の問題も無くなるではないか！」

　頰を張られたような気がした。

(なんと言ったのだ)

彼は今、口を滑らせた。

——余から二人へ向かう情けも消せ。そうすれば憐憫も痛みも消えてなくなる。

そう言った。

平静を装いながら、彼は、母や弟への愛情のために内心で苦しみ、のたうっているのだ。侍女を殺し不義を働き続けた太后と、皇帝の血を引かない公子を放置はできない。断罪は必要。苦しくともやらなければならない義務。だからこそ情を消せと言う。そうすれば心の底から冷酷になれて、苦しまずにすむと。

執政者の義務と、情け。その狭間《はざま》で彼は当然のように苦しんでいる。

ふと、泣きたくなった。

(良かった)

自分が護《まも》ろうと決めた主《あるじ》が、冷酷無比な男でなくて良かった、と。この人にならば心から仕え、命を賭《と》して護れると思う。

「切りません」

決意をもって花珠は答えた。

「わたしは、出過ぎたことを申しました。陛下が苦しんでいると知らず。けれどわかったからこそ、切りません。それはきっと人として必要な因果で、痛みで、それがなければ人ではなくなるのですから」

「余には、そのようなもの必要ない」

「必要です。皇帝だからこそ」

　これから紫英は幾度も、こうやって苦痛に満ちた決断を余儀なくされるはずだ。それが皇帝として生きることで、その道がどれほど過酷か。しかし過酷で、心が痛むからと言ってそれらを切ってなくしてしまえば、紫英はどうなるか。

「切れ、白花珠！」

　紫英は両手で花珠の襟を掴む。花珠は目をそらさず言う。

「切りません」

　襟を掴んだまま紫英は俯《うつむ》く。その指は震えていた。

　微《かす》かに、紫英がなにか呟《つぶや》いた。定かではなかったが、こう言ったように聞こえた。

　――切ってくれ。

と。

　誇り高い彼が真っ正面から口にできない、それは懇願だったのかもしれない。

　花珠は首を横に振る。

「痛みに耐え、苦しみながら、あなた様の母太后と弟公子に、お命じください」

仕え護るべき主だからこそ、花珠はそうしてほしいと願う。人らしく、と。

　もし今、紫英の望み通りに彼の中にある肉親の情――それによって生じる因果の糸を切れば、彼は人として大切なものを失う。それを失った彼は、本物の化け物になっていく気がしたのだ。

　夏太后と秋芳は抱き合い、瞬《まばた》きもせず、紫英を見ている。

　しばらく動かなかった紫英の手からふっと力が抜け、花珠の襟を放す。顔をあげた彼は無表情。ゆっくりと夏太后と秋芳をふり返った。

「二人で、選ぶがいい」

　静かに口を開く。

「毒を飲むか、もしくは、全てを剝《は》ぎとられた上で追放されるか」

「……はい」

　夏太后は小さく答えたが、秋芳は戸惑い、怯《おび》えて、紫英を見あげる。

「陛下。どうしてですか？　どうして。何があったのですか？」

「それは、おまえの母上に問え。そしておまえも、母上とともに考え決断せよ」

「いや、こわい。なに？　陛下。こわいです」

「余は命じた。従え」

「陛下。よくわかりません、陛下。どうして？　いやです、いや」

　紫英は、泣きべそのような声と潤む瞳《ひとみ》に背を向けた。

　二人から顔が見えなくなった瞬間、紫英は唇を噛《か》み、痛みをこらえるように強く目を閉じた。泣きたいのをこらえたように見えた。

「ゆくぞ、花珠。ここに、もう用はない」

戸を開け、外へ出た紫英を追って行く直前、夏太后と秋芳をふり返った。

何か言いたかったが、言葉は見つからなかった。

何を言ったところで夏太后の犯した罪は消えず、秋芳の出生も変えられはしない。

ただ深く頭《こうべ》を垂れ、室を後にした。


先帝と夏太后に寵《ちょう》を受けた方士、張三。彼が今上の命により死を賜った夜が、白々と明けようとしていた。

夜明け前から働き出す屑集《くずあつ》めの荷馬車が一台、掖庭宮を出て行く。

荷台に山となった野菜屑や襤褸《ぼろき》切れや、壊れた陶器に埋もれるように、汚れた短襦《たんじゅ》と褌《こ》を身につけた、裸足《はだし》の女と子どもが乗っていた。その手足は、身にまとう襤褸に似合わず、白く柔らかだった。

そして、その日の朝議でのこと。

夏太后と陶秋芳公子は、皇帝の命により、都から離れた圭州にある離宮の一つへ居を移すと、臣下たちに知らされた。

突然のことに、皆は困惑した。だが崔林甫だけは、理由がなんであるにせよ賢明なご判断だと、今上が即位してはじめて称賛の言葉を口にした。

さらに数日後、奇妙な知らせが入る。夏太后と秋芳の二人は、離宮への道中で行方知れずとなった、と。彼らは捜索されることもなく、死んだものと断定された。

様々な噂が飛び交った。そもそもなぜ、夏太后と秋芳は離宮へ移されることになったのか、結局、理由が明らかにされなかったからだ。

夏太后の縁戚《えんせき》だった恩恵で朝廷に地位を得ていた者どもは、誰かの陰謀だと騒いだが、程なく、ほぼ全員が更迭された。

十一年もの長きにわたっていた垂簾聴政《すいれんちょうせい》は、唐突に終わりを告げたのだ。

美しい木偶《でく》が突然振るった強権に、朝廷は震撼《しんかん》した。

そして、皆がささやく——予言は正しいのかもしれぬと。

三

「やはり阿呆《あほう》ですね」

呆《あき》れた花珠の呟きを、俊熙が咎《とが》める。

「その無礼な口を、いずれ陛下に抓《つね》りあげられるぞ。慎め。思いつきで、涌水《ようすい》へ舟遊びに行くと言い出すよりはましだろう」

涌水は、清い流れが湖水に注ぐ、舟遊びがさかんな景勝地。都である賀陽城の南、馬車で半日の場所で、離宮もある。

歴代皇帝は時々思いつきで、宦官《かんがん》や女官、侍女、侍衛、果ては妃嬪《ひひん》の半数まで引き連れ、涌水へ舟遊びに出かけていたそうだ。それに従い、準備をする方はたまったものではない。

　それを思えば、紫英の「思いつき」は可愛いものなのだろうが――。

「とても楽しいとは思えないですよ。寒いだけです。つきあってられない」

顔をしかめた。

花珠と俊熙は、後園の曲水のほとりにある亭《あずまや》にいた。

陽が落ち、周囲は瞬く間に暗闇になろうとする刻限だった。

　今日の夕暮れ時、本当に唐突に、陽が傾くのを見つめていた紫英が「舟遊びをする」と言い出したのだ。後園の池泉《ちせん》に舟を用意せよ、と。

　慌てたのは王宦官だ。走り回って指示を出し、陸に揚げられている小舟を水に降ろさせ、中に枕と敷物を用意した。さらに、池泉と曲水の周囲にある冬枯れの木々の枝に、幾つもの灯籠《とうろう》を吊《つ》り下げるように命じた。

　西の空にわずかな藍色《あいいろ》を残すだけで、東の空には一つ二つ、星の輝きも出ていた。

宵闇のなか、暖かみのある朱色の灯籠の灯《あか》りが、池泉と曲水を縁取る。

岸に係留された小舟の舳先《へさき》にも、朱色の灯籠が一つ。

周囲を明るくし、あえて小舟の灯りを減らす趣向は、王宦官の手腕によるもの。

　冬枯れの寂しいばかりの園林《ていえん》の寒々しさが和らぎ、冷えた暗闇だからこそ美しいと思わせるような趣になっていた。

「多少の我《わ》が儘《まま》はつきあってさしあげろ。己の生母と弟をその手で断罪し、まだ十日も経っていないのだから。あとで、門下省で飼ってるにゃんこを連れてきてやるから、それを抱いて暖まれ」

「門下省でも飼ってるんですか？　にゃんこ。よっぽどお好きなんですね、にゃんこ」

　にやにや笑いながら問うと、彼は咳払《せきばら》いする。

「迷い猫だ。人なつこく、うろつくものだから、皆が可愛がって住み着いてしまっただけだ。とにかく多少寒かろうが、陛下の我が儘は大目に見て、つきあってさしあげろということだ」

　張三を処刑し、夏太后と秋芳を追放した後も、紫英はいつもと変わらず、のらくらと過ごしている。朝議に出て臣下たちの言葉を聞き、言うべきことは言う。しかし精力的にあれこれ動き出すことはなく、必要なことを淡々とこなしているふうだ。

　慎重に状況を見極めているのだろう。十一年間、美しい木偶として通してきた彼だ。その彼に対して、いきなり周囲の者が手放しの恭順を示すと考えるほど、彼はおめでたくない。

「つきあいます。未来の名君ですから」

　冗談めかして言った。

「名君か」

　朱色の灯りを反射する曲水のさざ波を眺めながら、俊熙が真面目な声で問う。

「陛下が生まれたときに受けた、卜博士《ぼくはかせ》の予言。『この公子は二十歳まで生きられれば稀代《きたい》の名君になる』と。これをどう思う？　白花珠」

「どうとは？　わたしは、陛下には名君になる資質があると信じたからこそ、お仕えすると決めたんですが」

「わたしも同様だ。しかし名君の資質ある者に対して、なぜ『二十歳まで生きられれば』と条件をつけた予言になったのだろうか」

「二十歳までは、殺される可能性が高かったからでは？　それを、この度のことで回避できたからでしょう」

「しかし陛下は、八歳で即位したのだ。名君の資質ある者が八歳で皇帝の位に即《つ》いたら、それは名君が御位《みくらい》に即いたということ。八歳から既に、名君としてその座にあるのだ。それならば予言は『この公子は名君となるが、二十歳までは命の危険がある』としたほうが、正しいのではないだろうか」

「二十歳までは、その能力を発揮できないからでしょう」

「能力を発揮できなくとも、名君は名君としてあるだろう」

「行いをもって名君とされるからでは？　二十歳まで能力を発揮できなければ、その期間は名君ではない、とか」

　俊熙は、首を横に振る。

「それは奇妙だ。たとえば、在位三十年の名君と称される皇帝がいたとする。最初の五年は何事も試行錯誤でうまくいかず暗君であったし、晩年の数年は病がちで力をふるえない弱い皇帝だったが、中程の二十年ばかりは名君だった、とは言うまい。皇帝が統治した期間を総合的に判断して、名君というものだ。一年も無駄にせず、一つの過ちも犯さない完全無欠の名君など、この世にはないのだから」

「まあ、確かに」

「ということは、『二十歳まで生きられれば』と条件をつけるということは、陛下は二十歳までは、名君と呼べる資質はないという意味だ。我々がどれほど資質ありとみていても、そうではないということ。しかし二十歳を過ぎれば、名君の資質が生まれる。そういうことではなかろうか」

「……はあ」

面倒くさいことを考えているんだなぁ、この人はと、呆れ半分感心半分で頷《うなず》く。春衣ならば目を輝かせ、彼の面倒な話にもつきあいそうだが。花珠は内心「どちらでもいいのでは?」と思っていた。それを見透かされたのか、俊熙は眉《まゆ》をひそめた。

「もっと真剣に聞け。おまえのことなのだ」

「わたしの? 陛下のことでしょう」

「陛下のことではあるが、おまえのことでもあるのだ。わたしは、予言の真の意味を考え、ひとつの結論を得た。それは、陛下は、二十歳を前に名君となるのに必要なものを手に入れるからこそ、名君となるのではないかということだ」

一旦《いったん》言葉を切り、俊熙は厳かに続けた。

「おまえだ、白花珠」

「はい？」

「陛下には名君の資質があると、昔から感じてはいた。しかし同時に、不安を覚えることも多々あった。陛下は冷酷すぎるのでは、とな。周囲を欺き続けて、毫《ごう》も気にせぬその様子は危うい。あえて気にしないように、自らを酷薄な者にしようとしているようにすら思えた。しかし人らしい情を捨てて、名君になれるはずはない」

　化け物と、花珠も感じた冷酷さ。しかしその奥には、彼が努力しても捨てきれない情があった。そしてそれを捨てさせてはならないと、花珠も感じた。

「わたしも、陛下に情けを捨てて欲しくはありませんが。それとわたしに、なんの関係が」

「陛下がはじめて信頼したのが、おまえだからだ。理屈ではなく、ただ護りたい情ばかりで必死になったおまえを、信じた。おまえが陛下のお側にいることで、陛下は情をなくさずにいられるのではないかと思う。そしてそれが陛下が手に入れる、陛下に欠けていた、名君の資質の一つ」

　冷たい風が頬を撫《な》で、花珠が身につけている赤い袍《ほう》の裾《すそ》を揺らす。

「おまえが必要なのだ、おそらく。陛下に欠けているものを、補うために」

　月のない夜空に、鋭く白い光を投げる星がぽつりぽつりと増えていき、輝く。

（必要なもの。わたしが）

ふっと、胸に小さな温かさを感じる。

（淵紫はもういない。けれど淵紫の魂をもつ陛下の存在が、欠けた何かとして、わたしを求めてくれているとするなら）

それは淵紫の何かが、形はなくとも紫英の中に残っていて、花珠を――劉昭儀を求めてくれた結果なのかもしれない。命を賭《か》けて愛する人を護《まも》ろうとし、再びまみえることを願った執念は虚《むな》しいばかりではなく、こうして報われるのかもしれない。

形を変え、姿を変え、方法を変え、報われるもの。

（わかりづらい報われ方だよ、顕闇神君）

苦笑いする。神のはからいは、人には予測できない。

「陛下のおなり」

お定まりの先触れが聞こえ、後園に紫英が現れた。くつろいだ青紫の深衣の腰には、紫の絹糸で連ね編んだ翡翠《ひすい》の佩玉《はいぎょく》。王宦官《かんがん》を連れている。

花珠と俊熙が礼をとると、亭に入ってきた紫英は顎《あご》をしゃくった。

「竿《さお》は花珠に持たせる。ともはそれだけでいい。来い」

俊熙と王宦官が「行ってらっしゃいませ」と言う声を背に聞きつつ、花珠は紫英とともに小舟に乗り、竿を手にする。

船尾に設《しつら》えてあった席に紫英は腰をおろし、絹の枕に肘《ひじ》をつく。

「どちらへ漕《こ》ぎ出しましょうか」

「池泉の中程へ」

石垣を竿で押すと、小舟は滑るように動き出す。暗い水底に竿をさすと、苦もなく操れた。人工の池泉にはゆるやかな、あるかなきかの流れがあるだけで、竿をささなければほとんど動かない。すいすいと、静かに、小舟は進む。

「止めよ」

命じられ竿を引きあげると、小舟は池泉の中央辺りで止まった。

池泉と曲水を縁取る灯籠の灯《あか》りは届かず、水面は暗い。しかし目をあげれば、見守られるように、柔らかい光に囲まれていた。

幅の細い小舟は優美で、舳《へ》先《さき》の朱色の灯りは控えめ。夜の水面《みなも》に浮かんだ、一枚の笹の葉。その端に光るのは、季節外れの蛍。そんなふうに見えた。

「お寒くないですか。冬の夜に舟遊びなど」

ふり返って問うと、即答された。

「寒い。凍えそうだね」

その答えに呆《あき》れる。

「ならば舟遊びしたいなどと、言わなければよろしいのに」

「おまえのせいで、このような羽目になったのだけど」

「はい？」

「余計なものを届けるからだ」

懐を探って取り出したのは、小さく畳まれた黄ばんだ紙片。見覚えがある。今朝、密《ひそ》かに、花珠が紫英に手渡したものだった。

何も訊《き》かないで欲しいと春衣にお願いし、十日前に掖庭宮から出た屑集《くずあつ》めの荷馬車に乗っていた、身元のわからない親子の消息を調べてもらっていた。その結果を今朝、文にして届けてくれたので、そのまま紫英に渡したのだ。

紙片にはただ、こう書かれていた。

『母子は賀陽城で知り合った老婆によって人買いに売られた。買われた先は、圭州郭《かく》里《り》』

事情を知らない者が目にしても、意味のわからない文。

しかし紫英には理解できるもの。

「こんなもの、誰の目にも触れさせてはならない。これを始末するのに、舟遊びを口実にした」

紙片を細かくちぎって、彼はそれを池泉の暗い水面へばらまく。

「こうすれば綺麗《きれい》に始末できる。誰に見咎《みとが》められることもない」

文の始末など燃やせば簡単だ。しかし彼はあえてそうせず、わざわざ水に流したいと願った。真っ暗な水面を見つめる紫紺の瞳《ひとみ》は、親しい人に別れを告げるように遠い。

彼の胸に去来する思いは、如何《いか》ほどだろうか。それをけして表には出さない人だが。

細かな紙片は水底へ、ゆっくりと沈んでいく。

(夏太后は、生きることを選んだ)

あの場で毒を飲むほうが、苦痛は少なかったかもしれない。しかし彼女は悲惨なものが待っていようとも、あえて生きることを選んだ。それは生への執着というより、愚かであった自分への罰のように思えた。

死に逃げる卑怯《ひきょう》を、自分に許さなかったのだ。己が、愚かだったからこそ。

「お手を煩わせました。けれど、陛下は知りたいのではないかと思って」

「知りたくなどなかったよ、別に」

「そのわりには、ほっとしているようにお見受けしますが」

じろりと睨《にら》まれる。

「おまえは生意気だね、いつも」

「それは十八年、言われ続けて聞き飽きてます」

「生意気は、仕方のないことか。余の前世が、おまえに寵《ちょう》を与え続けた高祖だというなら、おまえは、そのときの癖が抜けないのかもしれない」

花珠は竿を船縁《ふなべり》に置くと、改まって膝《ひざ》をつく。

「そのことですが、陛下。おそれながら、わたしと陛下の間には、淵紫と劉昭儀とで結ばれた因果があるのです。糸が、わたしには見えます。それがある限りわたしは、陛下が前世では淵紫だったことを忘れられないし、それに関わる思いを捨てきれません。もし陛下が、わたしが淵紫に向ける思いが不快なのであれば、因果の糸を切ります。そうすればわたしは、前世から受け継いでしまった淵紫への思いを断ち切れるでしょう」

心からの思いだった。

劉昭儀が求めていた淵紫はいなくなり、そのかけらだけが紫英の中にあるとすれば、花珠の淵紫への愛は、もはや不要のものではないか、と。

いっそ前世の恋情を断ち切り、今世に生きる花珠の意志として紫英を護り、つくす。

それでもいいのではないか。

前世に引きずられるのではなく、今生きている自分が、今の自分の思いで生きるためには、そうするべきではないかと考えていた。

紫英は首を横に振る。

「切らなくていい。命まで賭けた思いを捨てる必要はない」

「ご不快では？　陛下を淵紫だと心のどこかで思っていて、そして淵紫に恋情を抱く者を、侍衛として側に置くなど」

「別に。それよりも、劉昭儀からおまえが引き継いだ、高祖への恋情には感謝する」

「感謝ですか？」

「おまえのようながさつな女でも、恋情を抱き、女らしい思いに震えることがあり、そしてその恋情のおかげで、余に仕える結果になったと思えばね」

がさつな女と言われ腹が立つ前に、「感謝」という言葉に驚き、瞬《まばた》きした。

「感謝……陛下が？」

「二度も命を助けられたのだ。さすがに、感謝はしようものだろう。余を恩知らずとでも思うのか」

「多少」

「やはり生意気だね。まあ、いい。命を救われた褒美を、まだ下賜していなかった。こちらに来い」

　手招きされたので、枕に肘を載せている紫英の傍らに寄っていき、再び膝をつく。

「褒美をやろう」

　花珠の頰に片手を添えると、紫英は身を起こして口づけた。驚きに頭が真っ白になる。それは軽い口づけで一瞬のことだったが——。呆然《ぼうぜん》としていると、彼は微笑む。

「褒美だよ」

　耳が熱くなったのは、怒りか照れくささか。

　袖口《そでぐち》でぐいぐいと唇を拭《ぬぐ》いながら、肩を怒らせ立ちあがる。

「これは褒美ではなく、嫌がらせです！」

　顔を伏せ、紫英はくすくすと面白そうに笑う。

（こんな男は、ぜったいに淵紫じゃない！）

　舳先に戻って竿を手にし、背を向ける。柔らかい笑い声を背に聞きながら、暗闇を縁取り揺れる暖かな灯りを遠くに見て、口元が緩む。

かつて淵紫は口にしていた。自分が築きあげた国が滅びに瀕《ひん》したときには、必ず生まれ変わって国を助けるのだと。淵紫の魂が今このときに轉世《てんせい》したということは、未《いま》だ誰も感知していなくとも、おそらく国に危険が迫っているのだ。

だからこそ彼は轉世した。

さらに紫英という、淵紫の記憶を全く持たない、彼とはまるきり違う人となりとして生を得た。それはおそらく、今の危機を乗り切れるのは、剛胆さと武力で英雄となった淵紫のような人ではないからだろう。

これからある危機を乗り越えるのは、紫英のような人に違いない。そのために紫英は、紫英としてある。

彼はかつて愛した人ではない。

けれど——これから白花珠が護り続けるべき人だ。

「褒美などなくとも、お護りしますよ」

ぽつりと口にした言葉が聞こえたのか、応《こた》えがあった。

「頼む」

再び花珠は水面に竿《さお》をさし、ゆっくりと小舟を動かす。船縁を洗う水音が響く。朱の灯りを舳先に掲げた小舟は、闇をかきわけ進む。

視線をあげて見渡せば、遠く、池泉と曲水を縁取る橙色《だいだいいろ》の灯籠《とうろう》の灯りの列。それが暗い水面に映り、滲《にじ》むように揺れる。

寂しく暗い水面の向こうにある、灯。
静かに進む小舟。
二人きりだ。

本書は書き下ろしです。

転《てん》生《せい》佳《か》人《じん》伝《でん》

寵《ちよう》姫《き》は二《に》度《ど》皇《こう》帝《てい》と出《で》会《あ》う

三《み》川《かわ》みり

令和3年 1月25日　初版発行

発行者●堀内大示

発行●株式会社KADOKAWA
〒102-8177　東京都千代田区富士見2-13-3
電話　0570-002-301(ナビダイヤル)

角川文庫 22513

印刷所●株式会社暁印刷
製本所●本間製本株式会社

表紙画●和田三造

●お問い合わせ
https://www.kadokawa.co.jp/ (「お問い合わせ」へお進みください)
※内容によっては、お答えできない場合があります。
※サポートは日本国内のみとさせていただきます。
※Japanese text only

ISBN 978-4-04-110967-0　C0193

角川文庫発刊に際して

角川源義

第二次世界大戦の敗北は、軍事力の敗北であった以上に、私たちの若い文化力の敗退であった。私たちの文化が戦争に対して如何に無力であり、単なるあだ花に過ぎなかったかを、私たちは身を以て体験し痛感した。西洋近代文化の摂取にとって、明治以後八十年の歳月は決して短かすぎたとは言えない。にもかかわらず、近代文化の伝統を確立し、自由な批判と柔軟な良識に富む文化層として自らを形成することに私たちは失敗して来た。そしてこれは、各層への文化の普及滲透を任務とする出版人の責任でもあった。

一九四五年以来、私たちは再び振出しに戻り、第一歩から踏み出すことを余儀なくされた。これは大きな不幸ではあるが、反面、これまでの混沌・未熟・歪曲の中にあった我が国の文化に秩序と確たる基礎を齎らすためには絶好の機会でもある。角川書店は、このような祖国の文化的危機にあたり、微力をも顧みず再建の礎石たるべき抱負と決意とをもって出発したが、ここに創立以来の念願を果すべく角川文庫を発刊する。これまで刊行されたあらゆる全集叢書文庫類の長所と短所とを検討し、古今東西の不朽の典籍を、良心的編集のもとに、廉価に、そして書架にふさわしい美本として、多くのひとびとに提供しようとする。しかし私たちは徒らに百科全書的な知識のジレッタントを作ることを目的とせず、あくまで祖国の文化に秩序と再建への道を示し、この文庫を角川書店の栄ある事業として、今後永久に継続発展せしめ、学芸と教養との殿堂として大成せんことを期したい。多くの読書子の愛情ある忠言と支持とによって、この希望と抱負とを完遂せしめられんことを願う。

一九四九年五月三日

仙文閣の稀書目録

三川みり

あなたの本は、わたしが護る。

巨大書庫・仙文閣《せんぶんかく》。そこに干渉した王朝は程なく滅びるという伝説の場所。帝国・春《しゅん》の少女、文杏《ぶんきょう》は、1冊の本をそこに届けるべく必死だった。危険思想の持主として粛清された恩師が遺した、唯一の書物。けれど仙文閣の典書(司書)だという黒髪碧眼の青年・徐麗考《じょれいこう》に、蔵書になったとしても、本が永遠に残るわけではないと言われ、心配のあまり仙文閣に住み込むことに……。命がけで本を護る少女と天才司書青年の新感覚中華ファンタジー！

ISBN 978-4-04-109404-4